EVA MORENO

DU MÊME AUTEUR

Aux Éditions du Seuil

Retour à la Grande Ombre
2005
Coll. « Points », n° P1637

Le Mur du silence
2007
Coll. « Points », n° P1990

Funestes Carambolages
2008
Coll. « Points », n° P2532

Et

Le Vingt et Unième Cas
roman
Presses universitaires de Caen, 1997

Håkan Nesser

EVA MORENO

roman

TRADUIT DU SUÉDOIS
PAR AGNETA SÉGOL
ET MARIANNE SÉGOL-SAMOY

ÉDITIONS DU SEUIL
25, bd Romain-Rolland, Paris XIVe

Ce livre est édité par Anne Freyer-Mauthner

Titre original : *Ewa Morenos fall*
Éditeur original : Albert Bonniers Förlag, Stockholm

ISBN original : 91-0-057202-0

ISBN 978-2-02-059897-2

www.seuil.com

C'est lors de ces moments que nous détruisons nos vies,
ces moments où nous ne mesurons pas
le poids de nos actions.

Tomas Borgmann, philosophe

PREMIÈRE PARTIE

1

Le 21 juillet 1983

Winnie Maas est morte pour avoir changé d'avis.

Plus tard, il y a ceux qui prétendirent que si elle était morte c'est parce qu'elle était à la fois belle et stupide. Une combinaison notoirement risquée.

Ou parce qu'elle était naïve et faisait confiance aux gens qui n'en étaient pas dignes.

Ou parce que son père était un salaud qui avait laissé sa famille à la dérive bien avant que Winnie soit capable de se passer de couches et de biberons.

Il y avait également ceux qui avaient fait remarquer que Winnie Maas portait des jupes un peu trop courtes et des corsages un peu trop serrés et qu'elle ne pouvait donc s'en prendre qu'à elle-même.

Aucune de ces explications ne manquait de fondement, mais la goutte fatale fut tout de même celle-là : elle avait changé d'avis.

La seconde qui précéda l'instant où elle s'éclata la tête contre l'impitoyable rail de fer, elle le comprit elle-même.

Elle essuya l'excès de rouge sur ses lèvres et s'observa dans la glace. Elle écarquilla les yeux et se demanda si elle ne devait pas rajouter un peu de khôl. Mais c'était trop compliqué à mettre, du crayon noir sur le bord inférieur des paupières serait plus simple. Elle traça une ligne fine et s'approcha de la glace pour vérifier le résultat.

Parfait, se dit-elle, et elle se concentra ensuite sur sa bouche. Ses dents étaient blanches et régulières. Sa lèvre supérieure cachait ses gencives, heureusement. Ce n'était pas comme Lisa Paaske, qui était très jolie avec ses yeux verts en amande et ses pommettes saillantes. N'empêche qu'il valait mieux qu'elle évite de rire ou qu'elle se contente d'esquisser un petit sourire énigmatique. À cause de ses gencives visibles. Ça doit être fatigant! la plaignit Winnie Maas.

Elle vérifia l'heure. Vingt heures quarante-cinq. Il était grand temps de partir. Elle se leva, ouvrit la porte de la penderie pour se voir en entier. Prit quelques poses et en évalua l'effet. Avança la poitrine, puis le bassin. Oui, c'était parfait. En haut comme en bas. Elle venait d'arracher quatre poils qui avaient repoussé trop près de la limite du maillot. Blonds, c'est vrai, mais quand même.

– Il est parfait, lui avait dit Jürgen. Putain, tu as un corps parfait, Winnie.

« Appétissant » était l'expression de Janos.

– T'es vachement appétissante, Winnie. Rien qu'en passant devant ta maison je bande.

Elle sourit en pensant à Janos. De tous ceux qu'elle avait connus, personne ne valait Janos. Il avait tout fait dans les règles. Avec sentiment et tendresse. Exactement comme le conseillaient *Flash* et *Girl-zone*.

Janos. Oui, d'une certaine manière elle trouvait dommage qu'ils ne soient pas restés ensemble.

Mais tant pis, se dit-elle en se donnant une tape sur les fesses. Ça ne sert à rien de regretter le passé. Elle fouilla dans le tiroir de la commode et sortit un string. Ne trouvant pas de soutien-gorge propre, elle décida de s'en passer. En fait, en mettre un serait inutile. Ses seins étaient assez petits et suffisamment fermes pour ne pas avoir besoin d'aide. S'il y avait une chose qu'elle aurait aimé changer dans son physique, c'était la taille de ses seins. Elle les aurait voulus un peu plus gros. Pas beaucoup. Même si Dick lui avait dit qu'elle avait les nichons les plus beaux du monde – il les avait tellement sucés et tripotés qu'ils avaient été douloureux pendant des jours. Mais quelques grammes de plus ne leur feraient pas de mal.

Ils viendront bien un jour, ces grammes, se dit-elle en enfilant son tee-shirt par la tête et en se glissant dans la jupe étroite. Oui, ces grammes allaient bientôt venir les alourdir, il n'y avait qu'à attendre. À moins qu'elle…

À moins qu'elle…

Merde, se dit-elle en allumant une cigarette. Je n'ai que seize ans. Ma mère, elle, en avait dix-sept et on voit ce que ç'a donné.

Après un dernier contrôle dans le miroir, elle se passa prudemment la langue sur les lèvres et s'en alla.

À vingt et une heures trente devant la jetée de Frieder, avait-il dit. Il arrivait par le train de vingt heures trente et voulait d'abord passer chez lui prendre une douche. Elle n'y voyait pas d'inconvénient, bien entendu, elle aimait bien les garçons qui avaient le sens de l'hygiène. Les cheveux et les ongles propres, c'était vraiment la classe. C'était leur premier rendez-vous depuis trois semaines. Il était parti chez un oncle à Saaren pour travailler puis pour prendre quelques jours de vacances. Ils s'étaient téléphoné deux ou trois fois, ils avaient parlé ensemble de ce qu'ils avaient mis en place, mais elle ne lui avait pas dit qu'elle avait changé d'avis. Elle gardait ça pour ce soir. Ça serait mieux de le lui annoncer entre quat'z'yeux.

La soirée était chaude. Quand elle arriva à la plage après la courte promenade, elle transpirait un peu. Une légère brise remontait de la mer et l'air était plus frais près de l'eau. Elle quitta ses chaussures en toile pour marcher pieds nus. Sentir les grains de sable passer entre ses orteils était agréable. Ça lui rappelait son enfance. Son vernis à ongles serait abîmé, c'est sûr, mais elle remettrait ses chaussures avant. Avant de le retrouver. Lui. Elle aimait bien penser à Lui avec un L majuscule. Il le valait bien. Mais si jamais il avait envie de coucher avec elle, il préférerait sans doute qu'elle soit pieds nus. Enfin, ça n'avait aucune importance. Généralement, ce n'étaient pas les ongles de ses orteils qui l'intéressaient le plus.

Et d'ailleurs, pourquoi n'aurait-il pas envie de coucher avec elle ? Ça faisait des siècles qu'ils ne s'étaient pas vus !

Elle s'arrêta pour allumer encore une cigarette. Elle s'approcha de l'eau, un peu plus près, là où le sable était bien tassé et où il était plus facile de marcher. À cette heure-ci, il n'y avait plus grand monde. Juste quelques joggeurs et un ou deux promeneurs avec leur chien. Elle savait qu'un peu plus haut dans les dunes des jeunes se pelotaient sur des couvertures. En été, il y en avait toujours. Elle y était souvent, elle aussi. Et ce n'était pas impossible qu'elle s'y retrouve de nouveau dans une heure.

Peut-être. Peut-être pas.

Ça dépendrait de la manière dont il allait réagir. Ça commençait sérieusement à l'inquiéter. Allait-il se mettre en colère ? Allait-il la secouer, comme la fois à Horsen où elle était complètement soûle et où elle n'avait pas arrêté de répéter que Matti Frege avait de sacrés muscles… ?

Ou peut-être qu'il la comprendrait et qu'il serait d'accord avec elle ?

Peut-être qu'il essaierait de lui faire changer d'avis. Ce n'était pas absolument impossible. Et peut-être qu'il y arriverait, d'ailleurs… grâce à l'intensité de son amour. Et à l'argent, bien entendu.

Non, probablement pas. Elle ne savait pas pourquoi mais elle se sentait forte et sûre d'elle. Peut-être parce qu'elle avait pu réfléchir en toute tranquillité pendant les semaines où elle avait été seule.

Ce qu'elle savait, en revanche, c'est qu'il l'aimait et que son amour était immense. Il le disait tout le temps. Presque chaque fois qu'ils se voyaient. Ils étaient faits l'un pour l'autre. Ils le savaient depuis longtemps. Aucun doute à ce sujet. Ils n'avaient pas besoin de se presser.

Mais ils avaient besoin de trouver de l'argent.

Pour manger. Pour acheter des cigarettes, des vêtements, et avoir un endroit où habiter. C'est surtout plus tard qu'ils en auraient besoin et c'est bien pour ça qu'ils avaient fait ce qu'ils avaient fait…

Ses pensées commençaient à se disperser et elle avait du mal à les organiser. À y mettre de l'ordre. Il y a tant de choses qui entrent en ligne de compte quand on se met à réfléchir, si bien que pour finir on ne sait plus où donner de la tête. C'est presque toujours comme ça. Oh, si quelqu'un d'autre pouvait se charger des décisions à prendre ! Elle se le disait souvent. Surtout quand il s'agissait de décisions difficiles. Ça lui permettrait de s'occuper uniquement de ce qui lui plaisait.

Cela expliquait peut-être son amour pour lui ? L'idée la frappa soudain. Il aimait bien décider quand la situation était importante et délicate. Comme celle dont il était question à présent. Oui, c'est sans doute pour ça qu'elle l'aimait et qu'elle voulait être à lui. Rien qu'à lui. Même si ça s'était compliqué à la fin et qu'elle avait changé d'avis.

Il faisait presque nuit. Arrivée à la jetée, elle le chercha des yeux dans la lumière crépusculaire. Il n'était pas encore là, elle avait quelques minutes d'avance. Il habitait du côté de Klimmerstift et arriverait dans le sens opposé. Elle aurait pu aller à sa rencontre en longeant la plage, mais elle y renonça. À la place, elle s'installa sur une des bittes d'amarrage qui bordaient la jetée. Alluma encore une cigarette bien qu'elle n'en ait pas envie, et s'efforça de penser à quelque chose d'agréable.

Il apparut au bout d'un quart d'heure. Légèrement en retard. De loin, elle vit sa chemise blanche s'approcher dans la pénombre, mais elle choisit de demeurer assise jusqu'à ce qu'il soit tout près. Elle se leva, mit ses bras autour de son cou et se serra contre lui. L'embrassa.

Il sentait l'alcool. Pas très fort.

– T'es revenu.

– Oui.
– C'était bien, là-bas ?
– Ça allait.
Il y eut un instant de silence. Il la serra fort en lui bloquant les bras avec ses mains.
– J'ai quelque chose à te dire.
– Ah oui ? s'étonna-t-il.
Il relâcha ses bras.
– J'ai changé d'avis.
– T'as changé d'avis ?
– Oui.
– Ça veut dire quoi, merde ? Explique-toi.
Elle expliqua. Elle avait du mal à trouver les mots justes. Au bout de quelque temps, il sembla pourtant avoir compris, mais il ne dit rien. L'obscurité l'empêcha de voir son expression. À présent, il l'avait complètement lâchée. Trente secondes s'écoulèrent, une minute peut-être, sans qu'ils bougent. Ils étaient là à respirer au rythme de la mer et des vagues. Et cela avait quelque chose de légèrement désagréable.
– Allons faire un tour, finit-il par dire en passant un bras autour de ses épaules. On va parler un peu. J'ai une idée.

2

Juillet 1999

Helmut s'y était opposé dès le départ.

En y repensant plus tard, elle devait au moins lui reconnaître ça.

– C'est une idée fixe! avait-il dit. Des conneries.

Il avait baissé son journal et, pendant quelques secondes, l'avait dévisagée de ses yeux pâles, puis il avait secoué la tête en contractant ses mâchoires.

– Je ne vois pas à quoi ça servira. C'est totalement inutile.

C'était tout. Helmut n'était pas de ceux qui sèment des mots autour d'eux. Il était issu de la pierre et non de la poussière et, visiblement, il y retournerait.

Souviens-toi que tu es pierre et que tu redeviendras pierre. Cette phrase lui avait déjà traversé l'esprit.

Cela avait ses avantages et ses inconvénients, bien sûr. En se décidant pour Helmut, elle savait bien que ce n'était pas un tempérament de feu et de tempête qu'elle voulait – ni amour ni passion –, mais un roc. Un roc primitif, gris et solide qui l'aiderait à tenir debout et qui l'empêcherait de s'enfoncer de nouveau dans la vase du désespoir.

C'était à peu près ça.

C'était à peu près ça qu'elle s'était dit quinze ans auparavant lorsqu'il avait frappé à sa porte en expliquant qu'il avait acheté une bouteille de bourgogne pendant les vacances et qu'il n'arriverait pas à la boire tout seul.

Cette réflexion ne lui était certainement pas passée par la tête tout de suite, au moment où il se tenait sur le seuil de sa porte, mais peu de temps après. Quand ils avaient commencé à se croiser.

Dans la buanderie. Dans la rue. Au magasin.

Ou encore pendant les douces soirées d'été, quand elle berçait Mikaela sur son balcon et qu'il était à trois mètres d'elle, appuyé contre le garde-fou du balcon voisin à fumer la pipe, le regard plongé dans la dernière clarté du soleil qui s'étendait sur le vaste ciel d'ouest au-dessus des polders.

Des murs mitoyens. Ça ressemblait à une pensée.

On aurait dit qu'un dieu rassurant lui tendait son doigt de pierre. À elle. Dans son embarcadère précaire ballotté par les vagues sur la mer des émotions.

À elle et à Mikaela. Oui, c'était exactement ça. Plus tard elle serait capable d'en sourire. Parfois. Parfois pas.

Mais il y avait quinze ans de ça. Mikaela avait alors trois ans. À présent elle en avait dix-huit. Depuis cet été.

– Tout ça ne la rendra pas plus heureuse, avait-il répété derrière son journal.

Pourquoi ne l'avait-elle pas écouté ? Elle ne cessait de se le demander. Au cours de ces jours d'inquiétude et de désespoir. Quand elle s'efforçait de s'armer de courage et de regarder les maillons de la chaîne. Quand elle cherchait l'origine et la raison de sa manière d'agir… ou tout simplement quand elle donnait libre cours à ses pensées. À cette époque-là, elle n'avait plus beaucoup de courage. Pendant ces jours d'été infernaux.

Elle avait fait ce qu'elle devait faire. C'était ainsi qu'elle avait vu les choses. Elle n'avait fait que ce qui lui semblait bon et juste. Elle n'avait pas trahi la décision qu'elle avait prise et qui était restée enfouie au fond d'elle-même au cours de toutes ces années. Comme une pierre qui avait sombré au fond du puits bourbeux de l'oubli. Encore une pierre. Elle s'était promis de la faire remonter à la surface, le moment venu.

Avec précaution et respect. Vers la lumière. Vers le regard inflexible de Mikaela. Une nécessité absolue. Indiscutable. Un déséquilibre qui depuis de nombreuses années attendait d'être équilibré. À présent le moment était venu.

Le jour de ses dix-huit ans. Ça n'avait jamais été dit, mais Helmut devait le savoir. Ça aussi. Dès le début il devait le savoir, même s'il refusait de l'admettre... Le jour viendrait forcément où Mikaela apprendrait la vérité. Un enfant doit connaître ses origines. On n'a pas le droit de lui dissimuler ses racines sous les futilités et les banalités du temps. On n'a pas le droit de lui donner une fausse direction dans la vie.

Le droit ? La vie ? La vérité ? Elle ne comprenait pas comment elle avait pu habiller ses pensées de mots aussi pompeux. Ne serait-ce pas justement cette vanité qui s'était retournée contre elle ? Justement ?

Mais qu'est-ce qui l'autorisait, elle, à parler de tort et de raison ? Qui était-elle pour juger, avec autant de légèreté, les objections renfrognées de Helmut et pour les jeter aux orties ? Elle n'y avait consacré qu'un temps de réflexion microscopique.

Après. Lorsque les jeux étaient faits. Au cours de ces jours et de ces nuits où plus rien n'avait ni sens ni valeur. Quand elle était devenue un robot et qu'elle ne prêtait plus la moindre attention à ces vieilles pensées qui traversaient sa conscience comme des nuages déchiquetés sur le ciel nocturne de la mort. Elle ne fit rien pour les retenir dans leur voyage désespéré d'un horizon à l'autre.

D'un oubli à l'autre. D'une nuit à l'autre et d'une obscurité à l'autre.

Souviens-toi que tu es poussière.

Ton hurlement muet s'élèvera de ta plaie béante vers un ciel mort.

La douleur de la pierre. Plus dure que tout.

Et la folie qui attendait au coin de la rue.

Le jour de ses dix-huit ans. Un vendredi. Au mois de juillet. Il faisait chaud comme en enfer.

– Je le lui dirai quand elle reviendra de son entraînement, avait-elle dit. Comme ça, tu n'auras pas besoin d'y assister. Comme ça, on pourra dîner tranquillement après. Elle va bien réagir, je le sens.

Rien qu'un silence renfrogné pour commencer.

– Si c'est vraiment nécessaire, avait-il dit plus tard.

Quand il rinçait sa tasse dans l'évier.

– C'est ta responsabilité. Pas la mienne.

– Il le faut, s'était-elle défendue. Rappelle-toi que je le lui ai promis à ses quinze ans. Rappelle-toi que c'est un vide qu'il faut combler. Elle attend.

– Elle n'en a jamais parlé, avait-il rétorqué.

Du bout des lèvres. Le dos tourné.

C'était vrai. Elle était obligée de le reconnaître. Ça aussi.

– Des conneries. Tu fais comme tu veux, mais ça servira à quoi ?

C'était son seul commentaire. Pas un mot de plus. Puis il était parti.

Des conneries ?

Je le fais pour qui ? Pour elle ou pour moi ? s'était-elle soudain demandé.

Les causes ? Les raisons ?

Floues comme la limite entre le rêve et l'état de veille.

Insondables comme la pierre.

Des conneries. Des mots-pansements. Elle était bien placée pour le savoir.

3

Le 9 juillet 1999

Il était trois heures moins le quart lorsque l'inspectrice Eva Moreno s'arrêta devant la porte du bureau du commissaire Reinhart. Elle avait envie d'une bière fraîche.

Si elle avait été issue d'une autre classe sociale ou dotée d'un peu plus d'imagination, elle aurait probablement préféré une coupe de champagne (ou peut-être même deux), mais, ce jour-là, son imagination et sa capacité d'enthousiasme avaient été évacuées par sa transpiration dès les premières heures de la matinée. Et toute la journée, le thermomètre avait indiqué une bonne trentaine de degrés. Aussi bien en ville qu'à l'intérieur du commissariat. La chaleur était accablante. Comme si quelqu'un avait oublié un gigantesque fer à repasser. Si on ne tenait pas compte des boissons fraîches, il n'existait, en gros, que deux poches de survie : la plage et l'ombre.

Au commissariat de Maardam, les plages se faisaient rares.

En revanche, il y avait des stores. Et des couloirs où l'absence de soleil était garantie. Elle resta un instant la main sur la poignée, en lutte avec l'impulsion (aussi émoussée qu'une mouche bleue droguée de Coca) de ne pas appuyer. De foutre le camp.

Plutôt que d'entrer et de lui demander pourquoi il voulait lui parler. Elle avait de bonnes raisons. Une, en tout cas : dans moins de deux heures, elle était censée partir en vacances.

Deux heures. Cent vingt minutes suffocantes. Sauf imprévu.

L'intuition d'Eva Moreno lui disait qu'il ne lui avait pas demandé de venir pour lui souhaiter de bonnes vacances. Ce n'était pas l'impression qu'il avait donnée et ce n'était pas vraiment le style de Reinhart.

Sauf imprévu... ?

Curieusement, l'imprévu ne lui paraissait pas imprévisible. Elle était même prête à parier. Le métier de flic était ce qu'il était : un boulot sans glamour. Et ça ne serait pas la première fois que...

Se sauver ou ne pas se sauver, telle était la question. Elle trouverait toujours un bon prétexte. Après coup. Elle n'avait pas eu le temps de passer dans son bureau. Tout simplement.

Aller le voir ? Insidieux, non ?

– *Viens me voir après le déjeuner. Ça ne sera pas long...*

Merde alors, se dit-elle. C'était sournois comme un cobra affamé.

Après un bref combat intérieur, la mouche se noya dans le Coca et son moral luthérien-calviniste de flic prit le dessus. Elle soupira, abaissa la poignée et entra. S'enfonça dans le fauteuil des visiteurs, les appréhensions voltigeant derrière ses tempes comme des papillons en folie. Et également dans son ventre.

– Tu voulais me voir ?

Reinhart fumait debout devant la fenêtre, l'air sinistre. Elle nota qu'il avait des sandales de plage aux pieds. Bleu clair.

– Salut, dit-il. Tu veux boire quelque chose ?

– Tu as quoi à me proposer ? demanda Moreno en repensant à la bière fraîche.

– De l'eau. Avec ou sans bulles.

– Si tu n'y vois pas d'inconvénient, je vais m'abstenir. Alors ?

Reinhart se gratta la barbe et posa sa pipe à côté du pot de fleurs sur le bord de la fenêtre.

– On a attrapé Lampe-Leermann, annonça-t-il.

– Lampe-Leermann ?

– C'est ça.

– On ?

– Des collègues. À Lejnice. Oui, à Behrensee, en fait. Mais ils l'ont emmené à Lejnice. C'est plus près.

– Parfait. Ce n'était pas trop tôt. Il y a des problèmes ?

– Il y en a un, dit Reinhart.

– Ah oui ?

Il se laissa tomber sur la chaise derrière le bureau et lui adressa un regard qui se voulait sans doute innocent. Mais Moreno le connaissait, ce regard, et elle formula une vague prière au ciel dont le sens était : Oh non, faites que ça ne recommence pas !

– Un problème, répéta Reinhart.

– Dis toujours.

– Il n'a pas envie de coopérer.

Moreno resta silencieuse. Reinhart déplaça quelques feuilles sur son bureau. Il semblait hésiter à poursuivre.

– Ou, plus exactement, il veut coopérer. À condition d'avoir affaire à toi.

– Quoi ? s'exclama Moreno.

– À condition d'avoir affaire à…

– J'ai bien entendu, l'interrompit Moreno. Mais pourquoi moi ?

– *God knows*, dit Reinhart. Voilà la situation, en tout cas, ce n'est pas ma faute. Lampe-Leermann est prêt à déposer un aveu complet à condition que ce soit à tes pieds. Et pas ailleurs. Il n'aime pas les hommes flics. Étonnant, non ?

Moreno observa un instant le tableau accroché au-dessus de la tête de Reinhart. Il représentait un cochon en costume qui, de la chaire d'une église, lançait des téléviseurs sur les paroissiens en extase. On aurait dit un troupeau de moutons. Ou éventuellement des juges en perruque. Difficile à dire. Elle savait que le commissaire principal avait demandé de nombreuses fois à Reinhart de le décrocher, mais le tableau était toujours à sa place. Selon Rooth, il symbolisait la liberté d'opinion et le niveau de conscience qui régnait dans la police. Moreno sentait que cette analyse n'était pas totalement fausse. Elle n'avait cependant jamais posé la question à Reinhart directement. Ni au commissaire principal.

– Je pars en vacances dans deux heures, rappela-t-elle avec un doux sourire.

– Il se trouve donc à Lejnice, poursuivit Reinhart imperturbablement. Pas mal, comme endroit. Ça te demanderait une journée. Deux au maximum.

Moreno se leva et s'approcha de la fenêtre.

– Mais si tu préfères, rien ne t'empêche de le voir ici, proposa Reinhart à son dos.

Elle jeta un regard sur la ville. L'anticyclone n'était là que depuis deux jours, mais il semblait décidé à rester. Mme Bachman au premier étage l'avait dit. Tout comme le météorologue à la télé. Elle préféra ne pas répondre. Pas sans la présence d'un bon avocat et sans une proposition plus clairement formulée. Dix secondes s'écoulèrent. On n'entendait pas d'autres bruits que le brouhaha de la ville et le clapotement tranquille des sandales de plage de Reinhart quand il remuait les pieds.

Des sandales de plage ? Il aurait au moins pu s'acheter de vraies sandales. Un commissaire en chaussures en plastique bleu clair !

Il était peut-être allé à la piscine à midi et avait oublié de se changer ? À moins qu'il ne sorte d'une discussion avec le commissaire principal et que ce ne soit sa manière d'exprimer sa protestation irrévérencieuse ? On ne pouvait jamais savoir, avec lui. Reinhart aimait bien marquer le coup.

Il finit par s'énerver.

– Nom de Dieu, dit-il. Ressaisis-toi. Ça fait des mois qu'on le cherche, cet oiseau. Et Vrommel a réussi à le coincer…

– Vrommel ? C'est qui, Vrommel ?

– Le commissaire principal de Lejnice.

À contrecœur, Moreno se mit à fouiller dans ses souvenirs. Quand l'image de Lampe-Leermann apparut devant son regard intérieur, elle avait encore le dos tourné à Reinhart. Il ne s'agissait pas d'un gros bonnet dans le milieu, c'est vrai, mais on le cherchait en effet depuis un certain temps. Il était fortement soupçonné d'avoir participé à deux ou trois braquages, en mars et en avril, mais ce n'était pas ce dont il était question. Du moins pas en premier lieu.

En premier lieu, il s'agissait de ses relations avec des hommes d'un tout autre calibre. De grands pontes dans la criminalité organisée, pour utiliser une expression galvaudée. Leur collaboration était un fait, ça ne faisait pas l'ombre d'un doute, et Lampe-Leermann était connu pour parler facilement. Connu pour penser à sauver sa peau plutôt que celle des autres – du moins dans des situations critiques. Et connu pour sa tendance à partager ses connaissances noires avec la police. À condition que ça serve ses intérêts et que ça se fasse avec une certaine discrétion.

Ce qui allait être possible, cette fois-ci. En tout cas, il y avait des raisons de le supposer. C'était l'avis de Reinhart, et aussi celui de Moreno. Du moins elle était d'accord sur le principe. C'était également pour cette raison que les recherches s'étaient intensifiées. Et qu'on avait retrouvé Lampe-Leermann. Mais pourquoi justement aujourd'hui ?

Le fait qu'il éprouve un besoin urgent de soulager son cœur devant l'inspectrice Moreno était pour le moins inattendu. C'était un aspect qu'ils n'avaient pas pu envisager. Ni elle ni personne d'autre. Ça ne pouvait venir que d'un décideur malveillant dans l'au-delà… C'était tout de même emmerdant qu'il ne soit jamais possible de…

Reinhart l'interrompit dans ses réflexions :

– Il t'apprécie beaucoup. Sans doute parce qu'il se souvient qu'on a joué à flic-gentil flic-méchant, il y a quelques années… Bon, quoi qu'il en soit, c'est comme ça. C'est avec toi et seulement avec toi qu'il veut parler. Mais c'est vrai qu'il y a tes vacances…

– Eh oui, dit Moreno en reprenant sa place dans le fauteuil.

– Lejnice n'est pas si loin. Cent vingt, cent trente kilomètres à tout casser…

Moreno ne répondit pas. Elle ferma les yeux et s'éventa avec un des journaux posés en tas sur le bureau.

– … je repense à la maison dont tu m'as parlé, celle où tu vas. À Port Hagen, c'est ça ?

Mince ! Il s'en souvient ! Il a déjà étudié la question, se dit Moreno.

– C'est bien ça. Port Hagen.

Reinhart s'efforça de nouveau d'afficher une mine innocente. Il jouerait très bien le rôle du loup dans *Le Petit Chaperon rouge*, constata Moreno.

– Si je ne me trompe, c'est à une distance acceptable, dit-il. Pas plus de dix kilomètres au nord de Lejnice. J'y suis allé une ou deux fois, quand j'étais môme. En fait, tu pourrais…

Moreno posa le journal d'un geste las.

– D'accord. Je m'en occupe. Mais tu sais comme moi qu'on peut difficilement trouver plus répugnant que Lampe-Leermann avec ses chaussures faites sur mesure… et sa chevalière. Sans parler de tout le reste. Il pue l'ail mal digéré en permanence… Pas la peine d'insister davantage. C'est bon, je m'en occupe. Mais putain ! Alors c'est quand ?

Reinhart alla récurer sa pipe dans le pot de fleurs.

– J'ai prévenu Vrommel que tu t'y rendrais sans doute demain.

Moreno écarquilla les yeux.

– Tu as même fixé l'heure sans me demander ?

– J'ai dit « sans doute ». J'ai dit que tu t'y rendrais *sans doute* demain. Qu'est-ce qui te prend, merde ? On ne joue plus dans la même équipe, tous les deux ? Qu'est-ce qu'il y a ?

Moreno soupira.

– OK, dit-elle. Excuse-moi. J'avais prévu de partir demain matin, mais ça ne changera pas grand-chose. En fait.

– Très bien. J'appelle Vrommel pour confirmer. À quelle heure ?

Elle réfléchit.

– Vers treize heures. Dis-lui que je serai là à treize heures et qu'il fasse en sorte qu'il n'y ait pas d'ail dans le déjeuner de Lampe-Leermann.

– Même pas un tout petit peu ?

Elle ne répondit pas. Alors qu'elle se dirigeait vers la porte, il lui rappela l'importance de l'affaire.

– Et arrange-toi pour qu'il crache tous les putains de noms qu'il connaît. Vous aurez, toi et lui, une prime pour chaque salopard qu'on bouclera.

– Je n'en attendais pas moins, dit Moreno. Tu emploies trop de gros mots, commissaire. N'empêche qu'elle est belle, la couleur de tes sandales… Ça fait jeune. Sincèrement.

Avant que Reinhart n'ait eu le temps de répondre, elle avait quitté le bureau.

4

Ce n'est qu'une fois à la maison, sous la douche, qu'elle comprit que c'était mauvais signe.

Comment interpréter autrement ce qui venait de se passer ? Deux heures avant son départ, Franz Lampe-Leermann avait soudain surgi de nulle part et avait mis ses vacances en péril ! C'était invraisemblable. Ou d'une évidence redoutable. Selon la manière de voir les choses. Depuis le jeudi de Pâques, à la mi-avril, il avait réussi à se dérober à la police, après le braquage foireux d'une banque à Linzhuisen. Ce n'était qu'à ce moment-là qu'on avait réellement commencé à le rechercher. Et cette espèce de conard n'avait rien trouvé de mieux que de se faire pincer maintenant ! Et à Lejnice, par-dessus le marché !

Lejnice. Une modeste petite ville côtière de vingt-cinq mille habitants à vue de nez. Quelques milliers de plus en été. Située, comme l'avait fait remarquer Reinhart, à moins de dix kilomètres de l'endroit où elle avait prévu de passer ses deux premières semaines de vacances.

Port Hagen. Un trou encore plus paumé, certes, mais les trous avaient parfois des avantages, se dit Eva Moreno, et surtout, c'était là que se trouvait la maison de vacances de Mikael Bau.

Mikael Bau ? Son voisin et compagnon actuel.

Actuel ? Compagnon ? Deux mots qui sonnaient faux. Mais les autres étaient pires. Ou, du moins, plus faux encore.

Fiancé ? Amant ? Petit ami ?

Pouvait-on encore parler de « petit ami », à trente-deux ans ?

Pourquoi pas « mon homme », tout simplement ? Elle ferma les yeux et fit mousser le shampooing au jujube dans ses cheveux. Une fois débarrassée de Claus Badher, elle avait vécu sans homme pendant plus de deux ans. Ces deux années n'avaient pas été brillantes, ni pour elle ni pour son entourage, elle était la première à le reconnaître.

Deux années qu'elle n'avait pas envie de revivre, mais qui lui avaient sans doute appris certaines choses. C'est probablement ainsi qu'il fallait le voir. Elle n'avait pas non plus envie de revivre les années qu'elle avait passées avec Claus. Surtout pas !

Sept ans gaspillés, conclut-elle. Cinq avec Claus, deux toute seule. Serait-elle en train de gaspiller sa vie ?

Who knows ? se dit-elle. *Life is what happens when we're busy making other plans.* Elle se frotta la tête encore un peu avant de se rincer les cheveux.

Quoi qu'il en soit, il était encore trop tôt pour dire ce qui résulterait de sa relation avec Mikael Bau. Et pour l'instant, elle n'avait aucune envie de commencer à faire des projets. Ils se voyaient depuis l'hiver dernier. Il l'avait invitée à dîner le jour même où sa petite amie avait rompu. C'était à la mi-décembre, lors de ces terribles semaines passées à rechercher l'assassin d'Erich Van Veeteren. Elle avait attendu un mois avant de rendre son invitation. Et un mois et demi de plus avant de coucher avec lui. Début mars, pour être exact. Le 4. Elle s'en souvenait parce que c'était le jour de l'anniversaire de sa sœur.

Ils avaient continué à se voir, bien sûr. Même si elle était inspectrice de police et lui assistant social. Ça ne les empêchait pas d'agir en êtres humains.

C'est comme ça qu'il avait l'habitude de s'exprimer.

– Laisse tomber, Eva ! On est aussi des êtres humains !

Elle aimait bien qu'il dise ça. C'était modeste et sain. Tout le contraire de Claus Badher. Moins il y avait de ressemblances entre Mikael et Claus, mieux c'était. Cette unité de mesure était simple et intuitivement infaillible. Recourir à des simplifications quand il s'agissait d'une prétendue vie sentimentale avait parfois des avantages, elle était suffisamment âgée pour le savoir. D'ailleurs, pourquoi ne pas le faire en permanence ? Tenir tête à la psychologie et se laisser guider par l'instinct. C'était si agréable, d'être désirée, difficile de prétendre le contraire. *Carpe diem*, peut-être ?

Facile à dire, plus difficile à faire, résuma-t-elle en sortant de la douche. Aussi pratique que d'arrêter de penser sur commande. Toujours était-il que Mikael Bau possédait cette vieille maison à Port Hagen. En copropriété avec ses quatre frères et sœurs. Une sorte de bijou de famille dont il aurait cette année la jouissance au mois de juillet.

Grande et vétuste, avait-il promis. Mais pleine de charme et sans vis-à-vis. Eau courante. Du moins parfois. Et à cent mètres de la plage.

Compte tenu du salaire misérable d'une inspectrice judiciaire, elle pouvait difficilement espérer mieux et sans y avoir beaucoup réfléchi, elle avait accepté d'y passer deux semaines. Mikael lui avait fait la proposition un dimanche matin, en mai. Ils avaient fait l'amour et pris le petit déjeuner dans la chambre. Dans l'ordre. Certains jours étaient plus faciles à capter que d'autres. C'était bien connu.

Deux semaines en plein mois de juillet, donc. Avec son homme au bord de la mer.

Et voilà que Franz Lampe-Leermann se pointait !

Un signe particulièrement insupportable et un *timing* incroyablement mauvais. Mais peut-être ne fallait-il pas chercher un sens à tout ?

Comme le disait *le commissaire*.

Après la douche, elle prépara sa valise puis appela Mikael Bau. Sans se perdre dans les détails, elle expliqua qu'elle arriverait dans l'après-midi plutôt qu'à l'heure du déjeuner. À cause d'un truc à faire.

– Du boulot ? demanda-t-il.

– Du boulot, admit-elle.

Il rit et dit qu'il l'aimait. Ces derniers temps, il le disait souvent et elle réagissait de façon étonnamment ambiguë.

Je t'aime.

Elle n'avait toujours pas réussi à mettre ces mots dans sa bouche. Elle se sentait incapable de les prononcer à moins d'être parfaitement sûre. Ils en avaient parlé ensemble et il était d'accord avec elle, bien entendu. Il lui avait assuré que c'était pareil pour lui. Mais ce qui les différenciait, c'est qu'il était sûr, lui. Déjà.

– Comment peux-tu être sûr ? avait-elle demandé.

– Je suis un peu moins échaudé que toi, avait-il répondu. J'ose m'aventurer un peu plus vite que toi dans la tourmente et dans l'inconnu.

Mensonges ! se dit Eva Moreno. Tout le monde a sa propre relation avec la langue et les mots, surtout quand il s'agit du langage de l'amour. Les mauvaises expériences n'entrent pas forcément en ligne de compte.

Mais elle se demandait – et ça depuis longtemps – ce qui s'était passé avec Leila, l'ex-copine de Mikael Bau. Leur liaison avait duré trois ans. Le soir même où elle l'avait quitté, il avait monté un étage et était allé sonner à sa porte pour lui proposer de partager son dîner. Le dîner qu'il avait préparé pour Leila. Un peu surprenant, non ?

Elle lui avait fait la remarque et il avait répondu que c'était à cause du repas. Il trouvait insupportable l'idée d'avaler seul et à toute vitesse ce qu'il avait passé une heure et demie à cuisiner.

Et maintenant, ils abordaient de nouveau la question de la cuisine.

– Si tu apportes un bon vin blanc, j'essaierai de te trouver un poisson mangeable. Tous les matins, un vieux pêcheur vient vendre sa pêche au marché, avec sa vieille barque et sa jambe de bois. Les touristes le mitraillent avec leurs appareils photo… Bref, je vais voir ce que je peux faire.

– D'accord. Je te fais confiance. Je suis sûre que tu y arriveras. D'autant plus que tu disposes de trois heures supplémentaires. D'ailleurs…

– Oui ?

– Non, ça n'a pas d'importance.

– Tu mens.

– OK. Elles sont de quelle couleur, tes sandales de plage?

– Mes sandales de plage ?

– Oui.

– Pourquoi veux-tu savoir de quelle couleur elles sont ? Je pense qu'il doit y en avoir au moins dix paires dans la maison… ou plutôt vingt sandales. Elles sont à tout le monde, nous n'avons pas vraiment le sens de la propriété les concernant.

– Parfait, dit Moreno. Je prends ça comme un signe favorable.

Ne comprenant rien à son discours, Mikael Bau lui recommanda de se procurer un chapeau à large bord. Elle promit de prendre son conseil en considération et la conversation se termina là. Il ne lui dit pas qu'il l'aimait et elle lui en fut reconnaissante.

Même si elle était quelque peu tiraillée par des sentiments contraires.

Plus tard dans la soirée, elle reçut un coup de fil de Reinhart et ils discutèrent pendant une demi-heure de la manière d'organiser l'interrogatoire de Lampe-Leermann. En soi, cela n'avait rien de compliqué, mais il était important qu'elle s'arrange pour le faire parler autant que possible. Afin d'obtenir des noms, surtout ceux des gros bonnets, et d'engager des poursuites contre ces gentlemen qui le méritaient bien. Il fallait également tenir compte des concessions à faire à Lampe-Leermann, mais ni Reinhart ni Moreno ne manquaient d'expérience en la matière et le commissaire se déclara finalement satisfait de leurs projets.

Si ce conard avait choisi de se confier à l'inspectrice Eva Moreno, qu'il le fasse.

Et qu'il s'arrange pour avoir quelque chose de consistant à lui dire.

Pour finir, insista Reinhart, deux données basiques à respecter. La première : utiliser un magnétophone. La seconde : ne pas formuler de promesses concrètes. À ce stade. Que Lampe-Leermann en soit conscient dès le départ.

– Je ne suis pas née d'hier, fit remarquer Moreno. Il est comment, Vrommel ?

– Aucune idée. Au téléphone, on dirait un caporal, et je crois savoir qu'il est roux. Mais il se peut très bien que ce ne soit pas le même Vrommel.

– Quel âge ?

– Trop vieux pour toi. Il pourrait être ton grand-père. Au moins.

– Je vous remercie, commissaire.

Après lui avoir souhaité bonne chasse, Reinhart déclara qu'il avait hâte de lire son rapport. Dans deux jours, trois, au maximum.

– Rapport ? s'étonna Moreno. Tu auras l'interrogatoire par écrit et dis-toi bien que je n'ai pas l'intention de m'occuper de ce détail. Je ne suis pas de service.

– Hmpf, grommela Reinhart. L'idéalisme n'a donc plus aucune place dans notre corporation. Il y a vraiment de quoi s'inquiéter pour notre société.

– On parlera de ça en août.

– Si notre société existe toujours, rétorqua Reinhart.

5

Le 10 juillet 1999

Il lui fallut un moment pour comprendre que la fille en face d'elle pleurait.

Pas à chaudes larmes. Discrètement. Comme si c'était naturel, aurait-on envie de dire. Son visage était nu, son teint pâle, et ses cheveux acajou, coiffés en arrière, étaient attachés avec un simple élastique. Dans les seize, dix-sept ans. Moreno avait toujours du mal à évaluer l'âge des jeunes filles et il se pouvait qu'elle en ait deux de plus ou de moins.

Autant que Moreno puisse en juger, ses grands yeux marron clair n'étaient pas maquillés. Les larmes coulaient régulièrement, mais pas abondamment, et ne laissaient pas de traces noires sur ses joues. Discrètement et comme si c'était naturel, donc. Moreno lui jeta un regard rapide par-dessus le bord de son livre et nota qu'elle tenait un mouchoir entre ses mains posées sur ses genoux. Elle ne faisait cependant rien pour empêcher ses larmes de couler.

Pas la moindre tentative. Elle pleurait. Les larmes coulaient librement pendant que la fille regardait le paysage ouvert, inondé de soleil, qui défilait de l'autre côté de la vitre.

Un gros chagrin, se dit Eva. Ça ressemble à un vrai gros chagrin.

Elle essaya de se rappeler à quelle gare la pleureuse était montée. À Moorhuijs, probablement, ou à Klampendikk.

En tout cas, un ou deux arrêts après Maardam Kolstraat, où elle était montée elle-même. C'était un train régional qui s'arrêtait toutes les trois minutes. Moreno regrettait de ne pas avoir attendu le direct. Elle aurait mis la moitié du temps. Pas étonnant que les voyageurs soient si peu nombreux dans ce wagon bringuebalant. À part elle et la fille, il n'y avait qu'un couple d'un certain âge qui buvait du café provenant d'un Thermos. Ce n'étaient pas les places qui manquaient. Étrange que cette fille soit venue s'asseoir en face d'elle. Étrange.

– Tu pleures ?

Les mots lui avaient échappé. Ils étaient sortis de sa bouche sans qu'elle ait eu le temps de les en empêcher, et elle se demanda rapidement si Mikael Bau n'avait pas eu raison de lui conseiller de porter un chapeau. L'anticyclone était toujours bien là.

La fille la dévisagea un instant. Puis elle se moucha. Eva Moreno changea de position et attendit.

– Oui. Je pleure un peu.

– Ce sont des choses qui arrivent.

Non mais qu'est-ce qui me prend ? se dit-elle. Je suis en train de m'immiscer dans les problèmes d'une ado… d'une fille au cœur brisé qui se sauve peut-être à cause de son petit ami. Ou de ses parents. Qui fait une fugue, en tout cas. Bon, je ferais mieux de reprendre ma lecture et de faire comme si de rien n'était. Comme si je ne lui avais jamais adressé la parole. Je ne vais plus m'occuper d'elle avant qu'on soit arrivées à Lejnice. Lampe-Leermann me suffit bien, non ? C'est quand même incroyable que je sois incapable de me taire !

– Je pleure parce que j'ai peur, précisa la fille en tournant de nouveau son regard vers le soleil. Je vais voir mon père.

– Ah oui ? répondit Moreno sur un ton neutre en abandonnant sa théorie sur la fugue.

– Je ne l'ai jamais rencontré.

Moreno baissa son livre.

– Que veux-tu dire ?

– Que je ne l'ai jamais vu.

– Tu n'as jamais vu ton père ? Et pourquoi ?

– Parce que ma mère trouvait que c'était mieux pour moi de ne pas le connaître.

Moreno réfléchit. But une gorgée d'eau minérale puis tendit la bouteille vers la fille, qui refusa d'un signe de tête.

– Et pourquoi ce serait mieux pour toi de ne pas le connaître ?

La fille haussa les épaules.

– Je ne sais pas.

– Comment tu t'appelles ?

– Mikaela Lijphart.

– Tu as quel âge ? Seize ans, dix-sept… ?

C'est un véritable interrogatoire, ma parole ! Mais qu'est-ce que je fous ? se dit Moreno. Elle s'efforça de calmer le jeu en tendant un paquet de chewing-gums à Mikaela Lijphart, qui en prit deux et lui adressa un sourire rapide.

– Dix-huit, dit-elle. J'ai dix-huit ans. Depuis hier.

– Bon anniversaire, alors. Avec un peu de retard…

– Excusez-moi. Je vous empêche de lire.

– Ça ne fait rien, assura Moreno. J'ai beaucoup de mal à me concentrer quand je voyage en train. Je suis souvent obligée de lire chaque page plusieurs fois. Si tu as envie de parler de ton père, je t'écoute volontiers.

Mikaela Lijphart poussa un gros soupir. Elle semblait délibérer avec elle-même. Ça lui demanda trois secondes.

– Merci, dit-elle. Non, je ne l'ai jamais rencontré. En tout cas pas autant que je me souvienne. Jusqu'à hier je ne savais même pas qui c'était. Il s'appelle Arnold Maager. Si ma mère me l'a appris, c'est parce que j'ai fêté mes dix-huit ans. Un papa ! Beau cadeau d'anniversaire, non ?

Moreno haussa un sourcil mais ne dit rien. Le train annonça l'arrêt suivant en amorçant bruyamment le freinage.

– Il est dans un hôpital psychiatrique. Quand j'avais deux ans, il s'est passé quelque chose. C'est pour ça que ma mère ne m'en a jamais parlé jusqu'à maintenant.

Qu'est-ce qu'elle me raconte ? se dit Moreno.

L'espace d'un instant, Eva Moreno crut se trouver en face d'une mythomane – une ado légèrement névrotique qui, profitant de la présence d'une inconnue, cherchait à se rendre intéressante. Un jeu qui n'était pas rare parmi les jeunes filles en crise d'adolescence. Moreno en avait une certaine expérience. Ses années passées à la brigade des mineurs lui avaient, à plusieurs reprises, donné l'occasion de se frotter à des situations comparables. Cela avait duré deux ans et demi, exactement. Pas du tout désagréables, mais elle n'avait aucune envie de les revivre. Pas plus que les années qu'elle avait jetées aux ordures l'autre jour…

Mais elle avait du mal à croire que Mikaela Lijphart faisait du cinéma. Beaucoup de mal. Ses grands yeux clairs et son air franc lui faisaient plutôt penser à un livre ouvert. Eva Moreno pouvait se tromper, mais pas de beaucoup, elle le sentait.

– Et maintenant tu vas faire sa connaissance, c'est ça ? demanda-t-elle prudemment. Il habite où, ton père ?

– À Lejnice. Dans un centre à l'extérieur de la ville. J'ai appelé pour les prévenir de ma visite. Ils m'ont dit qu'ils allaient le préparer… Oui, ils ont employé ce mot-là. Préparer. Brrr, ça m'angoisse, mais je sais qu'il faut que j'y aille.

Eva Moreno se mit rapidement à la recherche de quelques mots pour la consoler.

– Quand il faut il faut, finit-elle par dire. Tu ne savais vraiment pas que tu avais un père jusqu'à hier ?

Mikaela Lijphart esquissa de nouveau un petit sourire.

– Je sais bien que l'Immaculée Conception est assez inhabituelle, de nos jours. J'ai un beau-père depuis l'âge de trois ans, et depuis que j'en ai quinze, je sais que ce n'est pas mon vrai père. Et puis… oui, il a fallu que j'attende trois ans de plus pour que maman m'apprenne le nom de mon père. Arnold Maager… Je ne sais pas si j'aime bien ce nom.

– Pourquoi n'a-t-elle rien dit avant ? laissa échapper Moreno. Ça ne me regarde pas, mais…

– Je ne sais pas.

– Tu ne sais pas ?

– Non, je ne sais pas pour quelle raison elle n'a pas pu me le dire. Elle m'a soûlée avec des mots comme « responsabilité », « maturité » et des trucs du genre… mais aucun détail, aucune explication. Tout ce que je sais, c'est qu'il s'est passé quelque chose quand j'étais toute petite.

Un coup d'œil par la vitre indiqua à Moreno qu'elles étaient arrivées à la gare de Boodendijk. Lejnice ne pouvait plus être très loin. Un ou deux arrêts, tout au plus. On devinait déjà le paysage des dunes au-delà de la fine ligne des maisons. Le ciel était d'un bleu intense.

Qu'est-ce que je vais bien pouvoir lui dire ? se demanda Moreno. Cette pauvre petite doit se sentir totalement abandonnée.

– Puisque ça t'inquiète tant, pourquoi n'as-tu pas demandé à quelqu'un de t'accompagner ? dit-elle. À une amie… ou à ta mère…

– Je préfère le voir seule. Ma mère ne voulait pas que j'y aille, mais maintenant que j'ai dix-huit ans…

– Tu as raison.

Quelques secondes s'écoulèrent. Le train se remit en marche.

– Je ne vois pas pourquoi je vous raconte tout ça, on ne se connaît même pas, dit Mikaela Lijphart en s'efforçant de prendre un air crâne. Vous devez me trouver complètement tordue… sans parler de ma mère et de mon père. Une famille de tordus. Après tout, c'est peut-être le cas, mais je n'ai pas l'habitude de…

– Ça fait parfois du bien de se confier à des étrangers, l'interrompit Moreno. On peut s'exprimer librement sans faire trop attention à ses proches. Il m'arrive, à moi aussi, de me lancer dans ce genre de conversation.

Le visage de la fille s'ouvrit en un large sourire. Moreno constata qu'elle était encore plus émouvante une fois les nuages de l'inquiétude dissipés.

– Oui, c'est vrai et c'est justement ce que j'ai pensé pour mon père. Nous aussi, on est des étrangers. Je préfère qu'il n'y ait personne d'autre lors de notre première rencontre. Je trouve que ce ne serait pas… pas très juste. Vous comprenez ? Envers lui.

Moreno acquiesça d'un mouvement de tête.

– C'est donc à Lejnice que tu descends ? demanda-t-elle.

– Oui. Et vous, vous allez où ?

– À Lejnice, moi aussi. Je suis sûre que ça va bien se passer. Avec ton père. Je le sens.

– Moi aussi, dit Mikaela Lijphart, optimiste, en se redressant un peu. On ne va pas tarder à arriver, je crois. Je ferais mieux d'aller me rincer le visage aux toilettes pour qu'on ne voie pas que j'ai pleuré. C'est gentil de m'avoir écoutée.

Eva Moreno cligna des paupières pour enlever quelques larmes, elle aussi. Elle posa sa main sur la jambe de Mikaela Lijphart et se racla la gorge.

– Oui, vas-y. Je t'attends. Tu veux bien qu'on reste ensemble jusqu'à la gare ?

Mikaela Lijphart se leva et se faufila entre les rangées de sièges jusqu'à l'espace étroit au bout du wagon. Moreno soupira profondément, rangea le livre dans son sac et s'aperçut qu'on voyait la mer par la vitre du compartiment.

Elle regarda sa montre et constata qu'ils allaient arriver à Lejnice dans trois minutes.

Sur la place devant la gare, elle dit au revoir à Mikaela Lijphart. La jeune fille monta dans un car jaune pour se rendre à la Fondation Sidonis, un centre de soins qui se trouvait quelques kilomètres plus au nord et à environ un kilomètre de la mer.

Ne sachant pas où était situé le commissariat de Lejnice, Moreno décida de s'y rendre en taxi.

Il y avait en fait seulement deux cents mètres entre le commissariat et la gare, et le jeune chauffeur se proposa de passer par l'église pour, au moins, avoir le temps de mettre en marche le compteur.

Moreno l'informa en riant qu'elle aurait de nouveau besoin

de lui dans quelques heures, et elle lui demanda sa carte et son numéro de téléphone.

Le commissariat de Lejnice était un bâtiment rectangulaire gris sombre, de deux étages, aux fenêtres étroites. Il était construit en pierre de Poméranie et datait probablement de la période d'après guerre. Il était flanqué d'un côté d'une charcuterie et de l'autre d'une agence de pompes funèbres. L'imposante porte d'entrée était surmontée d'un minuscule balcon entouré d'un garde-corps en fer forgé. Un vent léger faisait onduler un drapeau encore plus minuscule au bout d'une tige qui ressemblait à un manche à balai. Moreno ne put s'empêcher de penser à une vieille colonie française décadente du XIXe siècle – ou à un vieux film –, et, lorsqu'elle découvrit le commissaire Vrommel, elle soupçonna qu'il avait effectivement quelques préférences pour ce siècle révolu plutôt que pour celui qui les attendait.

Attendait, voilà ce qu'il faisait aussi. Posté devant la porte d'entrée du commissariat. Il était grand et sec, vêtu d'une sorte d'uniforme taillé dans un tissu souple couleur kaki. Moreno n'avait jamais vu quelqu'un comme lui ailleurs que dans le cinéma français, justement. Vrommel devait avoir la soixantaine bien tassée. Soixante-cinq, peut-être. Reinhart avait émis l'hypothèse qu'il avait les cheveux roux, ce qui avait sans doute été le cas une bonne dizaine d'années plus tôt. À présent, les cheveux de Vrommel se faisaient rares. On pouvait même affirmer que l'homme était carrément chauve.

Il avait des lunettes rondes dont la monture se limitait aux branches, un nez volumineux rouge foncé et une moustache si clairsemée et si terne que Moreno ne la découvrit que lorsqu'ils se serrèrent la main.

– Inspectrice Moreno, je suppose ? dit-il. Ravi. Le voyage s'est bien passé ?

Il n'aime pas les femmes flics, se dit-elle.

– Très bien. Merci. Mais quelle chaleur !

Sans saisir son invitation à parler du temps, il se racla la gorge et se redressa.

– Soyez la bienvenue à Lejnice. Bon, voici donc la demeure du pouvoir, dit-il en faisant un geste ample qu'on aurait éventuellement pu qualifier d'ironique. Entrez, je vous en prie! Cet abruti de Lampe-Leermann vous attend.

Il tint la porte et Moreno pénétra dans la fraîcheur relative du commissariat de Lejnice.

La salle d'audition, en tout point conforme aux conventions, était une pièce d'environ dix mètres carrés.

Équipée comme toutes les salles d'audition du monde. Une table et deux chaises. Un plafonnier. Sans fenêtre. Un magnétophone, une carafe d'eau et deux gobelets en plastique blanc sur la table. Des murs nus et un sol en béton brut. Deux portes avec un judas. Franz Lampe-Leermann était assis sur une chaise lorsque Moreno pénétra dans la pièce. Il avait l'air de s'ennuyer et était probablement là depuis un bon bout de temps déjà. Il lui adressa un sourire forcé. Deux grosses auréoles de transpiration se dessinaient sur sa chemise jaune. Il avait enlevé ses chaussures et ses chaussettes. Il respirait avec peine. L'air conditionné qui marchait partout ailleurs dans le bâtiment ne semblait pas avoir eu la force de se rendre jusque dans cette fournaise.

À moins que Vrommel ne l'ait coupé.

Trente-cinq degrés, estima Moreno. Au minimum. Parfait.

– J'ai besoin d'une pause pour fumer une cigarette, déclara Franz Lampe-Leermann en s'essuyant le front du revers de la main. Ce conard ne m'a pas autorisé à fumer.

– Une pause? s'étonna Moreno. Nous n'avons même pas commencé. Vous en aurez une dans une demi-heure, pas avant. À condition que vous soyez prêt à collaborer. On y va?

Lampe-Leermann poussa un juron en haussant les épaules.

– Allons-y, dit Moreno en enfonçant le bouton d'enregistrement. Qu'avez-vous à me dire?

6

Conformément aux informations qu'elle avait reçues, Mikaela Lijphart descendit au carrefour dans le centre du village Saint Inns. Elle s'attarda sur le bas-côté de la route, son sac à dos à la main, le temps de voir le car disparaître derrière le long virage du côté de Wallby et Port Hagen.

Elle se retourna. La route partait en ligne droite à travers les dunes vers la mer, qui se trouvait seulement à un kilomètre et demi à sa gauche, à l'ouest. Dans une heure ou deux, elle ferait cette distance à pied pour se rendre à l'auberge de jeunesse où elle avait prévu de passer la nuit. Mais pas encore. Elle devait d'abord suivre l'étroite bande d'asphalte qui semblait bouillir dans la chaleur et qui serpentait entre des talus fleuris vers l'est, vers l'intérieur du pays. D'après ce qu'on lui avait dit, le centre Sidonis était situé à seulement un kilomètre de là, mais elle aurait souhaité que ce soit encore plus près. Ou qu'elle ait acheté une bouteille d'eau à Lejnice.

Car il faisait chaud. Insupportablement chaud. Il était treize heures trente. Une heure parfaite pour une promenade au soleil, se dit-elle. Parfaite pour attraper une bonne insolation.

Mais ce serait le comble, si ce problème venait se greffer à tout le reste.

Elle se retourna encore une fois pour avoir une vue d'ensemble du village. Il semblait se composer seulement d'une dizaine de maisons. Une sorte d'enseigne publicitaire se détachait de l'une d'elles. Un magasin ? Peut-être y trouverait-elle une bouteille d'eau. Elle lança le sac à dos sur son épaule et prit la direction de la maison en brique rouge.

Elle en profiterait pour vérifier que c'était bien le chemin du centre.

Du centre et de son père.

C'était effectivement une épicerie. Toute petite. Mikaela Lijphart acheta un litre d'eau, une glace et un paquet de gâteaux de Rijbing au citron. Elle obtint aussi l'explication de l'itinéraire pour se rendre au centre Sidonis. Elle avait juste à suivre le chemin, puis il fallait tourner à droite après le pont. Ce n'était pas loin du tout. Avait-elle une voiture ? demanda la dame replète derrière le comptoir. Sinon, quelqu'un l'y emmènerait, si elle pouvait attendre une demi-heure. Comme tous les jours, ils avaient une livraison à faire au centre.

Mikaela Lijphart refusa avec un sourire et dit qu'elle aimait bien marcher. D'autant plus qu'il faisait beau.

– Un soleil radieux, admit la femme en s'éventant avec un hebdomadaire. Même un peu trop chaud.

Tout en marchant, Mikaela Lijphart réfléchit à ce qu'elle avait dit à la femme dans le train.

La vérité, mais pas toute la vérité.

Non, pas toute. Elle en savait un peu plus que ce qu'elle avait bien voulu lui dire. Elle eut soudain mauvaise conscience de lui avoir caché certaines choses. La femme avait été très aimable et s'était si gentiment occupée d'elle. Elle aurait pu lui en dire davantage. Oui, elle aurait pu.

D'un autre côté, elle n'avait pas menti. C'est vrai que sa mère n'avait rien dit de plus sur son passé.

Il s'était passé quelque chose.

Seize ans auparavant.

Quelque chose avec son père.

Mais quoi ? *Quoi ?* En repensant à la conversation de la veille avec sa mère, elle avait du mal à comprendre la position de celle-ci. Encore plus de mal maintenant qu'elles étaient à des dizaines de kilomètres l'une de l'autre que lorsque sa mère avait prononcé son nom pour la première fois dans la cuisine.

Arnold Maager.

Arnold ? Pendant douze ans, elle avait eu un père qui s'appelait Helmut. Pendant trois ans, elle en avait eu un sans nom. Et maintenant, elle en avait un qui s'appelait Arnold.

– Qu'est-ce qui s'est passé ? avait-elle demandé à sa mère. Dis-moi ce qu'il y a eu de si terrible. Il y a seize ans.

Mais sa mère avait seulement secoué la tête.

– Tu comprends bien que tu ne peux pas te taire, maintenant que tu as commencé ? avait insisté Mikaela.

Une remarque que sa mère faisait souvent elle-même.

– J'ai le droit de savoir.

Sa mère avait de nouveau secoué la tête. De façon plus décidée. Puis elle avait sorti sa tirade.

– Oui, tu as le droit de savoir qui est ton père, Mikaela, et je viens de te l'apprendre. Mais il vaut mieux, pour toi, que tu ne saches pas ce qui s'est passé et pourquoi je l'ai quitté. Fais-moi confiance, Mikaela. Tu imagines bien que je n'agirais pas comme ça, si ce n'était pas nécessaire.

– Je vais me renseigner.

– Fais ce que tu veux. Tu as dix-huit ans. Mais moi, je pense à ton bien.

Impossible d'aller plus loin malgré la demi-heure qu'elles avaient passée ensemble dans la cuisine. Mikaela avait supplié sa mère. Elle avait insisté et pleuré, mais sa mère s'était montrée inflexible. Sa décision était prise.

Ça lui arrivait de temps en temps d'être aussi rigide. Ce n'était pas la première fois que Mikaela Lijphart fonçait dans le mur. Elle avait déjà vécu ce genre de situation. Mais d'habitude la distance entre elle et sa mère n'était pas aussi infranchissable. Infranchissable et, on pouvait même dire, impressionnante.

Finalement, l'ouverture s'était faite grâce à tante Vanja. Et ce n'était pas la première fois non plus. Mikaela s'était enfermée dans sa chambre après la conversation avec sa mère et avait immédiatement téléphoné à tante Vanja. Elle lui avait expliqué la situation sans préambule et, au moment où elle s'apprêtait à renoncer, tante Vanja avait cédé. Elle avait commencé à raconter. Elle n'avait pas dit grand-chose, c'est vrai, mais elle avait légèrement soulevé le voile.

– *Ton père a tué quelqu'un. Une jeune fille… Mais, en fait, on n'a jamais vraiment su si c'était lui, le coupable.*

Pause.

– *Mais c'était lui, c'est sûr.*

Pause.

– *Et il ne l'a pas supporté. Ça l'a brisé. Mais il ne faut pas remuer tout ça. J'en ai déjà trop dit.*

– Qui ? Il a tué qui ? Et pourquoi ?

Tante Vanja avait refusé de répondre à cette question. Le voile avait repris sa place. Ce n'était pas à elle d'en parler, elle en avait déjà trop dit. Son père se trouvait sans doute dans un centre à l'extérieur de Lejnice, c'est du moins ce qu'elle croyait savoir. Il avait été placé là rapidement après. Mais elle ferait mieux de l'oublier. De l'oublier et de poursuivre son chemin.

Mikaela savait déjà qu'il se trouvait dans ce centre. Sa mère l'avait dit. Mais pourquoi avait-elle mis ses limites justement là, et pas ailleurs ? se dit Mikaela au moment de raccrocher. Si elle ne voulait pas qu'elle cherche à en savoir davantage, pourquoi lui avoir donné cette information ?

Plutôt ne rien dire du tout, non ?

– *Je suis obligée,* avait-elle affirmé, *je suis obligée de te donner le nom de ton père et de te dire où il se trouve. Mais je souhaite… oui, je souhaite de tout mon cœur que tu ne partes pas à sa recherche.*

De tout mon cœur ? répéta Mikaela Lijphart. C'était un peu pathétique. Et totalement incompréhensible. Hier comme aujourd'hui. Aussi incompréhensible que la manière dont sa mère se comportait parfois. En réalité, Mikaela Lijphart était moins surprise qu'elle n'aurait dû l'être. Que ne l'auraient été d'autres jeunes filles de dix-huit ans dans la même situation.

Je suis habituée à vivre sur du sable mouvant, s'était-elle dit. Avec ce que ça comporte comme avantages et inconvénients. Je suis préparée à tout, ou presque.

Peut-être était-ce la raison pour laquelle elle n'avait pas voulu tout dévoiler à la femme du train. Elle avait honte de cette famille tordue, et elle lui avait dit d'ailleurs!

Tué quelqu'un? Oh non, c'était trop.

Elle arriva au pont, le traversa puis tourna à droite. Le lit du fleuve était sec et envahi de végétation. Seul un filet d'eau boueuse indiquait que c'était là que coulait normalement le fleuve Muur. Quand les conditions climatiques étaient différentes. L'information était apportée par un grand panneau sur un poteau qui indiquait également que le centre Sidonis n'était plus qu'à deux cents mètres.

Deux cents mètres, se dit Mikaela Lijphart en buvant une gorgée d'eau. Après dix-huit ans – enfin, seize –, je me trouve à deux cents mètres de mon père.

Les bâtiments jaune pâle étaient situés dans un petit parc entouré d'un mur bas en pierre et bordé d'une rangée d'arbres. Des ormes ou des érables, elle ne savait pas très bien. Les deux, peut-être. Seulement trois bâtisses, une plus grande de quatre étages flanquée de deux ailes de deux étages. Un petit parking bitumé avec une dizaine de voitures. À part un chien noir qui aboyait attaché devant une des dépendances, il n'y avait aucune vie, nulle part. Elle suivit les panneaux, monta un escalier dans le bâtiment principal et s'arrêta devant un bureau d'information. Deux femmes qui n'étaient plus de la première jeunesse lui tournaient le dos en discutant entre elles. Il lui fallut un moment pour attirer leur attention.

Elle expliqua pourquoi elle était là et on la pria de s'asseoir pour attendre.

Au bout de quelques minutes, un jeune homme barbu à

lunettes surgit d'un couloir et lui demanda si son nom était bien Mikaela Lijphart. Elle confirma, il lui tendit la main et lui souhaita la bienvenue. Il dit qu'il s'appelait Erich et lui fit signe de le suivre. Il la précéda à travers deux couloirs aux murs verts et monta deux escaliers bleus. Elle marchait un pas derrière lui et sentit soudain qu'elle avait envie de faire pipi. C'était à cause de l'eau, bien sûr. Elle avait vidé la bouteille pendant la promenade.

Ils arrivèrent dans une sorte de salle de réunion équipée d'un téléviseur, de quelques canapés et de fauteuils. Ne voyant personne ici non plus, elle en conclut que tout le monde était sorti pour profiter du beau temps. Il devait tout de même y avoir d'autres patients que son père ? D'autres cas psychiatriques ? Elle aperçut la porte des toilettes et demanda à Erich de l'attendre un instant.

Mon Dieu, se dit-elle quand elle eut fini et qu'elle se fut un peu rafraîchie, je veux rentrer à la maison. Si l'homme n'est plus là, j'en profiterai pour ficher le camp.

Mais il était là.

– Arnold Maager est ton père, c'est ça ?

Elle hocha la tête et essaya de déglutir.

– Tu ne l'as jamais rencontré ?

– Non. Au cas où… Enfin non... Oui, c'est la première fois.

Il sourit et elle eut l'impression qu'il faisait un effort pour avoir l'air aimable. Il n'avait pas plus de deux, voire trois ans de plus qu'elle. Dans les vingt et un, vingt-deux ans peut-être. Elle inspira profondément et s'aperçut qu'elle tremblait légèrement.

– Inquiète ?

Elle soupira.

– Oui, j'ai un peu le trac.

Il se gratta la barbe. Il semblait réfléchir.

– Ce n'est pas quelqu'un de très bavard, ton père. En général. Mais tu n'as pas à t'inquiéter. Tu préfères être seule avec lui ?

– Oui. Pourquoi… Il y a quelque chose… ?

Il haussa les épaules.

– Non, rien. Je vais te conduire à sa chambre. Si vous voulez rester à l'intérieur, c'est possible. Mais vous pouvez aussi faire un tour dans le parc, il aime bien marcher… Il y a du thé et du café dans la cuisine.

– Merci.

Il lui indiqua un petit couloir. La fit passer devant lui.

– C'est ici. Au numéro 16. Je suis en bas au secrétariat, si tu as besoin de moi.

Il frappa à la porte et l'ouvrit sans attendre de réponse. Elle ferma les yeux, compta jusqu'à cinq et entra.

7

L'homme dans le fauteuil devant la fenêtre ouverte lui fit penser à un oiseau.

Ce fut sa première impression et c'est celle qui lui resta.

Mon père est un oiseau.

Petit et menu, il était vêtu d'un pantalon élimé en velours côtelé, beaucoup trop grand pour lui, et d'une chemise bleue qui flottait autour de ses épaules voûtées. Sa tête, posée sur un cou frêle, était longue et étroite, ses yeux étaient sombres et enfoncés dans leurs orbites, son nez pointu et légèrement busqué. Ses cheveux épais et coupés court. Gris souris. Avec une barbe de trois jours un peu plus sombre.

Il baissa le livre qu'il était en train de lire et l'observa pendant deux secondes. Puis il détourna le regard.

Immobile sur le seuil de la porte, elle retint son souffle, soudain convaincue qu'il y avait une erreur. Qu'elle – ou plutôt le jeune infirmier – s'était trompée de chambre. Cet homme pouvait-il être son père ? Ce petit personnage malingre serait … ?

– Êtes-vous Arnold Maager ? lança-t-elle, étonnée que sa voix soit si assurée.

Il leva de nouveau les yeux vers elle. Humecta ses lèvres avec sa langue.

– Qui es-tu ?

Les mots étaient aussi fluets que leur auteur. Elle se débarrassa de son sac à dos, s'installa dans le deuxième fauteuil et attendit quelques instants, sans le lâcher du regard. Se rendit compte qu'il n'avait pas l'air si vieux que ça. Dans les quarante-cinq ans, probablement. Sa mère en avait quarante-trois, ça pouvait coller.

– Je m'appelle Mikaela. Tu es mon père.

Il ne répondit pas. Ne réagit pas.

– Je suis ta fille, ajouta-t-elle.

– Ma fille ? Mikaela ?

Il sembla rétrécir encore. Sa voix était si faible qu'elle l'entendait à peine. Le livre tomba par terre, mais il ne se pencha pas pour le ramasser. Ses mains tremblaient un peu.

Ne te mets pas à pleurer, pensa-t-elle. S'il te plaît, papa, ne pleure pas.

Plus tard, elle eut du mal à évaluer le temps écoulé pendant leur tête-à-tête silencieux. Trente secondes. Dix minutes. C'était tellement étrange. Le temps était à la fois immobile et vertigineux. Lentement elle prit conscience d'une chose qui ne lui était même pas venue à l'esprit jusqu'alors... Qui concernait la langue et le silence. Et les perceptions.

Ce n'était pas très clair dans sa tête, mais pour la première fois de sa vie elle sut qu'il était possible de percevoir les choses, sans les évoquer. De les percevoir avec une autre personne sans les nommer. Même pas mentalement. Pas sur le moment, ni plus tard... Elle comprit que nos mots lourds et grossiers ne correspondent jamais entièrement à ce que nous voulons exprimer et qu'il est parfois nécessaire de s'en passer. Pour ne pas écraser nos sensations, ne pas les détourner avec notre langage.

Il fallait donc rester silencieux, tous les sens en éveil. Ne pas essayer d'intervenir. Oui, c'était à peu près ça qu'elle venait de comprendre. Qu'elle avait appris lors de sa première rencontre avec son père. Son papa-oiseau.

Trente secondes. Ou dix minutes.

Il se leva. Se dirigea vers la commode à côté du lit et ouvrit le tiroir du bas.

– Je t'ai écrit, dit-il. C'est bien que tu sois venue les chercher.

Il sortit un paquet de lettres d'environ quinze centimètres d'épaisseur et entouré d'un ruban noir.

– Ce serait mieux de les jeter, mais puisque tu es là, tu n'as qu'à t'en charger.

Il posa le paquet entre eux sur la table et s'enfonça de nouveau dans son fauteuil.

– Excuse-moi, dit-il, mais tu n'aurais pas dû venir. Je préférerais que tu t'en ailles.

Il cligna des yeux et fit quelques mouvements saccadés de la tête. Il détourna le regard. Elle le sentit mal à l'aise. Se trouver soudain face à sa fille, apparue de façon aussi inattendue, lui était sans doute désagréable.

– J'avais envie de te voir et de te parler, dit-elle. C'est seulement depuis hier que je sais qui est mon père, et j'aimerais comprendre pourquoi la situation est ce qu'elle est.

– C'est à cause de moi, dit-il. J'ai fait quelque chose d'épouvantable et la situation est comme elle doit être. On ne peut pas la changer. C'est impossible.

Il fit de nouveau un mouvement brusque de la tête.

– Je ne comprends pas, dit Mikaela Lijphart. J'ai besoin de savoir pour comprendre.

– C'est impossible, dit-il.

Il resta ensuite silencieux, la tête baissée et le regard rivé sur la table. Il se pencha en avant et serra de ses mains les accoudoirs de son fauteuil. Le temps s'écoula.

– Tu as un autre père. C'est mieux comme ça. Va-t'en, maintenant.

Elle sentit les sanglots lui brûler la gorge.

Regarde-moi, pensa-t-elle. Touche-moi. Dis que tu es mon père et que tu es heureux que je sois enfin venue.

Mais il était là, immobile et silencieux. L'atmosphère étrange de tout à l'heure avait disparu, à présent il semblait accablé d'ennui et découragé. Elle sentit le désespoir grandir en elle, étonnée de la rapidité avec laquelle un instant aussi particulier avait pu disparaître.

– Je ne sais même pas ce qui s'est passé, murmura-t-elle en luttant contre les larmes qui cognaient derrière ses paupières. Ma mère ne me dit rien, et toi tu ne me dis rien non plus. Vous ne comprenez donc pas qu'il faut m'expliquer ? Vous êtes… dégueulasses !

Elle s'extirpa du fauteuil et alla se poster devant la fenêtre ouverte. Elle lui tourna le dos. Se pencha dehors et serra très fort le rebord métallique. La douleur dans ses mains et la colère l'aidaient à tenir tête à son désespoir. Dégueulasses, répéta-t-elle en elle-même. De vrais salauds ! Voilà ce qu'ils étaient !

– Vous croyez savoir ce qui est bien pour moi, mais en réalité vous n'en savez rien du tout !

Il ne bougeait pas, mais elle l'entendait respirer. Péniblement, la bouche ouverte, comme s'il était encombré. Elle décida de ne plus s'occuper de lui pendant un instant, d'essayer de détourner son attention de lui. Elle leva le regard. L'été et la lumière du soleil s'installaient dans le parc. Le chien n'aboyait plus. Il était couché à l'ombre, le souffle court, la langue déroulée sur le sol devant lui. Elle avait une vue impressionnante sur le paysage environnant, elle voyait la route qu'elle avait empruntée pour venir et le village où elle était descendue du car. Saînt Inns. Plus loin elle devinait la mer. Elle s'étonna de la sensation d'enfermement qui régnait ici, malgré une telle vue. Malgré l'été, le soleil et le ciel infini…

– Tu as quel âge, Mikaela ? demanda-t-il soudain.

– Dix-huit ans, répondit-elle sans se retourner. J'ai eu dix-huit ans hier.

Elle se rappela tout d'un coup qu'elle lui avait apporté un cadeau. Elle alla fouiller dans son sac à dos et hésita un instant avant de poser le paquet à côté des lettres sur la table.

– Ce n'est rien d'extraordinaire, dit-elle. Mais c'est pour toi. Je l'ai fait à l'école quand j'avais dix ans. C'est pour toi.

Il prit prudemment le paquet rectangulaire et plat, mais ne l'ouvrit pas.

– Il ne fallait pas… commença-t-il.

– Je te fais un cadeau, alors accepte-le, l'interrompit-elle, agacée. Moi, je prends tes lettres, et toi, tu prends mon conte, d'accord ?

Car c'était un conte. Un conte en images sur un oiseau malheureux. Elle y avait consacré tout un semestre à la fin de l'école primaire. Elle avait inventé une histoire, fait des dessins, colorié. Son intention était de l'offrir pour Noël à sa mère et à Helmut, mais elle avait changé d'avis.

Elle ne se rappelait plus si c'était parce qu'ils s'étaient disputés ou si c'était pour une autre raison. Toujours est-il que ce conte lui était revenu à l'esprit la veille au soir, et elle avait pris ça pour un signe.

Elle allait l'offrir à son père. Un conte sombre dont la fin était heureuse.

L'histoire d'un oiseau ! Sa première impression sur son père lui revint.

Elle reprit sa place devant la fenêtre ouverte et se mit à attendre. Décidée à ne plus rien dire et à ne pas s'en aller avant qu'il réagisse. Elle allait rester là pour marquer sa révolte. Refuser de parler comme sa mère et comme lui à présent. Refuser. Ça prendrait le temps qu'il faudrait. Tant pis.

Au bout de quelques minutes, il se racla la gorge et se leva du fauteuil. Il fit quelques pas indécis dans la pièce. S'arrêta devant la porte.

– Je veux sortir, dit-il. À cette heure-ci, j'ai l'habitude de me promener dans le parc.

– Je t'accompagne, dit Mikaela Lijphart. Et je veux que tu me racontes. Je ne partirai pas d'ici avant que tu m'aies parlé. Tu as compris ?

Son père quitta la chambre sans un mot.

8

Les 10 et 11 juillet 1999

– Il faut que tu y retournes lundi ? demanda Mikael Bau. C'est bien ça que tu es en train de me dire ?

Eva Moreno hocha la tête et but encore une gorgée de vin. Elle commençait à se sentir ivre. Et alors ? Quelle importance ? C'était le premier soir de quatre semaines de vacances. Elle ne se souvenait pas de la dernière fois où elle avait bu jusqu'à lever ses inhibitions. Il y avait très longtemps de ça, plusieurs années peut-être. Quelles inhibitions, d'ailleurs ?

Demain elle allait faire la grasse matinée. Prendre une serviette et se traîner jusqu'à la plage. Passer la journée à faire le lézard au soleil. Se reposer, paresser et laisser Mikael s'occuper d'elle comme il l'avait promis.

Quelques heures de boulot le surlendemain n'étaient quand même pas la fin du monde. Dans l'après-midi. Ce n'est pas ça qui l'empêcherait de rester au lit le matin.

– Oui, c'est ça, dit-elle. Juste quelques heures. Il n'était pas aussi coopératif qu'il l'avait dit, ce tas d'immondices.

– Tas d'immondices ? répéta Mikael en fronçant les sourcils. On voit bien que l'inspectrice est *off the record*.

Off the record ? Elle se fit une place confortable dans le canapé défoncé. C'était bien possible, mais il ne fallait pas oublier qu'elle était en vacances, merde ! Mikael Bau était allongé à l'autre bout de l'immense canapé de velours, leurs deux corps étaient assez éloignés pour que la digestion se fasse agréablement. Il avait trouvé un poisson, comme promis. Et pas n'importe lequel. Une sole. Il l'avait cuisinée à la meunière et accompagnée d'une sauce divine à base de vin blanc et de queues d'écrevisses. C'était d'un tel luxe qu'elle avait eu du mal à l'apprécier à sa juste valeur et aussi à rendre justice aux talents culinaires de Mikael Bau. Cela avait sans doute un rapport avec son incapacité à jouir pleinement et sans réserve. Peut-être. Qu'est-ce que ç'avait de si étrange ?

Quand elle lui avait avoué cette faiblesse dans son caractère, il avait ri et haussé les épaules.

– Mange, avait-il dit. Pas la peine de t'exprimer en alexandrins.

Elle but une gorgée de vin. Appuya sa tête contre le coussin et sentit qu'elle avait un sourire ridicule qui n'avait pas l'air de vouloir s'effacer.

– Franz Lampe-Leermann est bien un tas d'immondices, affirma-t-elle. *Off* ou *on the record*, peu importe.

Mikael Bau afficha un air légèrement sceptique.

– Mais pourquoi justement toi ? Il y a bien d'autres flics capables d'interroger ce sale type, non ?

– Sans doute pour les mêmes raisons que je suis ici : il m'aime bien. Ou du moins, il préfère les femmes aux hommes.

– Ah oui ? Et c'est lui qui décide ? C'est encore une manifestation de la nouvelle ligne de conduite de la police, je suppose ?

– On dirait bien, oui. Quoi qu'il en soit, il me préfère au commissaire principal, et j'avoue que je le comprends. Vrommel n'est pas vraiment un cadeau…

– Vrommel ?

– C'est son nom. La soixantaine incontestable, le vêtement impeccable, l'arrogance insupportable…

Elle se tut, surprise par la facilité avec laquelle les mots sortaient de sa bouche. Ça doit être la sauce, se dit-elle. L'été, les vacances, le sauvignon…

– Je sais qui c'est, dit Mikael Bau.

– Qui ?

– Vrommel.

– Toi ? Comment tu peux savoir qui est Vrommel ?

Mikael Bau fit un grand geste avec le bras et renversa quelques gouttes de vin.

– La maison, dit-il. Celle-ci. N'oublie pas que j'ai passé tous mes étés ici. Je connais Port Hagen mieux que ma boîte à outils. Lejnice aussi... C'est la grand-ville du coin.

Moreno réfléchit.

– Je vois. Mais le commissaire principal ? Ça signifie que vous vous adonnez à des activités criminelles, ta famille et toi ?

Mikael Bau émit un grognement énigmatique.

– Pas vraiment, fit-il. Si je me souviens de Vrommel c'est parce qu'il est déjà venu ici. Ça devait être au début des années 1980, j'avais quinze ou seize ans. Une de mes sœurs avait une copine qui était mêlée à une affaire, mais je ne me souviens plus de quoi il s'agissait. Enfin, je ne l'ai jamais su. Toujours est-il qu'il est venu parler avec Louise... Enfin, il l'a même interrogée. Un grand rouquin, non ? Assez bourru.

– Chauve à présent, corrigea Moreno. Mais bourru, oui. Enfin, j'aimerais bien savoir pourquoi on est là à discuter de flics chauves...

– Je n'en sais rien, rétorqua Mikael Bau. Ça semble assez stupide, vu qu'il y a des flics chevelus bien plus près de moi.

Il attrapa ses pieds nus et commença à les masser.

Flic chevelu ? Moreno éclata de rire.

– J'ai besoin de faire un petit tour sur la plage, dit-elle. J'ai trop bu... et j'ai trop mangé de sauce.

– Moi aussi. On emporte une couverture ? C'est la pleine lune.

– Oui, une couverture s'impose, dit Eva Moreno.

Peu avant le lever du soleil, ils remontèrent de la plage. Eva Moreno dormit ensuite jusqu'à midi.

Mikael Bau fit de même. Après le petit déjeuner du dimanche, composé essentiellement de jus de fruits et de café, ils s'allongèrent dans le jardin, chacun dans un transat, avec, à portée de main, encore du jus et de l'eau minérale. Progressivement, et tout bien pesé, Eva Moreno découvrait à quel point cette maison était fabuleuse. Une vieille baraque en bois entourée d'une véranda et pourvue de balcons. Des escaliers grinçants, pas un seul angle droit, des coins et des recoins qui devaient rester gravés dans la mémoire d'un enfant à tout jamais. Des bow-windows décorés de fleurs séchées, des petits carreaux irréguliers, des meubles datant de quatre ou cinq générations et des styles marqués par un nombre incalculable d'époques.

Cette maison – appelée la Tschandala, un nom d'origine obscure – était devenue la propriété de la famille Bau, de façon assez mystérieuse. D'après Mikael, il n'y avait jamais eu de nantis dans sa famille, ils avaient tous eu juste ce qu'il fallait pour vivre au jour le jour. Mais, selon la théorie la plus tenace, un certain Sinister Bau l'aurait gagnée au poker lors d'une soirée légendaire au début des années 1920. Une autre théorie prétendait qu'au cours de cette même soirée il aurait perdu sa jeune fiancée, qui serait partie avec un chef tsigane ukrainien, si bien que la famille estimait qu'il valait mieux ne pas trop chercher à en savoir davantage.

Si elle possédait la Tschandala, c'était forcément à juste titre.

Mikael Bau lui raconta cette histoire et bien d'autres encore pendant qu'ils étaient allongés, nus, dans les transats. Un bosquet dense composé de pins nains et de buissons Avioli les protégeait des regards indiscrets. La tête reposée, Eva Moreno se sentait obligée de vérifier de temps en temps si, dans son élan, Mikael ne lui racontait pas des bobards.

Ou si tout cela n'était qu'illusion. La maison, le temps magnifique et l'homme nu qui posait sa main sur son sein gauche. Il devait s'agir d'un scénario intérieur qu'elle était en train d'imaginer dans son lit en attendant que le brutal radio-réveil la rappelle à un nouveau mardi pluvieux de novembre. Ce qui semblerait bien plus probable

Petit à petit, elle se dit que ça n'avait aucune importance. Elle se souvint d'un commentaire que lui avait fait un jour le *commissaire* – le commissaire Van Veeteren, qui s'était retiré de la police quelques années auparavant et qui, à présent, passait son temps dans la venelle Kupinski parmi les livres du bouquiniste Krantze. Dans le fond, disait-il, ça n'a aucune importance que les événements se déroulent dans un film, dans un livre ou dans la réalité. Les conditions – quelles qu'elles soient – sont toujours les mêmes.

Elle tendit sa main et laissa au hasard le soin de choisir l'endroit où la poser.

Vers quatre heures de l'après-midi, ils descendirent à la mer piquer une tête. L'été, le soleil, un dimanche et la plage bondée, bien entendu. Des mères, des pères, des enfants, des chiens, des frisbees, des cerfs-volants qui volaient dans les airs, des glaces qui coulaient et des ballons qui rebondissaient. Eva Moreno et Mikael Bau se séchaient au soleil lorsque, l'espace de quelques sombres secondes, elle fut prise d'une violente jalousie envers toutes ces familles, tous ces gens harmonieux qui s'intégraient de façon trop évidente dans ce cadre sain et naturel.

Mais ça lui passa. C'était une réflexion qui ne volait pas très haut. Elle fit un mouvement de tête agacé et regarda Mikael Bau qui se retournait sur le dos.

Si elle voulait réellement avoir sa place dans ce monde, rien ne l'empêchait de franchir le pas. Il n'y avait aucun obstacle.

Aucun obstacle extérieur. Ça ne tenait qu'à elle. Il lui avait déjà dit qu'il l'aimait. Plusieurs fois. Elle se serra plus près de lui. Ferma les yeux et pensa à sa propre famille.

À sa mère et à son père, qu'elle avait au téléphone une fois par mois. Et qu'elle voyait une fois par an.

À son frère bisexuel, qui habitait à Rome.

À sa sœur perdue.

Maud. Perdue dans les arrière-cours de l'Europe. Dans les rues aux putes des grandes villes, dans le désespoir sale des squats de camés. Dans les lits des proxénètes. Une spirale descendante longue et pitoyable. Elle ne savait plus où était Maud.

Elle ne recevait plus de cartes, ni de signes de vie. Elle n'avait plus son adresse. Peut-être que sa sœur n'existait plus ?

Une famille ? Est-on capable de commencer une vie de famille quand on n'en a jamais eu et qu'on a dépassé la trentaine ? À moins que toutes les familles ne ressemblent à la sienne, quand on les regarde de près ?

De bonnes questions, comme on dit. Elle se les était déjà posées.

À plusieurs reprises, mais elle avait toujours repoussé la réponse. C'était trop facile d'accuser ses géniteurs de tous les maux. De masquer ses traits héréditaires. Trop facile.

– Comment s'appelle-t-il, déjà ?

Mikael Bau passa sa main sur son ventre.

– Qui ?

– Le tas d'immondices.

Il avait vraiment choisi le bon moment pour la ramener à la réalité.

– Lampe-Leermann. Franz Lampe-Leermann. Pourquoi tu me demandes ça ?

Tout doucement, il se mit à remplir son nombril de sable. Un fin filet blanc et doux s'écoulait de sa main fermée.

– Je ne sais pas vraiment. De la jalousie, peut-être. Tu vas le voir pratiquement tous les jours. C'est peut-être ce qui explique pourquoi il te donne les renseignements au compte-gouttes. Comme ça, il pourra passer encore quelques moments avec la plus belle femme flic d'Europe.

Moreno réfléchit.

– Probablement, répondit-elle. Mais je n'y retournerai qu'une fois. J'ai l'intention de lui expliquer que j'ai décidé de ne plus le voir à partir de demain. En compensation, je crois que j'essaierai d'être un peu plus aimable. Je lui ferai quelques promesses…

– Bon Dieu, ne me dis pas des choses comme ça, dit Mikael Bau. Qu'est-ce qu'il a fait, d'ailleurs ?

– À peu près tout. Il a cinquante-cinq ans et il en a passé au moins vingt en taule. Mais il connaît des noms. De gros bonnets dans le milieu de la drogue. De la pédophilie. Des armes… Peut-être même du trafic d'hommes. Oui, des trucs bien glauques, mais avec l'aide de Lampe-Leermann on devrait pouvoir tirer au clair au moins quelques-unes de ces affaires. Et c'est à moi d'ouvrir le couvercle et de libérer toute cette saleté. Mais je te promets de n'y consacrer qu'un jour de plus.

Mikael Bau souffla sur son nombril pour enlever le sable et lui embrassa le ventre.

– Tu crois en ce que tu fais ?

Elle leva la tête et le regarda avec surprise.

– Qu'est-ce que tu veux dire ?

– Ce que je dis. Je te demande si tu penses que ça vaut réellement le coup de faire ton boulot d'inspectrice judiciaire. Tu obtiens des résultats ? Moi pareil, je me demande si j'arrive à sauver quelques personnes par mon travail social. Tu crois que ç'a un sens ? Il suffit de regarder notre société hypocrite et cynique pour se poser la question. Une société super égoïste à deux vitesses. Tu crois vraiment que ç'a du sens ?

– Bien sûr que oui. Pourquoi tu me demandes ça ?

– C'est bien. Je voulais juste vérifier. J'y crois, moi aussi. Et j'y croirai jusqu'au bout.

Mais pourquoi avait-il abordé ce sujet maintenant ? se dit-elle. Là, sur cette plage et sous ce soleil suffocant ?

Et pourquoi ne l'avaient-ils encore jamais évoqué jusqu'à présent ?

– Ce n'est pas seulement bien que tu y croies, poursuivit-il. C'est indispensable. Leila n'y croyait pas et c'est pour ça que ça n'a pas marché entre nous. Elle commençait à recourir à l'ironie et au cynisme, comme s'il n'y avait pas d'autre choix… comme si la solidarité était une notion reléguée au passé et qui s'était effondrée en même temps que le Mur, comme si tout ce qui nous restait à faire était de nous occuper de nos propres intérêts.

– Je croyais que c'était elle qui avait rompu avec toi ?

– Je lui ai laissé ce plaisir, dit-il après un moment de réflexion. Mais en réalité ça s'est passé comme ça. À peu près. Elle m'a déçu, tout simplement. Maintenant j'ai oublié son visage comme son nom de famille. Peu importe, il y a des siècles de ça... Tu sais que tu es la première femme avec qui j'aimerais avoir un enfant ?

– Tu es complètement fou, dit Eva Moreno. Va donc te faire inséminer.

– Je suis pourtant connu pour ma sagesse.

– J'ai soif.

– Tu changes de sujet, là.

– Quel sujet ?

– Un enfant. Nous. L'amour et tout. Oh, flic chevelue, je t'aime !

Elle resta un moment silencieuse.

– Je t'ai blessé ? finit-elle par demander.

– Mortellement.

Elle se souleva sur ses coudes pour s'assurer qu'il n'avait pas l'air suicidaire. Elle nota un petit spasme au coin de sa bouche, mais c'était probablement un sourire refoulé. Ou des pleurs. Il fait du cinéma, pensa-t-elle. Pourquoi je n'arrive pas à lui faire confiance ? Elle se mit debout et passa sa main sur ses jambes pour enlever le sable.

– Si on retournait dans ton château pour boire un peu d'eau ? Je vais t'expliquer quelque chose, OK ? J'ai besoin de me réhydrater.

– Hm ? fit Mikael Bau en se mettant debout lui aussi. Je meurs de curiosité. Et de désir, ajouta-t-il.

– Alors ? dit-il.

Moreno posa son verre.

– Tu ne me montres que tes bons côtés, dit-elle. Comme s'il était question d'une sorte d'exposition. On ne peut rien construire là-dessus. Tant que tu refuseras d'ouvrir les portes de tes placards et de lâcher tes cadavres, je ne te donnerai pas la moindre miette de mon avenir.

Il se pencha en arrière pour réfléchir.

– J'aime le foot, avoua-t-il. Au moins deux matchs par an au stade et un par semaine à la télé.

– Si je ne suis pas obligée de t'accompagner, je pourrai le supporter.

– Tu n'as pas *le droit* de m'accompagner. Je tiens à mon autonomie. J'aime être seul à d'autres moments aussi. Par exemple pour écouter Dylan, Tom Waits ou Robert Wyatt, sans qu'on vienne me parler ou baisser le volume.

Elle fit un hochement de tête neutre.

– J'apporte assez souvent du boulot à la maison, poursuivit-il. Il y a parfois des choses que je ne peux pas lâcher. Mais j'avoue que c'est assez emmerdant et j'envisage sérieusement de faire du yoga ou de la méditation pour pouvoir changer. On dort mal quand les choses vous rongent.

– On pourrait faire du yoga ensemble, proposa Eva Moreno.

– Pas si on fait des gosses tout de suite, répliqua Mikael Bau. Il faut qu'un de nous deux reste à la maison pour s'occuper des enfants. On ne peut pas traîner des nouveau-nés au yoga. Au fait, tu n'as pas faim ?

– Tu veux dire qu'il faut qu'on mange aujourd'hui aussi ?

Mikael Bau acquiesça.

– Il y a une tarte et de la salade. Et du vin.

– Je déteste le vin. D'autant plus que je travaille demain.

Mikael Bau sourit.

– Il me semble qu'il y a des asperges dans la tarte. J'ai lu quelque part que l'asperge est le seul aliment qui ne s'accorde avec aucun vin.

– Parfait, dit Moreno. Vive l'asperge !

Ils s'endormirent tôt après avoir fait l'amour juste un peu, pour s'amuser, mais au bout de quelques heures elle se réveilla et ne réussit pas à se rendormir. Couchée dans le grand lit, elle regardait les ombres qui se déplaçaient sur les murs et sur le corps bien musclé de l'homme à côté d'elle. Tout ça ne semblait pas très réel. Pas réel du tout, en fait. La lune traçait un chemin de lumière à travers les fins rideaux devant la fenêtre ouverte. Elle avait la sensation qu'elle et son amant (ami ? compagnon ? homme ?) flottaient dans une sorte de liquide révélateur surréaliste. Ballottés par les vagues en attendant d'être développés. D'apparaître en clair.

En tant que quoi ?

Je suis une femme libre, se dit-elle. Je fais partie de la première génération de femmes libres de l'histoire mondiale. Je tiens ma vie entre mes mains.

Aucune responsabilité envers quiconque. Sans considérations sociales à respecter. Aucun lien.

Je suis une femme qui peut faire ce qu'elle veut.

En ce moment même. Ici. Aujourd'hui et demain.

Ils avaient abordé également cette question. Ce soir et avant aussi. Qu'est-ce qu'il avait dit ?

« Si on tient trop à sa liberté, on finit par serrer une pierre froide dans sa main. De plus en plus froide, de plus en plus difficile à lâcher. »

Cette réflexion lui occupa l'esprit un bon moment.

Des conneries, se dit-elle ensuite. Il a dû lire ça sur une boîte de céréales. Il y a beaucoup trop de mots. Demain il va de nouveau falloir s'occuper du tas d'immondices.

Mais, avant que le soleil se lève pour un nouveau jour et avant qu'elle ait réussi à se rendormir au cours de cette longue nuit, elle savait qu'il fallait qu'elle se décide.

Elle disposait d'un délai de réflexion de quatre semaines. Probablement. Deux avec lui. Deux sans lui. Il n'était sans doute pas prêt à lui en accorder plus.

Elle passa doucement sa main sur son dos musclé en se demandant si elle ne connaissait pas déjà la réponse.

Puis elle s'endormit.

9

Il n'y avait plus de place à l'auberge de jeunesse. Après un moment de négociation, elle parvint néanmoins à obtenir un lit d'appoint bancal dans une chambre que partageaient déjà deux jeunes Danoises en voyage et une infirmière quinquagénaire qui n'avait pas réussi à avoir une chambre double avec son mari.

Dans la douche, elle fit la connaissance de l'infirmière qui avait la peau bien grillée après une longue journée passée à la plage. Les Danoises, elles, écrivaient des cartes postales allongées sur leur lit, chacune branchée à son walkman. Elles lui firent un signe de tête sans se donner la peine d'enlever les écouteurs.

Elle réprima une envie de fondre en larmes, fourra ses affaires dans un placard, fit son lit et se rendit ensuite au réfectoire dans l'espoir de trouver quelque chose à se mettre sous la dent.

Après avoir avalé trois sandwichs, un grand Coca et une pomme, elle se sentit un peu mieux. Elle sortit son petit calepin bleu, regarda ses notes en se demandant par quel bout commencer. Elle prit sa décision et retourna à la réception pour demander de l'aide. Il n'était que dix-sept heures quarante-cinq et, avec un peu de chance, elle arriverait à caser une visite dans la soirée.

Les choses se déroulèrent encore mieux qu'elle n'avait osé l'espérer, les deux filles à la réception lui consacrèrent beaucoup de temps. Lorsqu'elle arriva à l'arrêt, le bus était déjà là et semblait l'attendre.

Elle s'installa sur un siège juste derrière le chauffeur et continua de réfléchir aux différentes possibilités d'agir. Elle sortit le calepin de son sac pour mémoriser l'essentiel. Le bus démarra et elle retourna mentalement à la promenade dans le parc. Elle repensa aux lettres que son père lui avait données et qu'elle avait lues avec un étonnement grandissant. Un sentiment d'irréel s'empara d'elle avec la brutalité d'un cauchemar.

Arnold Maager. Son père.

Papa. Elle prononça ce mot si ancien, goûta le nouveau sens qu'il avait pris. Elle s'efforça de revoir le personnage frêle devant elle. Sa manière de se tenir, un peu penché. Sa lourde tête ovale sur son cou si fin. Elle l'avait associé à un oiseau. Ses mains enfoncées dans les poches de son pantalon, sa tête dans les épaules comme s'il avait froid malgré la chaleur caniculaire. Et la distance… cette distance qu'il s'était efforcé de garder. Comme si tout contact physique était dangereux et interdit.

Pendant plus d'une heure, ils s'étaient promenés dans le parc, côte à côte, en respectant cinquante centimètres de distance entre eux. Au minimum. Ils n'avaient pas cessé de marcher. Il lui avait fallu un moment pour comprendre qu'elle n'avait pas besoin d'insister davantage.

Que ce n'était pas la peine de lui poser des questions, de le presser. Il avait décidé de lui raconter.

De lui raconter à son rythme. Avec ses propres mots. En faisant des pauses, en se répétant, en prononçant des noms qui lui étaient inconnus. Plus il avançait dans son récit, plus la tension augmentait, mais cela n'avait rien d'étonnant, bien entendu.

Car l'histoire qu'il avait à habiller en mots devant sa fille n'était pas jolie.

Pas jolie du tout.

Mais il la raconta.

Les cloches de l'église peinte en blanc sonnèrent dix-huit heures quarante-cinq au moment où elle descendit du bus sur la place de Lejnice. Les trois coups sourds dispersèrent momentanément quelques pigeons, qui se reposèrent aussitôt à ses pieds.

Elle contourna la fontaine asséchée et se renseigna au kiosque à journaux sur la manière de s'y rendre. Elle avait vérifié l'adresse dans l'annuaire de l'auberge de jeunesse et une dame en sueur lui expliqua avec une voix asthmatique et en faisant un geste vers le port qu'il était situé non loin de là. Impossible de se tromper.

Elle remercia et prit la direction indiquée. Toujours tout droit vers la mer. D'abord l'étroite rue Denckerstraat, rendue encore plus étroite par les vieilles bicoques inclinées en avant qui la bordaient de part et d'autre. Puis le chemin du Goopsweg à gauche pendant environ cinquante mètres. C'était l'immeuble avant la pharmacie.

Deux événements survinrent au cours de ces cinquante mètres.

Un chat noir surgit d'abord de derrière une palissade et traversa la rue juste devant elle.

Puis une tuile se détacha d'une des toitures et atterrit trois mètres derrière elle.

Cela se produisit à peine quelques secondes après que le chat eut disparu derrière la palissade d'en face. Une femme, qu'elle venait de croiser et qui se trouvait tout près de l'endroit où la tuile était tombée, poussa un cri qui l'effraya bien plus que la chute de la tuile. Du moins pour commencer.

Elle hésita un bon moment devant le numéro 26. Elle sentait l'odeur de la mer et la faible brise de la plage. Et aussi des effluves d'huile et d'origan venant de la pizzeria d'à côté. L'immeuble – celui dont il était question – était un bâtiment de trois étages pourvu de deux entrées. Architecture typique des années 1970 avec des balcons étroits en encorbellement donnant sur la rue. Éventuellement aussi sur la cour.

Je ne suis pas superstitieuse, se dit-elle. Je ne l'ai jamais été et je n'ai pas l'intention de le devenir. Je ne crois pas à ces restes ridicules d'une période obscurantiste... L'expression lui venait certainement de Kim Wenderbout, son prof d'instruction civique dont la moitié des filles de la classe étaient secrètement amoureuses. Elle y comprise.

Des restes ridicules ? Une période obscurantiste ? Des idioties, tout ça !

Cependant, elle ne bougea pas. Sur la place, les cloches sonnèrent sept heures du soir.

Le chat et la tuile. Rien de très étonnant. Elle compta les coups, fit demi-tour et rebroussa chemin.

Bizarre, se dit-elle quand elle fut de nouveau assise dans le bus, le dimanche matin. Pourquoi ai-je réagi comme ça ?

Un chat qui traverse la rue et une tuile qui tombe du toit, qu'est-ce que ç'a d'extraordinaire ?

Elle avait dormi comme une souche pendant presque douze heures. Dès son retour à l'auberge de jeunesse le samedi soir, elle s'était glissée dans ses draps pour se réveiller seulement à neuf heures et demie du matin parce qu'une des Danoises avait fait tomber un objet.

Elle avait pris sa douche, réglé la chambre et eu le temps de prendre le bus de dix heures vingt. Son déjeuner était on ne peut plus équilibré : une poire et une limonade à la poire.

Son comportement de la veille au soir avait tout de même été étrange. Oui, quand même. Ça ne lui ressemblait pas. C'était encore plus évident à la lumière du matin. Ça ne ressemblait effectivement pas à Mikaela Lijphart, la sage, la raisonnable. Plusieurs de ses amies de classe avaient été attirées par le new-age, par le mysticisme et par d'autres mouvements douteux. Mais pas elle. Pas Mikaela Lijphart la sérieuse. Toujours est-il qu'elle était finalement assez étonnante, cette histoire de chat et de tuile. Ainsi que sa réaction.

Et si jamais elle rencontrait d'autres signes sur son chemin, comment réagirait-elle ?

Ridicule ! Hier était hier. J'étais fatiguée. Éreintée et mentalement épuisée. D'ailleurs, qui ne l'aurait pas été ? Sa journée avait fait son plein de tourments, comme disait Helmut.

En descendant vers le Goopsweg, elle se rendit compte qu'elle n'avait pas appelé sa mère depuis son départ, la veille au matin.

C'est vrai qu'elle n'avait rien promis, mais d'habitude elle donnait toujours de ses nouvelles. Dans la petite venelle, derrière la pizzeria, elle aperçut une cabine. Elle avait une nouvelle carte téléphonique dans son sac. Elle ralentit le pas, hésita.

Elle ferait mieux d'appeler, non ? Pas la peine d'inquiéter inutilement maman et Helmut.

Si, elle avait une raison. Elle en avait réellement une. Elle se permettait d'être un peu égoïste.

Et elle avait dix-huit ans.

Autant qu'ils en apprennent tout de suite les avantages et les inconvénients. Ce coup de fil pouvait bien attendre quelques heures. La journée, même.

Elle passa devant la cabine téléphonique en sifflotant.

La femme qui ouvrit la porte ressemblait à une prof de maths qu'elle avait eue pendant un trimestre en fin de collège. Le même visage chevalin. Les mêmes yeux pâles. Les mêmes cheveux raides et ternes. Un instant, Mikaela Lijphart fut tellement convaincue qu'il s'agissait de la même personne qu'elle faillit prononcer son nom.

Puis elle se rappela que Mlle Dortwinckel s'était donné la mort pendant les vacances de Noël – en avalant une demi-douzaine de verres en cristal, d'après la rumeur – et elle comprit qu'il s'agissait seulement d'une ressemblance. D'un certain rayonnement.

Ou plutôt d'une absence de rayonnement. Le bon Dieu ne disposait peut-être que d'un nombre restreint d'apparences. Surtout pour les femmes d'un certain âge un peu usées par la vie.

D'où me viennent des pensées pareilles ? se demanda-t-elle. Et comment ça se fait qu'elles me viennent comme ça ?

– Oui ?

La voix était acerbe et hostile. Elle n'avait rien à voir avec celle de Mlle Dortwinckel.

– Excusez-moi. Je m'appelle Mikaela Lijphart. J'espère ne pas vous déranger, mais il serait très important pour moi de pouvoir vous parler un instant.

– À moi ? Pourquoi ?

Mikaela sentit alors l'odeur d'alcool qui émanait de la femme. Elle recula machinalement d'un pas et dut s'accrocher à la rampe pour ne pas tomber dans l'escalier.

À onze heures, un dimanche matin… Déjà bourrée ! Pourquoi ?

Puis l'idée lui vint que ça pouvait avoir un rapport avec son père. Avec l'histoire que lui avait racontée son père…

Elle perdit le fil. Ou le lâcha exprès. La femme la fusilla du regard.

– Pourquoi tu veux me parler ? répéta-t-elle. Pourquoi tu dis rien ? T'es un peu demeurée ou tu fais partie de ces foldingues qui cherchent à recruter des âmes ? Moi, j'ai pas d'âme.

– Non… non, ni l'un ni l'autre, assura Mikaela Lijphart. Excusez-moi, je suis seulement un peu émue. Il m'est arrivé tellement de choses, ces derniers temps, et je ne sais pas très bien comment me comporter. Il s'agit d'un événement qui s'est passé quand j'étais petite… quand j'avais seulement deux ans. Un événement que j'essaie de comprendre et je pense que vous pourriez m'aider. Je ne suis pas d'ici. Est-ce que je peux entrer un instant ?

– J'ai pas eu le temps de ranger, dit la femme.

– Quelques minutes me suffiraient.

– La femme de ménage est pas venue, vendredi. C'est pas rangé, j'te dis.

Mikaela Lijphart essaya de faire un sourire entendu.

– Je comprends. Ça ne fait rien, on peut aller dans un café, si vous préférez. L'essentiel, c'est que je puisse vous parler.

Indécise, la femme grommela quelque chose en se mordant

l'intérieur des joues. Elle restait dans l'embrasure de la porte et tanguait lentement d'avant en arrière tout en se tenant au radiateur.

– Quoi ? Qu'est-ce que tu veux savoir ?

– Je préférerais ne pas en parler sur le pas de la porte. Il s'agit de mon père.

– De ton père ?

– Oui.

– Et c'est qui, ton père ?

Mikaela réfléchit pendant deux secondes. Puis elle dit son nom. La femme inspira bruyamment et lâcha le radiateur.

– Merde alors, dit-elle. Allez, entre.

Mikaela ne doutait pas un seul instant que la femme de ménage n'était pas venue le vendredi. Ni les autres jours de ces six derniers mois. Jamais elle n'avait vu un appartement aussi sale et aussi sordide. Même dans son imagination. La maîtresse de maison la fit entrer dans une cuisine exiguë qui sentait le tabac et le vieux poisson. Entre autres. Elle poussa un tas de journaux et de publicités sur la table pour qu'elles puissent s'installer l'une en face de l'autre – de chaque côté d'une petite surface poisseuse sur laquelle étaient posés un verre, un cendrier et une bouteille.

C'était du vin de cerises. Elle lui en remplit un verre sans rien dire, Mikaela trempa ses lèvres dans la boisson tiède et douceâtre. Elle eut un haut-le-cœur.

La femme but le sien cul sec, reposa bruyamment le verre et alluma une cigarette.

Elle pourrait au moins aérer, se dit Mikaela. Pourquoi rester enfermée dans une poubelle par un temps pareil ? Dégoûtant !

Mais elle n'était pas là pour parler hygiène et décoration.

– Alors tu veux qu'on parle d'Arnold Maager, dit la femme. Ce vieux dégueulasse.

– C'est… Arnold Maager est mon père, rappela Mikaela Lijphart.

– J'ai bien entendu ! Raconte ce que tu sais !

Mikaela Lijphart sentit de nouveau les larmes la submerger, mais elle serra les dents et réussit à les retenir.

– Ça vous dérange, si j'ouvre un peu la fenêtre ? demanda-t-elle. Je suis allergique à la fumée.

– Pas question d'ouvrir de fenêtres ici, déclara la femme. C'est toi qu'as voulu entrer dans ce foutoir.

Mikaela déglutit.

– Alors raconte, dit la femme en se resservant un verre. C'est toi qui commences. Y a pas de raisons, merde !

Mikaela se racla la gorge. En fait, elle n'avait pas grand-chose à dire, mais à peine avait-elle commencé à parler que la femme se leva et se dirigea vers l'évier, qui débordait de vaisselle, de bouteilles vides et de saletés de toutes sortes. Dos à son invitée, elle fouilla rapidement dans un tiroir. Lorsqu'elle se retourna, elle avait quelque chose dans les mains, qu'elle pointa sur Mikaela.

Il fallut une seconde à Mikaela Lijphart pour comprendre que c'était un pistolet.

Le chat, se dit-elle. La tuile.

10

Le 12 juillet 1999

Le temps était couvert, ce lundi après-midi, mais dans la salle d'audition du commissariat de Lejnice l'anticyclone perdurait. Lampe-Leermann était vêtu d'une chemise orange avec un col pelle à tarte dont les trois boutons supérieurs étaient défaits. Les auréoles de transpiration sous ses bras se voyaient à peine et il sentait fort la lotion après-rasage.

C'est tout de même mieux que l'ail mal digéré, constata Eva Moreno lorsqu'elle s'installa en face de lui. Elle l'observa un instant avant de se lancer. Dans l'ensemble il paraissait plus calme que le samedi. C'est donc avec un léger optimisme qu'elle enclencha le magnétophone.

Il était alors exactement treize heures quinze. Quand elle appuya sur « stop », une heure et quatre minutes s'étaient écoulées.

Mission accomplie. Elle avait fait du bon boulot. C'était du moins son avis. Dans quelle mesure il était partagé par Franz Lampe-Leermann, c'était plus discutable. Elle pensait avoir réussi à lui extraire l'essentiel des renseignements qu'il détenait. Trois noms parfaitement inconnus par la police, une demi-douzaine d'autres déjà familiers et des informations qui leur permettraient d'engager des poursuites contre tous. Elle avait également obtenu un certain nombre de renseignements dont elle ne pouvait pas évaluer l'importance pour l'instant mais qui, à long terme, mèneraient sans doute vers une, voire plusieurs condamnations. À condition que le procureur ne soit pas d'un autre avis. Ou que d'autres considérations n'entrent pas en ligne de compte. Enfin, ça ne servait à rien de penser à ce genre d'hypothèses.

Elle n'avait pas fait de promesses inconsidérées, ni quant à une éventuelle remise de peine, ni quant à un classement sans suite. Bien sûr, cela ne faisait pas partie de ses compétences, mais c'était quand même la police qui décidait s'il fallait mettre en lumière des informations ou, au contraire, les laisser dans l'ombre.

Du bon boulot, donc. Elle pouvait bien s'accorder ce compliment. Reinhart se chargerait du reste. L'inspectrice Moreno avait fait ce qui lui incombait. Largement.

– Mademoiselle la flic a l'air satisfaite, dit Lampe-Leermann tout en se grattant sa poitrine poilue.

– En effet, et c'est parce que je vais maintenant pouvoir m'en aller d'ici, répliqua Moreno.

– J'ai encore quelque chose à vous proposer. Ça ne vous plairait pas d'en profiter ?

Ses insinuations la mirent hors d'elle, mais elle se maîtrisa.

– Et ça serait quoi ?

– Une petite gâterie, pour la fin. Pour la bonne bouche, comme on dit. Mais il me faut d'abord une petite dose de nicotine.

Moreno hésita. Elle vérifia l'heure tout en se demandant à quoi il pouvait bien faire allusion.

– Que voulez-vous dire ? s'enquit-elle.

– Exactement ce que je dis, voyons. Comme toujours. Pour la bonne bouche. Mais d'abord une cigarette. Chaque chose en son temps.

– Je vous accorde cinq minutes, déclara Moreno. Mais vous avez intérêt à ce que ce soit intéressant, sinon vous perdrez vos bons points.

Lampe-Leermann se leva.

– Ne vous inquiétez pas, mademoiselle. Généralement, je ne déçois pas les femmes.

Il frappa à la porte pour demander à sortir dans la cour.

– Donc, il s'agit de ce journaleux.

– Journaleux ?

– Le journaliste, là. Ne soyez pas aussi chatouilleuse, mademoiselle.

Moreno ne répondit pas.

– Je connais une belle petite histoire. Je connais aussi un nom…

Il se frappa le front avec deux doigts.

– … c'est justement l'objet de notre négociation.

Moreno acquiesça d'un mouvement de tête et jeta un regard sur le magnétophone, mais Lampe-Leermann leva la main dans un geste de refus.

– Vous retiendrez sans difficulté ce que je vais vous dire et, à mon avis, vous préférerez que ce ne soit pas enregistré.

– Venez-en au fait ! ordonna Moreno. Il s'agirait donc d'un journaliste qui est au courant de certaines choses ?

– C'est ça. Que pensez-vous des pédophiles, mademoiselle ?

– Je les adore.

– J'avoue avoir une certaine indulgence pour eux, moi aussi, dit Lampe-Leermann en se grattant sous le menton. On écrit tellement de saletés à leur sujet… Ils sont… disons, un peu persécutés. Et il y en a partout. D'honnêtes citoyens ordinaires, comme vous et moi…

– Au fait !

Lampe-Leermann lui jeta un regard qu'il voulait bienveillant et paternel.

– … partout, donc. Il n'y a pas de quoi en avoir honte. Il ne faut pas avoir honte de ses penchants, c'est ce que disait toujours ma petite maman… Mais de nos jours c'est devenu une question si délicate. Après tout ce qui s'est passé, les gens sont en colère. Toujours est-il que…

Il fit une pause et se passa le pouce et l'index sur sa moustache teinte. Moreno n'avait encore jamais vu quelqu'un d'aussi répugnant. Ni entendu. Le sobriquet « salopard » était plutôt un compliment. Elle serra les dents et s'efforça de masquer ses sentiments.

– … toujours est-il que j'ai rencontré ce journaliste qui m'a raconté qu'il avait accepté dix mille guldens pour garder le silence.

– Garder le silence ?

– Oui.

– À propos de quoi ?

– À propos d'un nom. Celui du pédophile.

– Qui ?

Franz Lampe-Leermann haussa les épaules.

– Je ne sais pas. Enfin *moi,* je ne sais pas. Le journaliste, lui, sait. Mais moi, je connais le nom du journaliste. Vous suivez, mademoiselle ?

– Oui. Et alors ?

– C'est la fonction de cet homme aux petits penchants… particuliers qui rend la chose intéressante. Je n'aurais pas parlé de « bonne bouche », sans cela… Qu'est-ce que tu en penses ?

Moreno se tut. Elle nota qu'il l'avait tutoyée pour la première fois. Cela avait-il une signification ?

– Dans la Grande Maison ! Qu'est-ce que tu dis de ça ? Un inspecteur… un des vôtres.

Il sourit et se pencha en arrière.

– Comment ?

Lampe-Leermann reprit sa position initiale, arracha un poil de sa narine droite et sourit de nouveau.

– Je répète : il y a un pédophile au commissariat de Maardam. À la PJ. Il a donné dix mille guldens à mon informateur pour ne pas être dénoncé. Ce serait stupide de payer si on n'a rien à cacher, n'est-ce pas ?

Mais qu'est-ce qu'il me raconte ? se dit Moreno.

La carapace de défense que Moreno s'était constituée à

l'aide de la raison, de sentiments et d'expériences empêcha d'abord l'information de l'atteindre, mais peu à peu les mots de Lampe-Leermann s'infiltrèrent, inexorablement, et finirent par former un message clair et compréhensible.

Enfin, plutôt *in*compréhensible.

– Allez vous faire foutre !

– D'accord, répondit Lampe-Leermann, je le ferai peut-être en temps utile...

– Vous mentez... Vous pouvez oublier les bons points que vous pensez avoir acquis. Je veillerai à ce que vous écopiez de huit ans... de dix ans ! Espèce de salopard !

Le sourire de Lampe-Leermann s'élargit.

– Je constate que vous êtes très affectée par cette histoire, mademoiselle. Vous n'avez donc aucune indulgence, vous non plus ? J'ignore, d'ailleurs, s'il a financé sa petite escapade lui-même ou s'il s'est servi de l'argent public... Ça dépend de la position qu'il occupe, bien entendu, ce que je ne sais pas. Comme je vous l'ai déjà dit. Mais le journaleux, lui, sait.

Il se tut. Pendant un bref instant, Moreno sentit le sol bouger. Juste une petite secousse, comme s'il manquait trois images sur les vingt-quatre du film dans lequel ils étaient en train de jouer... ou comme lors d'un petit tremblement de terre, quand on se trouve à une certaine distance de l'épicentre.

Un tremblement de terre ?

Cette métaphore ne pouvait pas lui être venue sans raison. Elle observa la silhouette avachie de Franz Lampe-Leermann. Dans des circonstances un peu moins civilisées, elle n'aurait pas hésité à le tuer. Si elle en avait eu la possibilité. Oh oui ! Elle l'aurait écrasé d'un coup de talon. Comme un cafard. L'idée ne l'effrayait absolument pas.

En revanche, elle fut effrayée par l'idée de ne pas être effrayée.

– Vous avez fini ? demanda-t-elle d'une voix glaciale pour qu'il comprenne qu'il ne pouvait s'attendre à aucune complaisance.

– Fini, confirma-t-il.

Son sourire se rétrécit légèrement.

– Je vois que vous avez reçu le message. Donnez-moi de vos nouvelles, quand vous l'aurez interprété.

Moreno se leva. Se dirigea vers la porte arrière et frappa avec son trousseau de clés. Avant qu'elle quitte la pièce, Lampe-Leermann ajouta encore un détail.

– C'est justement pour évoquer cette « bonne bouche » que je tenais à m'entretenir avec une femme. J'espère que vous ne vous attendiez pas à autre chose ? C'était pour éviter de me trouver en face de… ce policier, justement. Ou de quelqu'un qui se sentirait solidaire avec lui… C'est un beau mot, ça, « solidaire », mais je crains qu'il ne soit tombé un peu en désuétude.

Ce n'est qu'un mauvais rêve, se dit l'inspectrice Eva Moreno. N'empêche que j'ai la nausée.

Cinq minutes plus tard, elle avait quitté aussi bien Franz Lampe-Leermann que le commissariat de Lejnice.

Pour ce jour-là.

Le lieutenant stagiaire Vegesack fit le signe de croix et frappa à la porte.

Non pas qu'il soit pratiquant, et surtout pas catholique, mais ce geste s'était un jour révélé efficace : Vegesack s'était endormi dans sa voiture au cours d'une surveillance nocturne et la personne qu'il était chargé de surveiller (un intermédiaire dans un trafic de cocaïne) en avait profité pour se sauver. Le lendemain, il devait se présenter dans le bureau du patron et s'attendait à ce que le commissaire principal Vrommel lui passe un savon. Faute de mieux, il avait fait le signe de croix devant la porte (la semaine précédente, il avait regardé la Ligue des champions à la télé et le gardien de but italien l'avait fait avant d'arrêter un penalty), et à sa grande surprise ç'avait marché. Vrommel l'avait traité presque comme son semblable.

Probablement parce que l'intermédiaire avait été arrêté plus tard dans la nuit, mais Vegesack s'en fichait pas mal. Depuis ce jour-là, il faisait le signe de croix chaque fois qu'il se trouvait devant la porte du commissaire principal.

De toute façon, ça ne pouvait pas faire de mal.

Vrommel s'adonnait à des exercices d'assouplissement devant l'armoire des classeurs. Il consacrait au moins dix minutes par jour à cette activité pour se maintenir en forme, et cela n'avait aucune incidence sur son travail et ne l'empêchait pas de faire ce qu'il avait à faire, aimait-il à souligner.

– Asseyez-vous, dit-il quand le lieutenant Vegesack eut fermé la porte derrière lui.

Vegesack s'installa dans le fauteuil des visiteurs.

– Notez, ordonna Vrommel.

Le commissaire principal était déjà connu pour son laconisme, mais les exercices physiques l'obligeaient à être encore plus concis.

– Premièrement, dit-il.

– Premièrement ? s'étonna Vegesack.

– Ce soir ou demain, ce fumier de Lampe-Leermann va être déplacé à la maison d'arrêt d'Emsbaden. Tu vas passer quelques coups de fil pour organiser ça.

Vegesack nota.

– Deuxièmement. Il va falloir transcrire l'interrogatoire enregistré de l'inspectrice Moreno et lui transmettre pour signature. Tu vas t'en charger.

Vegesack nota.

– Il faut que ce soit prêt pour demain midi. Les cassettes sont là.

Il fit un signe de tête vers le bureau. Vegesack mit les deux cassettes dans la poche de sa veste. Le commissaire principal s'arrêta brièvement pour changer de côté et reprit de plus belle ses rotations.

– Autre chose ? s'enquit Vegesack.

– Je te l'aurais dit.

De retour dans son bureau – qu'il partageait avec les agents Mojavic et Helme –, Vegesack se demanda s'il avait intérêt à noter la conversation avec son patron dans son calepin noir. Celui qu'il avait commencé à remplir six mois auparavant, et grâce auquel il tenait le coup. Il servirait de base le jour de la vengeance où il pourrait enfin ouvertement faire la critique du commissaire principal Victor Vrommel.

La vraie histoire du commissaire principal de Lejnice.

Il avait déjà noirci plus de cinquante pages. Pour l'instant le titre était: *Un putois en uniforme*. Mais il n'avait pas encore abandonné ni *Le Bras long de la loi* ni *Un Néron de notre temps*.

Le lieutenant stagiaire Vegesack ouvrit son agenda et constata qu'il lui restait encore dix-huit jours avant les vacances. Il téléphona ensuite à Emsbaden pour organiser le transport de Franz Lampe-Leermann. Regarda sa montre. Quinze heures quarante-cinq. Sortit son carnet de notes, son stylo, et introduisit la première cassette dans le magnétophone.

Au mieux, j'aurai fini à minuit, se dit-il.

Elle avait presque terminé son récit quand elle se rendit compte qu'elle aurait peut-être mieux fait de ne rien dire.

Sûrement, d'ailleurs. Personne n'avait à connaître – ou à s'occuper – du contenu des insinuations de cette ordure. Surtout si c'était du bluff. Ce qui était forcément le cas.

Alors, pour quelle raison avait-elle tout raconté à Mikael Bau dès qu'ils s'étaient installés sur la terrasse du Café du Port ? Pourquoi ?

Ne trouvant pas de réponse satisfaisante, elle hésita un instant, se mordit la langue.

– Ah bon ? dit-il. Merde alors ! Et qu'est-ce que tu en penses ?

– C'est un mensonge, bien sûr. Qu'est-ce que tu veux que ce soit d'autre ? Mais ce que je n'arrive pas à comprendre, c'est ce qu'il espère en tirer.

Mikael Bau l'observa en silence tout en remuant son café.

– Et si ça ne l'était pas ?

– Quoi donc ?

– Si ce n'était pas un mensonge ?

– *C'est* un mensonge.

– De qui ?

– Que veux-tu dire ?

– Qui serait à l'origine de ce mensonge ? Lampe-Leermann lui-même ou le journaliste ?

Moreno réfléchit.

– Ou quelqu'un d'autre, dit-elle. On ne sait même pas si ce journaliste existe.

– Pas avant que ce salopard lâche son nom ?

– C'est ça. Et il ne le fera pas gratuitement.

Ils gardèrent le silence un moment. Mikael Bau continua d'observer Eva Moreno en haussant légèrement les sourcils, mais elle fit semblant de ne pas le remarquer.

– Dans l'hypothèse où… commença-t-il.

Elle ne réagit pas. Il hésita encore quelques secondes.

– Supposons que ce n'est pas un coup de bluff. Ça nous mènerait où ?

Eva Moreno serra les poings et le fusilla du regard. Inspira profondément.

– Ça nous mènerait à… Ça signifierait qu'un de mes proches collaborateurs est un violeur d'enfants.

– Ne parle pas si fort, recommanda Mikael Bau en jetant un regard prudent autour de lui.

Mais personne ne semblait faire attention à eux. Moreno se pencha en avant et baissa légèrement la voix.

– Ce serait tellement atroce que je ne pourrais plus dormir la nuit. Ça se comprend, non ?

– Sûrement, oui, dit Mikael Bau. Il y en a combien d'envisageables ? De candidats potentiels, je veux dire… toujours de façon purement hypothétique, bien entendu.

Moreno réfléchit. S'efforça de faire une évaluation.

– Ça dépend comment on compte. Uniquement ceux qui appartiennent réellement à la Crim ? Les agents passent d'un service à l'autre et il y a aussi quelques cas limites. Disons huit à dix. Pas plus de douze, en tout cas.

– Une douzaine ?

– Au maximum, oui.

Mikael Bau vida sa tasse de cappuccino et essuya la mousse sur ses lèvres.

– Que comptes-tu faire ?

Eva Moreno ne répondit pas.

Il n'y avait pas de bonne réponse.

11

Lorsqu'ils revinrent à Port Hagen et à la Tschandala, il était cinq heures de l'après-midi. Une femme rousse les attendait sur la terrasse.

– Aïe, grommela Mikael Bau, j'avais oublié…

La femme se révéla être une ex-amie de Mikael, une certaine Gabriella de Haan. Elle était accompagnée d'un chat du nom de Montezuma qui était, en fait, une chatte orangée et indolente d'environ dix ans. Aux yeux d'Eva Moreno, les deux dames présentaient d'indéniables points communs. Une inspection rapide confirma cette première impression.

– Tu n'aimes pas les chats ? demanda Mikael Bau, une fois Mlle de Haan repartie, à peine cinq minutes plus tard.

– Si, assura Eva Moreno. J'en ai même eu un, il y a quelques années. Il a disparu dans des circonstances mystérieuses. Mais celui-ci…

Elle fit un signe de tête vers Montezuma, qui, très à l'aise, s'était étendue de tout son long dans la balancelle aux couleurs défraîchies.

– *Celle*-ci, corrigea Mikael Bau en prenant un air fautif qui lui allait à ravir. Je croyais t'en avoir parlé. On va la garder quelques semaines, pendant que Gabriella est en Espagne. Je pouvais difficilement refuser. On l'a adoptée quand on vivait ensemble, et c'est elle qui en a eu la garde quand on s'est séparés. D'ailleurs, l'air de la mer fera le plus grand bien à notre vieille Montezuma. Elle passe toute l'année enfermée dans un appartement et je te promets qu'elle ne nous dérangera pas. Elle est gentille comme tout même si, à première vue, elle peut paraître un peu brutale.

Il se pencha en avant et gratta le ventre de la chatte, ce que celle-ci appréciait visiblement beaucoup.

Moreno s'aperçut qu'elle souriait. Elle ferma les yeux et essaya d'imaginer ce que serait sa vie dans une dizaine d'années, si elle prenait certaines décisions et s'y tenait.

Elle et Mikael Bau. Deux ou trois enfants. Une grande maison. Quelques chats.

Cette image, encore un peu floue, lui venait de façon évidente et son contenu lui était supportable. Tout à fait supportable.

Oh, je me laisse aller, constata-t-elle. Il faut que je me construise des barrières de défense, sinon je risque de suivre la loi du moindre effort.

Le soir, ils se rendirent à pied au restaurant Winckler, situé tout au bout d'une langue de terre au nord de la plage et qui jouissait d'une certaine renommée. Ils se régalèrent d'une soupe de poisson accompagnée d'eau minérale et d'un sorbet au citron avec des framboises fraîches. Ils évitèrent d'aborder le sujet Franz Lampe-Leermann.

Jusqu'à leur retour. Ils s'arrêtèrent devant un amoncellement de méduses que quelqu'un avait sorties de l'eau et entassées sur le sable.

– Le tas d'immondices, dit Mikael Bau, est-ce qu'il ressemble à ça ?

Moreno regarda les méduses avec dégoût.

– Beurk, dit-elle, oui, c'est à peu près ça. Mais peu importe à quoi il ressemble, j'aurais juste préféré qu'il se dispense de son coup de théâtre.

– Il m'a bien semblé que Mlle l'inspectrice avait quelque chose de gluant dans la tête, au moment du dessert.

– Oui, c'est vrai, soupira Moreno. Mais comment veux-tu que je cesse d'y penser ? Si tu sais comment faire, j'aimerais bien que tu m'expliques. J'ai beau tourner sa déclaration dans tous les sens, ça reste une accusation... une accusation épouvantable contre un de mes collègues. Quelqu'un avec qui je travaille, que je respecte, à qui je fais confiance et que je croyais connaître. Si jamais... Non, impossible! C'est forcément du bluff, mais le doute est là et il me hante. Pouah! Tu comprends?

Ils tournèrent le dos au tas de méduses et reprirent le chemin du retour. D'abord ils marchèrent en silence. Puis Mikael se mit à raconter l'histoire du jardin d'enfants de Leufshejm, le Panda joyeux. Le bruit courait qu'il y avait un pédophile dans le personnel. Malgré une vérification minutieuse qui avait démenti la rumeur à cent dix pour cent et qui avait innocenté tout le monde, le Panda joyeux avait dû fermer au bout de quelques mois parce que les parents ne voulaient plus y mettre leurs enfants.

Et parce que les neuf femmes employées étaient restées solidaires avec leurs trois collègues masculins.

Un des trois hommes était un ami d'enfance de Mikael. Cette histoire était maintenant vieille de quatre ans, son ami avait divorcé et était en train de se reconvertir en mécanicien de locomotives.

– Génial, fit Moreno.

– Génial, oui. Il est quand même sorti de sa phase suicidaire. Mais je crois qu'on s'éloigne du sujet.

Moreno avança en silence.

– Tu veux dire qu'il suffit que Lampe-Leermann sème le doute en moi pour que je sois incapable de m'en défaire?

– Oui, c'est à peu près ça. De la psychologie simple. C'est si facile de faire du mal de façon irrémédiable. Si quelqu'un comme toi est incapable d'écarter ce genre d'accusations, comment veux-tu que des gens lambda le fassent? En supposant qu'ils aient la possibilité de prendre position. Il n'y a pas de fumée sans feu. Putain!

Moreno ne dit rien.

– Mais j'aimerais bien savoir ce que tu penses en ton for intérieur, poursuivit-il après un moment de silence. Tout à fait sincèrement. Ça serait plus facile d'en parler si tu ne te sentais pas obligée de protéger tes collègues. Peut-il y avoir un fond de vérité ? Est-il possible que ce ne soit pas un mensonge ?

Moreno continua d'avancer, le regard fixé sur la mer, qui prenait rapidement des couleurs nocturnes. La ligne de l'horizon disparaissait mais se devinait grâce à une rangée de points lumineux formée par les bateaux de pêche sortis pour la nuit.

– Je ne peux pas le croire, dit-elle. Je n'y arrive pas. Je préférerais commencer par l'autre bout. Essayer de comprendre les raisons… celles de Lampe-Leermann. Qu'est-ce que ça peut lui apporter ?

– Tu penses qu'il ment ?

– Possible. Je veux le croire. Mais il se peut aussi que ce soit le journaliste qui ait raconté des histoires à Lampe-Leermann.

– Dans quel but ?

Moreno haussa les épaules.

– Aucune idée. Je n'arrive même pas à comprendre quel intérêt il y a à en parler à un type comme ce tas d'immondices. À moins d'être bourré. Ce qui, dans le fond, ne serait pas totalement invraisemblable. Il ne faut pas surestimer la logique et la capacité de suivre un plan dans ce genre de milieu, c'est une chose que je commence à apprendre.

– Le hasard ? proposa Mikael Bau. Un mot imprudent ?

– Peut-être. Il existe une sorte de zone grise. Le commissaire – celui dont je t'ai déjà parlé –, *le commissaire,* donc, disait souvent que tout ce qui arrive est une combinaison contre nature du prévisible et de l'imprévisible. La difficulté, c'est d'en évaluer les proportions… Parfois elles sont de deux pour huit, parfois de neuf pour un… J'admets que ça paraît un peu abstrait, mais ça fait une sacrée différence.

– L'ordre ou le chaos, dit Mikael Bau en ramassant une canette de Coca vide écrasée et abandonnée à deux mètres d'une des poubelles vertes. La proportion entre les deux…

Oui, c'est une idée séduisante. On en a d'ailleurs déjà discuté. Mais la démarche de Lampe–Leermann devait tout de même être calculée ?

– Certainement, soupira Moreno. Très certainement. Il s'attend à ce que je lui fasse une proposition concrète en échange du nom de son putain de journaliste. Plus j'y pense, plus je suis persuadée qu'il existe un informateur et qu'il y a quelque chose derrière tout ça. Malheureusement.

– Pourquoi ?

– Parce que les conditions des négociations sont ce qu'elles sont. Même un abruti comme Lampe-Leermann est capable de comprendre ça. Si je prends des engagements vis-à-vis de lui, et si je m'aperçois qu'il raconte des bobards, je peux toujours revenir en arrière. Il ne peut pas imposer ses exigences comme il veut.

Mikael Bau médita cette affirmation tandis qu'ils enjambaient la bordure de la plage. Ils virent apparaître le toit pointu de la Tschandala.

– Et s'il demandait à être payé en petites coupures ? Il doit pouvoir vous faire cracher une importante somme d'argent… et j'imagine qu'il ne serait pas facile de récupérer de l'argent déjà bien à l'abri sur un compte bancaire quelque part. Ou sous un matelas.

– C'est vrai, répondit Moreno. Quoi qu'il en soit, ce n'est pas mon affaire. Il faut que je m'arrange pour passer le relais. Il semblerait que je sois en vacances… que je coule des jours heureux au bord de la mer avec mon jeune et séduisant amant.

– T'as mis le doigt pile dessus, grogna Mikael Bau en l'attirant brusquement vers lui. Tu transmettras l'affaire aux flics de service. Appelle-les dès qu'on aura franchi le seuil de la maison.

– Mouais, dit Moreno. Je préfère attendre jusqu'à demain.

– Jusqu'à demain ? Mais pourquoi ?

– Il faut d'abord que je décide à qui m'adresser en premier.

Mikael Bau réfléchit pendant trois secondes.

– Bon, finit-il par dire. Je comprends. Délicat ?
– En effet. Très délicat.

Elle se réveilla à deux heures et demie du matin. Après avoir essayé de se rendormir pendant vingt minutes sans y parvenir, elle se leva et s'installa devant la grande table ronde de la cuisine avec du papier et un crayon.

Au fur et à mesure que les noms lui venaient à l'esprit, elle les nota, les uns après les autres.

Commissaire principal Münster
Commissaire Reinhart
Inspecteur Rooth
Inspecteur Jung
Inspecteur deBries
Agent Krause

Les plus proches. Ceux avec qui elle travaillait presque tous les jours.

Elle les connaissait très bien depuis six ou sept ans.

Très bien ? Était-ce possible que l'un d'eux soit… ?

La question l'étrangla littéralement. Elle essaya de déglutir mais n'y parvint pas.

Elle écarta l'idée et poursuivit sa liste tout en se demandant pourquoi elle s'était appliquée à mettre leur titre. Leur fonction pouvait-elle jouer un rôle dans un cas comme celui-ci ?

Commissaire principal Le Houde
Agent Bollmert

Et les autres agents de police. Ceux qui intervenaient de façon sporadique à la Crim.

Joensuu
Kellermann

Paretsky
Klempje

Elle se pencha en arrière et observa la liste. Douze noms au total. Elle n'en trouvait pas d'autres. Il n'y en avait pas d'autres. Heinemann avait pris sa retraite. Van Veeteren avait démissionné.

Qui ? Qui serait capable de… ?

Pendant quelques minutes, la question flotta dans sa conscience comme un nuage noir. Puis elle retourna la question.

Qui ? Qui vais-je appeler ?

Parmi ces hommes, qui est celui en qui j'ai entièrement confiance ?

Le temps avançait inexorablement pendant qu'elle cherchait la réponse. Trois heures et quart, trois heures et demie du matin. Ses nausées s'intensifiaient.

12

Le 13 juillet 1999

– Il est occupé, répéta l'agent Vegesack pour la troisième fois. Vous ne comprenez donc pas ce que je dis ? Soit vous attendez tranquillement, soit vous m'expliquez de quoi il s'agit.

La femme fit un mouvement agacé de la tête. Elle prit son élan pour renouveler sa demande de parler au commissaire principal, mais se ravisa et laissa s'échapper l'air qu'elle avait retenu entre ses mâchoires serrées.

La quarantaine passée, estima Vegesack. Forte sans pour autant être grosse. En bonne santé, visiblement. Cheveux roux coupés court. Teints, de toute évidence.

Nerveuse.

Terriblement nerveuse. Incapable de rester assise sur une chaise. Elle arpentait la pièce en long et en large comme un teckel pris d'une forte envie de pisser. Vegesack avait grandi avec un teckel et savait de quoi il parlait.

– Si au moins vous acceptiez d'expliquer ce que vous avez sur le cœur, dit-il. Vous pourriez me donner votre nom, par exemple.

Elle s'arrêta. Mit ses poings sur les hanches et le toisa. Spontanément, la main gauche de Vegesack se leva pour ajuster son nœud de cravate.

– Sigrid Lijphart. Je m'appelle Sigrid Lijphart et je cherche ma fille Mikaela. Elle a disparu depuis samedi.

Vegesack nota.

– Vous habitez ici, dans cette ville, ou… ? Je ne crois pas avoir…

– Non, répliqua-t-elle sèchement. Je n'habite pas ici. Mais ç'a été le cas il y a seize ans. Le commissaire principal est au courant de l'histoire. Il sait pourquoi il a fallu que je déménage. Si je veux lui parler, c'est pour ne pas avoir à raconter un tas de choses dont je ne supporte même pas l'idée… Merde !

Elle s'effondra sur une chaise et il s'aperçut soudain qu'elle avait les larmes aux yeux.

– Ah oui, je comprends, répondit-il. Je veux dire… Le commissaire principal Vrommel n'est pas là, en effet… (Il jeta un regard rapide sur sa montre.) Il se trouve actuellement au café Vronskij avec une inspectrice de Maardam. Hum, oui… Mais il devrait être de retour d'une minute à l'autre. On ferait sans doute mieux de l'attendre. Puisque vous ne voulez pas me parler, je veux dire. Vous voulez boire quelque chose ?

Sigrid Lijphart refusa d'un signe de tête, sortit un mouchoir de son sac et se moucha.

– Quel âge ? Je parle de votre fille.

La femme eut l'air d'hésiter avant de se décider à répondre. Puis elle haussa les épaules et poussa un profond soupir.

– Dix-huit ans. Elle les a eus vendredi. Elle est venue ici pour rencontrer son père… et elle n'est pas rentrée à la maison. Nous habitons à Moorhuijs. Il lui est forcément arrivé quelque chose.

Vegesack nota : *Père ? Moorhuijs ? Arrivé quelque chose ?*

– Qu'est-ce qui vous fait penser qu'il lui est arrivé quelque chose ? Vous avez été en contact avec son père ? Vous êtes divorcés, je suppose ?

Mikaela. Dix-huit ans, ajouta-t-il.

– Plus que divorcés, répliqua Sigrid Lijphart après une longue respiration. Non, je n'ai pas été en contact avec lui. Il se trouve au centre Sidonis, au cas où vous connaîtriez cet endroit.

– Aïe, lâcha Vegesack. Je vois.

– Ah oui ?

– Ben oui. Si... Euh, non.

Voilà qui ne m'a pas l'air simple, se dit-il en tripotant de nouveau son nœud de cravate. Il écrivit *Sidonis* dans son bloc-notes et évita de croiser le regard de la femme.

– Elle n'a pas téléphoné, reprit celle-ci. Mikaela aurait téléphoné au bout de tout ce temps, je sais de quoi je parle. Il lui est arrivé quelque chose et c'est votre devoir de la retrouver.

– Vous ne pourriez pas me donner quelques précisions... sur votre passé ? En attendant le retour de Vrommel, je veux dire. Puisque nous sommes là.

– Vrommel, fit Sigrid Lijphart.

Elle se remit à marcher nerveusement dans la pièce. Elle lui fit penser à un ours blanc dément qu'il avait vu au zoo d'Aarlach. Ça le changeait du teckel.

– Ne croyez pas que j'aie beaucoup d'estime pour votre patron, déclara Mme Lijphart en s'immobilisant un instant. Mais c'est bien à la police qu'il faut s'adresser quand un crime a été commis, non ?

– Un crime ? Quel crime ?

– C'est pas vrai ! s'exclama-t-elle en remettant ses poings sur les hanches. Quand je pense qu'on paie des impôts pour être protégés par des gens comme vous ! Ça me rend folle !

Vegesack déglutit et chercha désespérément une réplique susceptible d'alléger l'air ambiant. Il cherchait encore lorsque la porte vitrée claqua, annonçant l'arrivée du commissaire principal accompagné de l'inspectrice en visite. Mlle Moreno, physique plutôt avantageux, nota-t-il en passant. Sigrid Lijphart ouvrit son sac à main puis le referma. Vegesack se leva.

– Donc, voilà, fit-il. M. Vrommel, commissaire principal, inspectrice Moreno... Mme Lijphart. Il semblerait que vous vous connaissiez déjà. Vous deux, je veux dire...

Il piqua un fard et fit un geste de la main vers Vrommel et Mme Lijphart.

– Bonjour, dit Vrommel. De quoi s'agit-il ?

– Mme Lijphart a un petit problème, expliqua Vegesack. Elle dit que sa fille a disparu.

– Je pense que vous vous souvenez de moi, dit Sigrid Lijphart en regardant Vrommel droit dans les yeux.

– Rappelez-moi votre nom. Lijphart, c'est bien ça ? demanda Eva Moreno.

Plus tard, une fois l'affaire élucidée et classée, Eva Moreno se demanderait pour quelle raison elle était restée passive au cours de sa première rencontre avec Sigrid Lijphart.

Quelle intuition obscure lui avait recommandé d'écouter sans rien dire ?

D'observer et d'enregistrer au lieu d'annoncer de but en blanc qu'elle n'avait pas seulement rencontré Mikaela Lijphart mais qu'elle avait longuement discuté avec elle, ce samedi, dans le train pour Lejnice ?

Il aurait été normal d'apprendre à cette mère inquiète qu'elle avait parlé avec sa fille disparue, quelques jours auparavant.

Pourtant elle s'était tue. Elle était restée sur sa chaise derrière Sigrid Lijphart, laissant Vrommel agir seul. Lui qui était aimable comme une porte de prison. Elle lui avait laissé le soin de gérer cette affaire qui, *in fine*, ne la concernait pas.

En guise d'introduction, Vrommel essuya son crâne chauve avec un mouchoir en papier.

– Vous vous souvenez de moi, n'est-ce pas ? insista Sigrid Lijphart.

Vrommel vérifia la brillance de son crâne dans le miroir accroché à côté de la porte, se débarrassa du mouchoir dans la corbeille à papier et s'installa derrière son bureau. Cinq secondes s'écoulèrent.

– Bien sûr que je me souviens de vous. Elle n'était pas très drôle, cette histoire.

– J'espérais ne jamais avoir à revenir ici.

– Je comprends.

Sigrid Lijphart inspira deux fois profondément pour se décontracter. Elle ne porte pas Vrommel dans son cœur, elle non plus, se dit Moreno. Mais, au moins, elle veut donner l'impression de le respecter.

– Reprenons depuis le début, proposa Vrommel.

Sigrid Lijphart inspira encore une fois.

– Aujourd'hui nous vivons à Moorhuijs, expliqua-t-elle. Nous y habitons depuis… depuis… Je me suis remariée aussi.

Vrommel attrapa un stylo dans son porte-crayons noir.

– Mikaela, ma fille, a eu dix-huit ans vendredi. Ce jour-là, nous avions décidé de lui apprendre qui était son vrai père et c'est ce que nous avons fait. Les enfants ont le droit de savoir… quand ils ont l'âge. Quelles que soient les circonstances.

Vrommel fit cliqueter son stylo et prit quelques notes dans le bloc-notes posé sur le bureau devant lui.

– Quelles que soient les circonstances, reprit Sigrid Lijphart. Mikaela a immédiatement dit qu'elle voulait aller le voir, et le jour suivant… samedi dernier, donc… elle est partie. Elle a pris le train tôt le matin, c'était sa décision et je l'ai respectée. Depuis, elle a disparu.

– Disparu ? répéta Vrommel.

– Disparu, confirma Sigrid Lijphart. J'ai appelé le centre Sidonis. Elle lui a rendu visite entre quatorze heures et seize heures trente, environ. Samedi après-midi, donc. Personne ne l'a revue depuis.

Vrommel lissa sa moustache avec son index.

– Hum, fit-il. À cet âge-là, les filles peuvent…

– Non, l'interrompit Sigrid Lijphart. Je connais ma fille. Elle n'est pas comme ça. Elle avait prévu de rester absente une nuit, pas plus. Il lui est arrivé quelque chose, je le sais. J'exige que vous interveniez… Pour une fois, faites quelque chose ! Ma fille a disparu, retrouvez-la, sinon… sinon…

Le désespoir de Sigrid Lijphart semblait remonter d'un abîme. Une panique mal camouflée alimentée par un scénario des plus effrayants.

Une mère qui ne retrouve pas son enfant. Peu importe que l'enfant ait dix-huit ans. Peu importe que seulement quelques jours se soient écoulés. Moreno s'apprêtait enfin à s'exprimer, mais elle en fut empêchée par le cliquetis du stylo du commissaire principal et par son raclement de gorge.

– Mais bien entendu, madame Lijphart. Bien entendu. Nous allons immédiatement faire des vérifications. Ne vous inquiétez pas… Mais dites-moi… Vous lui avez parlé – à son père, j'entends – quand vous avez appelé le centre Sidonis ? Peut-être lui a-t-elle fait part de ses projets.

– À Arnold ? Si je lui ai parlé ?

– Oui, Arnold Maager, c'est ça ?

Sigrid Lijphart fixa le sol.

– Oui, finit-elle par dire. Il s'agit bien d'Arnold. Mais je ne lui ai pas parlé. J'ai parlé avec un infirmier.

– Vous n'avez eu aucun contact avec lui ?

– Non.

– Aucun ?

– Non.

– Je comprends, dit Vrommel. Où pouvons-nous vous joindre ?

De toute évidence, Mme Lijphart n'avait pas envisagé cet aspect du problème. Elle serra les lèvres et haussa les sourcils.

– Est-ce que Kongershuus existe toujours ?

Vrommel acquiesça d'un mouvement de tête.

– Je vais prendre une chambre là-bas. Pour une nuit, au moins.

– Parfait. Vous ne savez pas par hasard où votre fille avait l'intention de passer la nuit… puisque, comme vous venez de le dire, elle ne comptait pas rentrer ?

Sigrid Lijphart fit de nouveau non de la tête. Vrommel se leva pour marquer la fin de l'entretien.

– Parfait. Nous vous contacterons dès que nous aurons du nouveau.

– Ce soir ?

– Ce soir ou demain matin.

Sigrid Lijphart hésita un instant. Puis elle hocha la tête d'un air déterminé et quitta le commissariat de Lejnice.

Cette histoire ne me concerne pas, se dit l'inspectrice Eva Moreno. Absolument pas.

DEUXIÈME PARTIE

13

Le 21 juillet 1983

– Quelle idée ? demanda-t-elle.

En guise de réponse, il l'entoura de son bras et la serra contre lui. Ils se mirent à marcher.

En direction du centre, pour commencer. À la hauteur du château d'eau, ils tournèrent dans la Brüggerstraat au lieu de continuer tout droit. Il dirigeait, elle suivait. Comme d'habitude, constata-t-elle. Peut-être avait-elle espéré aller dans un café à Polderplejn ou à Grote Marckt, mais ce n'est pas ce qu'ils firent. Ces derniers temps, depuis qu'elle lui avait appris son état, il évitait ce genre de lieu. Elle l'avait déjà remarqué. Elle lui en avait même parlé et il avait répondu qu'il préférait l'avoir pour lui tout seul.

Ce qu'elle trouvait à la fois agréable et désagréable. Elle aimait bien quand ils s'embrassaient dans la nuit d'été. Elle aimait bien se faire caresser. Le caresser à son tour et le chevaucher, les mains posées sur son torse, sa queue tout au fond d'elle. Mais elle aimait aussi aller au café. Fumer, boire un verre, parler avec les gens. Se sentir belle, voir les hommes poser des regards sur elle. C'était peut-être pour ça, parce qu'il savait qu'elle aimait quand les gens la regardaient, qu'il prit la direction de Saar et des terrains de foot au lieu du centre.

– On va où ? demanda-t-elle.

– Il faut qu'on parle un peu, dit-il.

Ils parvinrent au parc derrière la caserne des pompiers, dont elle avait oublié le nom. Peut-être juste le Parc de la caserne des pompiers. Il posa sa main droite sur sa hanche, assez bas, et elle sentit qu'il commençait à être excité. Cela faisait longtemps qu'ils ne l'avaient pas fait. Il la conduisit dans le parc et ils s'assirent sur un banc derrière quelques buissons, à l'abri des regards. Elle ne voyait personne d'autre autour d'eux, mais elle savait qu'il y avait généralement des couples qui traînaient du côté du terrain de jeu, à l'autre bout. Elle y était allée plusieurs fois, elle aussi, mais jamais avec lui. Elle sourit en y repensant.

– T'en veux ?

Il lui tendit une bouteille, qu'il avait sortie de son sac qu'il portait en bandoulière. Elle but une gorgée. C'était une sorte d'alcool, très fort, qui lui brûla la gorge. Et en même temps doux. Avec un goût de cassis ou quelque chose du genre. Une chaleur agréable l'envahit. Elle but encore une gorgée et glissa sa main entre ses jambes. C'est bien ce qu'elle pensait : il était tout dur.

Après, ils vidèrent ce qui restait dans la bouteille et fumèrent quelques cigarettes. Ils ne se dirent pas grand-chose. Généralement, il n'aimait pas beaucoup parler après. Elle commençait à être assez ivre, mais une sorte de gravité étrange perdurait en elle. Cela avait probablement un rapport avec Arnold Maager.

Et avec le gosse.

– Tu voulais qu'on parle ? dit-elle.

Il écrasa sa cigarette et cracha dans le gravier. Elle vit qu'il était aussi soûl qu'elle. Il faut dire qu'il avait bu pas mal avant aussi. Mais il supportait mieux l'alcool qu'elle. Les garçons étaient toujours plus résistants.

– Maager, fit-il. Tu m'as dit que t'avais changé d'avis. Qu'est-ce que tu voulais dire par là, merde ?

Elle réfléchit.

– Je veux pas, répondit-elle. Je veux pas lui raconter des

histoires. Toi et moi… puisque c'est toi et moi… Non, je veux pas.

Ce n'était pas facile de trouver les mots justes.

– On a besoin d'argent, dit-il. C'est pour ça qu'on l'a fait. T'avais pas compris ? Il faut le forcer.

– Si, j'avais compris, mais je veux quand même pas. Je vais lui dire la vérité.

– Ça va pas !

Il grommela quelque chose qui ressemblait à « Sale conne », mais elle avait forcément mal entendu. N'empêche qu'il semblait remonté contre elle. Pour la première fois. Elle sentit son ventre se nouer.

– Je veux pas, répéta-t-elle. Je peux pas. C'est trop injuste… trop dégueulasse.

Il ne dit rien. Il donnait des coups de pied dans le gravier sans la regarder. Le contact était rompu. Un grand vide s'était installé entre eux deux, énorme, bien qu'ils viennent de faire l'amour et qu'ils se trouvent toujours sur ce même putain de banc dans ce même putain de parc. C'était une drôle d'impression. Aurait-elle ressenti la même chose, si elle n'avait pas été soûle ?

– C'est notre gosse ! s'exclama-t-elle. Je veux pas mêler quelqu'un d'autre à ça.

– L'argent.

C'est tout ce qu'il dit. Il paraissait à la fois fatigué et furieux. Et en plus il était bourré.

– Je sais, répondit-elle.

Soudain elle se sentit terriblement triste. Comme si tout partait en vrille, à la vitesse grand V. Trente secondes s'écoulèrent. Il continuait à donner des coups de pied dans le gravier.

– On avait un plan, finit-il par dire. T'étais d'accord, merde ! Tu peux pas laisser le vieux te baiser et changer d'avis après. Faut qu'il paie, putain, à moins que tu ne préfères ce vieux croûton à moi ? Ce sale prof, putain !

Elle fut prise de nausées. Non, il ne faut pas que je vomisse, se dit-elle. Pas maintenant. Elle serra les dents et les poings. Respira tranquillement en sentant les vagues de malaise aller et venir. Petit à petit elles s'estompèrent et furent remplacées par des larmes.

Il la regarda pleurer sans rien dire, puis il s'approcha d'elle et passa son bras autour de ses épaules.

C'était réconfortant. Elle laissa ses larmes couler pendant un bon moment.

Quand on pleure, on n'a besoin ni de parler ni de réfléchir, lui avait dit sa mère. Elle n'avait pas tort. Comme quoi elle ne disait pas que des conneries, sa mère désespérante.

Les cloches de Waldeskirke, l'église où elle avait fait sa confirmation deux ans auparavant, sonnèrent trois coups. Minuit quarante-cinq. Il alluma deux cigarettes et lui en tendit une. Il sortit une canette de bière de son sac et l'ouvrit.

Il but quelques gorgées avant de lui en proposer. Elle goûta, se dit que l'alcool, c'était bien meilleur. Il n'y avait pas la même chaleur dans la bière. Elle avait toujours préféré le vin et l'alcool. D'autant plus que ça donnait moins envie de faire pipi. Au bout de quelques minutes de silence, il dit :

– J'ai une idée.

C'est exactement ce qu'il avait dit quelques heures auparavant. Sur la plage. Elle trouvait bizarre qu'il ait gardé cette idée pendant tout ce temps sans rien dire.

Ou peut-être ne s'agissait-il pas de la même.

– Quoi donc ? demanda-t-elle.

– On va lui en parler.

Elle ne comprenait pas ce qu'il voulait dire.

– Maintenant, précisa-t-il. Tu vas l'appeler et tu vas en parler avec lui. On va bien voir.

Il vida la canette de bière et en ouvrit une autre.

– T'en as combien, comme ça? demanda-t-elle.

– Un certain nombre. Alors ?

Elle réfléchit. Elle commençait à avoir envie de faire pipi. Très envie.

– Comment ? demanda-t-elle.
– Il y a une cabine téléphonique, là-bas.
Il fit un signe vers la caserne des pompiers.
– Alors ?
Elle hocha la tête.
– OK. Je vais d'abord faire pipi.

Le pont du chemin de fer ? se dit-elle en composant le numéro dans la cabine exiguë. Pourquoi il veut qu'on lui donne rendez-vous sur le pont du chemin de fer ?

La question lui trottait encore dans la tête quand le bruit de la sonnerie se fit entendre. Quelqu'un décrocha à l'autre bout. Elle inspira profondément, s'efforça de rendre sa voix ferme.

Pourvu que ce ne soit pas sa femme qui décroche, se dit-elle.

C'était sa femme.

14

Le 13 juillet 1999

Sigrid Lijphart eut une chambre à Kongershuus grâce à une annulation faite par téléphone lorsqu'elle était encore à la réception en train de se demander comment elle allait faire. Les vacances battaient leur plein et les possibilités d'hébergement à Lejnice étaient très limitées. En désespoir de cause, elle avait même envisagé de s'adresser à l'une de ses vieilles connaissances de sa vie précédente, de seize ans auparavant, mais rien que l'idée lui donnait des aigreurs d'estomac.

Pourtant elle avait un choix relativement grand.

Et il est sûr qu'un certain nombre de personnes l'auraient volontiers reçue. Pour lui témoigner leur sympathie ou, du moins, pour chercher à apprendre certaines choses.

Mais c'était fini, définitivement fini. Elle les avait quittés, ces gens, sans la moindre hésitation, et ils ne lui avaient jamais manqué. L'impulsion de les contacter n'avait été qu'une lubie. Forcément. Dans des circonstances ordinaires, elle n'aurait jamais songé à reprendre contact avec son passé. Par crainte de sentir les… les relents d'événements restés enfermés pendant seize ans.

Plutôt dormir sur la plage, se dit-elle en entrant dans l'ascenseur. Heureusement que j'ai réussi à avoir cette chambre.

Elle était située au cinquième étage et était dotée d'un balcon et d'une superbe vue vers l'est et le sud-est. On voyait les dunes et la côte qui s'étendait paresseusement vers le sud, jusqu'au phare du Gordons Punkt.

Le prix était de deux cent quarante guldens la nuit, mais tant pis, Sigrid Lijphart avait l'intention de rester seulement jusqu'au lendemain matin.

Elle appela Vrommel pour lui indiquer l'endroit où la joindre. Prit ensuite une douche, se fit monter du café de la réception et alla s'asseoir sur le balcon.

Il était deux heures de l'après-midi. Le soleil jouait à cache-cache avec les nuages, mais malgré cela la chaleur était telle qu'elle aurait pu se mettre toute nue. Bien qu'elle fût à l'abri des regards, sauf de ceux des hélicoptères et des mouettes, elle garda cependant sa culotte et son soutien-gorge.

Ainsi que son large chapeau de paille et ses lunettes, comme s'il pouvait tout de même y avoir des yeux scrutateurs.

Et maintenant ? Qu'est-ce que je fais ?

La panique s'empara d'elle comme un accès de fièvre.

De la culpabilité ?

Pourquoi je me sens coupable ?

L'inquiétude et la panique, soit, mais pourquoi je me sens coupable ?

Elle avait fait ce qu'elle devait faire, c'est tout. Aussi bien à l'époque que maintenant.

Ce qui était nécessaire et incontournable. Il aurait de toute façon fallu passer par là, un jour ou l'autre. Un enfant doit connaître la vérité sur ses parents. Du moins en partie. Il y a droit. Incontestablement. Impossible de passer outre.

Un jour ou l'autre. Et le jour avait été celui de ses dix-huit ans. Elle l'avait décidé depuis longtemps.

Elle repensa à Helmut et à ses protestations, la veille.

À Mikaela. À sa réaction spontanée. Exactement ce à quoi elle s'attendait, non ?

Ou peut-être pas ? Peut-être avait-elle espéré, au fond d'elle, que sa fille suivrait son conseil et laisserait tomber toute cette histoire ? Qu'elle n'y toucherait pas, qu'elle la laisserait reposer, dépérir, muette et oubliée ? Qu'elle ne se donnerait même pas la peine de soulever le couvercle ?

C'est à ça qu'elle s'attendait ? Avait-elle cru que Mikaela n'irait pas le voir ?

Bien sûr que non. Mikaela était comme ça, c'était bien la fille de sa mère. Elle avait agi exactement comme elle l'avait prévu. Comme elle l'aurait fait elle-même.

L'avait-elle accusée ?

Mikaela avait-elle accusé sa mère de ne pas lui avoir appris la vérité plus tôt ? Ou de la lui avoir apprise maintenant ?

Dans les deux cas la réponse était non.

Enfin, en partie peut-être puisqu'elle ne lui avait pas tout expliqué, mais, lorsque Mikaela connaîtrait toute la vérité, elle comprendrait. Aucun doute là-dessus. Et il fallait bien laisser à Arnold quelque chose à raconter. Du moins lui en donner la possibilité.

Et les protestations de Helmut, alors ?

Sans aucune valeur. Comme d'habitude.

Alors pourquoi cette sensation nauséeuse de culpabilité ?

Elle avait acheté un paquet de cigarettes en cas de besoin. Elle alla le chercher dans son sac à main, ressortit sur le balcon, en alluma une et se pencha en arrière sur la chaise.

La première bouffée lui fit tourner la tête.

Arnold ? se dit-elle. Aurais-je une dette envers Arnold ?

Stupide. Elle tira encore une bouffée.

Se mit à penser à lui.

Pas un seul coup de fil.

Pas une lettre, pas une ligne, pas un mot.

Ni de sa part à elle, ni de sa part à lui.

Elle se fit la réflexion qu'elle n'aurait même pas su s'il était mort. À moins que le centre Sidonis n'ait un devoir d'information. Avait-elle signé des papiers dans ce sens ? La direction avait-elle ses coordonnées ? Elle ne se souvenait plus.

S'il avait quitté le centre, Mikaela ne l'aurait probablement jamais retrouvé.

Mais ce n'était pas le cas. Elle avait passé un coup de fil la veille pour vérifier. Mikaela y était bien allée et elle l'avait bien rencontré. C'était ainsi.

Il avait dû passer toutes ces années enfermé dans son enfer personnel. Seize ans, exactement. À attendre. Peut-être avait-il attendu la visite de Mikaela ? Ou celle de sa femme perdue ?

Ou peut-être pas. Ses souvenirs avaient dû s'effacer. Il n'était pas en bonne santé quand elle l'avait quitté en emmenant leur fille. Il n'avait jamais été question de le mettre en prison. Du moins, d'après ce qu'elle avait compris.

Dément. Fou à lier. Il s'était même pissé dessus pendant le procès. Bizarrement, elle s'était souvenue de ce détail avec une précision impitoyable. Il était resté sur sa chaise au cours du procès et avait laissé l'urine ruisseler le long de sa jambe comme si de rien n'était. Non, Arnold avait franchi la frontière seize ans auparavant et il n'y avait aucun chemin de retour.

Aucun chemin, aucun pont. Seulement l'oubli et de nouveaux paysages intérieurs. Plus ils étaient vides, mieux c'était. Probablement.

Elle écrasa sa cigarette. Trop de mots, se dit-elle. Trop de mots tourbillonnent en moi, ils m'embrouillent l'esprit.

Arnold ? Mikaela ?

Sous ce flot de mots nageait la panique. Elle en était consciente. Elle regretta soudain de ne pas avoir accepté que Helmut vienne avec elle.

Helmut, le roc. Le roc primitif.

Il avait proposé de l'accompagner, insisté, d'une certaine manière, mais elle avait résisté.

Ce n'était pas de lui qu'il était question. Helmut n'était pas concerné par cette histoire. C'était un arrangement entre Mikaela et son père. Et elle aussi, peut-être.

Un arrangement ? Mais qu'est-ce que je dis ? Qu'est-ce que je veux dire par là ?

Et que s'était-il passé ?

C'est seulement après avoir fumé la moitié de sa deuxième

cigarette et s'être aperçue qu'elle l'avait mouillée avec ses larmes qu'elle entra pour téléphoner.

Il n'était pas à la maison, mais elle réussit à le joindre sur son portable.

Elle lui expliqua qu'elle avait parlé avec la police et que tout serait sans doute réglé avant la fin de la journée.

Elle avait pris une chambre pour la nuit au cas où. Et aussi parce que ç'aurait été trop fatigant de faire l'aller-retour sur une journée.

Helmut n'avait aucune objection à faire. Ils mirent fin à la conversation. Elle retourna sur le balcon, s'assit sur la chaise et adressa une prière à Dieu pour la première fois depuis quinze ans.

Elle doutait qu'Il l'écoute.

15

Le 14 juillet 1999

Finalement elle se décida pour Münster.

La raison était simple et elle était contente de ne pas avoir à s'en expliquer. Ni avec Mikael Bau ni avec personne d'autre.

Les choses étaient ce qu'elles étaient. Voilà. L'inspectrice Moreno avait été amoureuse du commissaire principal Münster et il s'en était fallu de peu pour qu'il y ait une histoire d'amour entre eux.

Non, pas amoureuse, se corrigea-t-elle. Le mot était trop fort. Un sentiment du même genre, mais d'un degré inférieur. Bien inférieur. En tout cas, l'idée qu'elle aurait pu avoir une liaison avec un homme ayant des penchants pédophiles était absurde, totalement inenvisageable. Cette idée s'annulait d'elle-même. Eva Moreno la balaya d'un coup de brosse. Münster était impensable dans ce rôle. Absolument impensable.

Il est vrai que tous ses collègues étaient impensables dans le rôle de violeur d'enfants, mais au moins elle n'avait pas eu de liaison sentimentale de quelque degré que ce soit avec les autres. Ce n'était donc pas une contradiction en soi, ou *per se*, comme disait son livre de philo du lycée.

Münster, donc. Une carte sûre.

Par chance, il ne lui demanda pas pourquoi elle s'adressait à lui.

En revanche, il lui posa un tas d'autres questions, telles que : Est-ce qu'elle avait perdu la tête ? Qu'est-ce qu'elle essayait de lui dire, putain ? Comment pouvait-elle se fier à un salopard comme Franz Lampe-Leermann ?

Moreno répondit froidement qu'elle ne se fiait pas plus à Lampe-Leermann qu'à l'horoscope dans un magazine pour ados mais qu'elle préférait lui transmettre cette affaire pour la simple raison qu'elle-même était en vacances.

Ce que Münster accepta tout en continuant de lui présenter son point de vue. Moreno sentit cependant qu'il prenait progressivement une certaine distance par rapport à son refus initial.

Exactement comme elle. Exactement comme avait dû le prévoir cette ordure de Lampe-Leermann.

– Il a encore une carte dans sa manche, non ? demanda Münster.

– Je ne sais pas.

– S'il lance une accusation pareille, c'est qu'il doit avoir de bonnes raisons, n'est-ce pas ?

– Probablement, oui.

– Quelle est ta position ?

– Je n'en ai pas. Mais je ne dors pas très bien.

– Je comprends. Mais comment aborder cette sale histoire, merde ? dit Münster.

– En tout cas, il ne faut pas impliquer Hiller.

– Je te remercie du tuyau. T'en as d'autres, comme ça ?

– À mon avis, il n'y a qu'une manière, dit Moreno.

– Laquelle ?

– Il faut que tu lui parles, à ce fumier.

– Quoi ?

– Pardon. À Franz Lampe-Leermann.

– Hm. Il se trouve où, en ce moment ?

– À Emsbaden. Il t'attend. Je te suggère de t'en occuper personnellement et de rester discret.

Münster se tut un moment, le combiné dans la main.

– Je te rappellerai, finit-il par dire. Merci de m'avoir contacté.

Profite bien de tes vacances, lézarde au soleil et reviens-nous en bonne flic efficace en août.

– Je ferai de mon mieux, promit l'inspectrice Moreno.

L'après-midi, ils prirent le bac pour aller dans les îles. Ils marchèrent une heure le long des plages de Werkney et poursuivirent ensuite leur escapade avec un bateau plus petit jusqu'à Doczum, l'île aux oiseaux, une réserve ornithologique. Ils dînèrent dans l'une des auberges sur la place, parmi les touristes ventrus et permanentés à l'âge avancé et aux visages rougis.

La tradition familiale voulait qu'on fasse au moins un voyage dans ces îles en été, expliqua Mikael Bau en voyant les regards sceptiques que Moreno lançait autour d'elle. Il l'avait fait tous les ans, sauf en 1988, où il avait participé à un échange d'étudiants avec l'université de Boston.

– Tu as toujours passé tes vacances d'été à Lejnice… enfin à Port Hagen ? demanda Moreno.

– Oui, sauf cette année-là. Pourquoi tu me demandes ça ?

Moreno ne répondit pas.

J'ai déjà dit que ça ne me concernait pas, pensa-t-elle.

Ni moi ni Mikael Bau.

Ce n'est que le soir, alors qu'ils revenaient à Lejnice par le bac, que la question fut de nouveau abordée. Et elle n'y était pour rien, cette fois-là non plus.

– Tu n'as pas dit un mot de la journée au sujet du tas d'immondices, constata Mikael Bau.

– Exact. L'affaire est close.

Mikael Bau haussa un sourcil.

– Ah oui ? Comment ça s'est passé ?

– J'ai délégué. Je suis en vacances.

Son sourcil était resté au milieu du front. On aurait dit un acteur de cinéma. Un acteur médiocre dans une série B. Était-ce le voile qui commençait enfin à se lever ?

– Ça ne va pas ? demanda-t-elle. Tu as l'air ridicule.

– Ce n'est pas à moi qu'il faut demander ça. C'est à toi. Si Lampe-Leermann est un chapitre clos, alors j'aimerais bien savoir ce que tu rumines.

– Ce que je rumine ? Moi ? Qu'est-ce que tu veux dire ?

Elle sentit un mélange d'irritation et de résignation monter en elle. De colère aussi, peut-être. À cause de ces platitudes qu'elle venait d'entendre. Il la prenait pour qui ?

Visiblement il avait senti sa réaction. Il resta silencieux un bon moment, le regard rivé sur la mer et tapotant sur ses genoux avec ses index et ses majeurs. C'était une mauvaise habitude, ça faisait déjà longtemps qu'elle l'avait remarquée, mais ce n'est que maintenant qu'elle se rendait compte qu'il s'agissait bien d'une mauvaise habitude.

– Tu rumines, répéta-t-il. Je vois bien que tu commences à en avoir marre de moi, ou alors il y a autre chose. Je préfère croire que c'est autre chose. Mais je ne suis pas idiot.

Elle était prête à abonder dans son sens. Mikael Bau n'était pas un idiot. Claus Badher, dont elle s'était débarrassée cinq ans auparavant, était un idiot, lui, elle avait donc une certaine expérience en la matière. Elle avait des points de comparaison et savait de quoi elle parlait.

Et il faut savoir à quel moment on quitte le premier chapitre d'une liaison pour entamer le deuxième. Une recommandation qu'elle avait lue quelque part et qu'elle gardait en mémoire. Enfin, c'était tout de même énervant de ne jamais pouvoir se libérer du boulot ! Pourquoi fallait-il qu'il soit toujours là à ronger tout le reste ?

Une autre voix au fond d'elle lui fournit immédiatement la réponse.

Ce n'est pas une question de boulot, fit remarquer la voix. C'est une question de sollicitude et d'humanité. Une fille disparue et une mère désespérée.

Mikael Bau continua de pianoter sur ses genoux. Le soleil du soir sortit d'un nuage et obligea Moreno à fermer les yeux pour se protéger du faisceau horizontal des rayons. Elle en profita pour réfléchir un moment.

– Il est arrivé un truc bizarre au commissariat, finit-elle par dire.

Il cessa de jouer du piano. Puis il éclata de rire.

– *King of the Royal Mounted*[1], dit-il.

– Pourquoi tu dis ça ?

Il ouvrit les bras.

– King ne se repose jamais. Ne dort jamais. Pourquoi les femmes manquent-elles si souvent de culture littéraire ?

Elle résuma l'histoire en cinq minutes.

Il n'y avait pas plus à en dire.

Une fille en pleurs dans un train.

Un père inconnu dans une institution.

Une mère inquiète dans un commissariat.

Un événement qui s'était produit seize ans auparavant.

Lorsque le bac se prépara à accoster, elle avait terminé. Elle nota une ride verticale sur le front de Mikael Bau qu'elle n'avait jamais vue avant. Ça ne lui allait pas si mal, mais ça signifiait quoi ?

Il ne fit aucun commentaire avant de se retrouver sur la terre ferme. Une fois séparés des hommes ventripotents et des dames aux mises en plis apprêtées, ils durent se concentrer pour se rappeler où ils avaient garé la voiture. La matinée avait été claire et ensoleillée, mais un crépuscule humide était à présent suspendu au-dessus du parking, transformant étrangement le relief des lieux.

– Là-bas, dit Moreno en pointant son doigt. Je reconnais la mouette sur le toit de la guérite.

Mikael Bau hocha la tête tout en faisant tourner ses clés de voiture autour de son index. Puis sa mémoire lui revint.

1. Bande dessinée américaine de 1936. King fait partie de la police montée canadienne. *(N.d.T.)*

Lentement, comme chez quelqu'un atteint de démence précoce par un lundi pluvieux.

– C'est forcément... dit-il. À mon avis, il s'agit forcément de cette histoire-là. Sinon ça serait quoi ?

Moreno attendait.

– Mince, comment elle s'appelait, déjà ? Attends, ça va me revenir... Winnie quelque chose ? Oui, Winnie Maas. Voilà. Il doit y avoir de ça au moins... Qu'est-ce que tu as dit ? C'était il y a combien de temps ?

– Seize ans, répondit Moreno. Tu veux dire que tu en as entendu parler ?

– Oui, je crois bien. Comme je viens de te le dire, j'ai passé tous mes étés ici. 1983, donc ? Ça doit coller.

– Elle avait deux ans quand elle a été séparée de son père, précisa Moreno. Et elle en a eu dix-huit, vendredi dernier. D'après ce qu'elle m'a dit.

– Winnie Maas, répéta Mikael Bau en hochant la tête. Oui, une sale histoire. J'avais presque son âge. Mais je ne la connaissais pas. En fait, on n'avait pas vraiment de contact avec les indigènes... C'est comme ça qu'on avait l'habitude d'appeler les gens d'ici. À quelques exceptions près. On était une demi-douzaine de cousins, ce qui était largement suffisant pour jouer. Si on voulait être tranquilles, il fallait se réfugier aux chiottes ou s'enterrer dans les dunes.

– Qui était Winnie Maas ? demanda Moreno avec impatience. Excuse-moi, mais je m'en fous, de tes cousins.

Ils retrouvèrent la vieille Trabant de Mikael Bau coincée entre une Mercedes argentée rutilante et une BMW rouge étincelante. Comme un vieux choucas fatigué entre deux aigles, pensa Moreno. Mais pas encore totalement mort. Ils montèrent dans le choucas, qui produisit un nuage de fumée lorsque Mikael Bau démarra. Il manœuvra ensuite délicatement pour sortir du parking, sans doute pour réfléchir avant de répondre.

– Winnie Maas était une jeune fille. Elle a été assassinée cet été-là, finit-il par dire en allumant les phares. On l'a retrouvée morte sur la voie de chemin de fer, sous le viaduc… On va y passer dans deux minutes. L'inspectrice pourra ainsi se faire sa propre opinion.

Il émit un petit rire mais se rendit compte que ce n'était pas le moment.

– Excuse-moi. Oui, elle était allongée sur les rails, morte, et l'assassin était assis à côté d'elle. Du moins selon la version officielle.

– La version officielle ? Tu veux dire qu'il y en aurait d'autres ?

Il haussa les épaules.

– Qui sait ? Je me souviens d'un tas de rumeurs, ce qui n'a rien d'étrange dans ce genre d'histoire. Il me semble bien que c'est le seul assassinat qui ait été commis ici au cours de ces trente, quarante dernières années. Vers la fin des années 1950, un forgeron aurait assassiné sa femme avec une barre de fer. Alors, quoi de plus normal que les gens se livrent à un tas de suppositions ? Et cela d'autant plus que le crime était différent… Il était scandaleux, en quelque sorte. Toute la ville a été ébranlée. Oui, j'imagine que tu connais ce genre de situation.

Moreno acquiesça.

– Et qui était l'assassin ?

– Je ne me souviens plus de son nom. Mais il se peut très bien que ce soit ce Maager. Il était prof au lycée. Ce qui n'a rien arrangé. Il avait eu la fille en classe et… d'après ce qu'on disait, il aurait eu une liaison avec elle.

– Vraiment ? dit Moreno en voyant le nuage pédophile passer rapidement devant son regard intérieur. Seize ans ?

À cette époque-là, ça ne devait pas être condamnable par la loi, se dit la flic en elle.

Mais ça l'était par la morale, rétorquèrent la femme et l'être humain en elle. Quelle que soit l'époque. Enseignant et élève, c'était une combinaison insupportable et pas vraiment nouvelle.

– Il paraît qu'en plus elle était enceinte. Oui, c'était une histoire sordide, bien compliquée. Voilà, c'est là-bas.

Après un long virage, ils arrivèrent sur le viaduc au-dessus du chemin de fer. Une bonne vingtaine de mètres de chute, estima Moreno. La hauteur était inhabituelle, mais il y avait sans doute une explication à ça aussi. Mikael Bau ralentit et pointa son doigt vers le bas.

– C'est là, si je ne me trompe. Il l'aurait poussée d'ici. À l'époque, le garde-fou n'était pas aussi haut. Celui-ci a dû être installé après, justement à cause de ce qui s'est passé.

Il longea la balustrade et s'arrêta.

– Elle a aussi très bien pu sauter, ajouta-t-il.

Moreno baissa la vitre et essaya de faire une analyse objective de la situation. Précipiter un corps sur les rails ne serait pas chose facile aujourd'hui, vu la hauteur de la protection. Surtout un corps vivant qui opposait de la résistance. Le garde-fou mesurait près de deux mètres.

– Il n'y a pas de plaque de commémoration, constata Mikael Bau. Encore une chance.

Il embraya et la voiture se remit à avancer. Moreno remonta la vitre et s'aperçut qu'elle avait la chair de poule.

– Je ne me souviens plus de la suite, du jugement et de tout le reste. Le procès a dû avoir lieu à l'automne, quand on était déjà rentrés à Groenhjem.

– Mais le coupable était bien le prof? Il a avoué?

Mikael Bau pianota un moment sur le volant avec ses doigts avant de répondre.

– Oui, ça devait être lui. D'ailleurs, il en a perdu la raison. Quand ils ont retrouvé le corps, il était assis à côté. Il n'a même pas essayé de s'échapper, mais il paraît qu'ils n'ont rien pu tirer de lui. Maintenant tu peux m'expliquer cette histoire de fille et de mère? Tu crois que ç'a un rapport?

Eva Moreno réfléchit un moment avant de répondre mais elle pouvait difficilement trouver une autre conclusion que celle qu'elle avait déjà tirée.

– Je ne sais pas. Il doit y en avoir un, pourtant. Mikaela Lijphart partait rendre visite à son père qu'elle n'avait pas vu depuis qu'elle avait deux ans, pour une raison que j'ignore. Il s'était passé quelque chose à ce moment-là, c'est ainsi qu'elle s'est exprimée… *Il s'est passé quelque chose.* Elle m'a dit que son père se trouvait dans un centre en dehors de Lejnice. Il semble bien qu'il s'agit de la même histoire. Sais-tu si ce prof avait un enfant ? Une fille, par exemple, d'environ deux ans ?

– Aucune idée. Comment veux-tu que je le sache ? Mais je me rappelle avoir lu quelque chose concernant le procès… pendant qu'il se déroulait. Il était apparemment impossible d'interroger le prof. Soit il éclatait en sanglots, soit il était muet comme une tombe. Je m'en souviens sans doute parce que le journaliste avait justement utilisé cette expression. Muet comme une tombe.

– Tu veux dire qu'on a dû le placer dans un hôpital psychiatrique, quel que soit le jugement ?

– Probablement. Sidonis, c'est bien ce que tu as dit ?

Moreno acquiesça.

– Tu connais ?

– Juste de nom. Tous les enfants savent où se trouve la maison de fous la plus proche, non ?

– C'est sûr. Bon, voilà qui est clair, à présent. Jolie histoire.

Ils roulèrent en silence pendant trente secondes.

– *Ergo*, dit soudain Mikael Bau. Corrige-moi si je me trompe. La fille vient ici pour rendre visite à son assassin de père qu'elle n'a pas vu depuis qu'elle avait deux ans. Elle le rencontre, parle avec lui pendant deux heures, puis disparaît. C'est à ça que tu penses depuis ce matin ?

– Non, il y a des choses qui viennent à l'instant de s'ajouter, répondit Moreno. C'est toi qui m'as appris que le père pouvait aussi se nommer « assassin ». Ta mémoire immédiate fonctionne bien ?

Mikael Bau ne répondit pas. Il continua de pianoter sur le volant mais changea de rythme et resta de nouveau silencieux.

– Qu'est-ce qu'on fait ? demanda-t-il au moment même où

le panneau indiquant PORT HAGEN 6 passait devant la vitre de Moreno.

– On fait marche arrière, dit-elle.

– Pardon ?

– On fait marche arrière. Il faut qu'on parle avec Vrommel.

– Maintenant ? Il est presque vingt et une heures trente. On ne peut pas faire ça demain ? J'ai bien peur qu'il n'ait pas lu *King of the Royal Mounted*, lui non plus.

Moreno se mordit la lèvre, indécise.

– OK, soupira-t-elle. Demain.

16

Le 15 juillet 1999

Vrommel était en plein exercice d'étirements.

– Les tendons d'Achille et les mollets, expliqua-t-il en se mettant sur la pointe des pieds. Il ne faut pas négliger sa forme physique. Je croyais que l'inspectrice passerait sa journée allongée sur la plage, un jour comme aujourd'hui.

– J'irai cet après-midi, dit Moreno. Je voulais juste savoir si la fille Lijphart est réapparue.

Le commissaire principal fit quelques mouvements sur la pointe des pieds avant de répondre.

– Hélas.

– Hélas, non ?

– Oui. Hélas, non.

– On ne pourrait pas s'asseoir un instant ? proposa Moreno. Puisque j'ai rencontré la fille dans le train, peut-être que…

– Cette affaire relève de la routine, l'interrompit Vrommel. Vous n'avez pas à vous en soucier. Si on n'a pas de ses nouvelles aujourd'hui, on lancera un avis de recherche demain.

Il poursuivait inlassablement ses exercices. Chaque fois qu'il se mettait sur la pointe des pieds, il émettait un petit bruit de gorge et, à en juger par la couleur de son visage, il ne trichait pas.

Cet homme est totalement irresponsable, se dit Moreno en s'appuyant contre la table. Un de plus !

– Qu'est-ce qui a bien pu se passer, à votre avis ? demanda-t-elle.

Vrommel descendit sur les talons et s'immobilisa un instant. Inspira profondément deux fois, puis se mit à faire des étirements du cou. De droite à gauche. De gauche à droite. Lentement et méthodiquement.

– Rien, fit-il.

– Rien ? répéta Moreno, étonnée. Mais la fille a disparu.

– Les filles disparaissent. Depuis toujours. Et ça sera toujours comme ça. Puis elles reviennent, les joues empourprées.

Non mais je rêve ! pensa Moreno. Mais elle serra les dents et s'efforça de faire un semblant de sourire. Un peu tendu, certes, et un peu trop rapide.

– Vous ne pensez pas qu'il y a un rapport avec l'ancienne affaire ?

– Vous en avez entendu parler ?

– Un peu, oui. Il paraît que c'était assez impressionnant...

Vrommel ne dit rien.

– Il n'est peut-être pas impossible qu'il y ait un rapport. D'une manière ou d'une autre.

– Je ne pense pas.

– Non ? Mais il serait sans doute judicieux de se renseigner auprès du personnel du centre Sidonis pour savoir comment s'est déroulée la rencontre entre le père et la fille... À quel endroit elle avait l'intention de se rendre ensuite, et ce genre de choses.

– Dispositions déjà prises.

– Ah oui ?

Silence. Droite, gauche. Inspiration, expiration.

– Vegesack est allé enquêter, hier soir. Pour quelle raison vous permettez-vous, inspectrice, de venir vous mêler de cette histoire ? Mettriez-vous en doute ma capacité à faire mon travail ?

– Absolument pas. Je suis désolée. Mais je me suis un peu attachée à cette fille. Je l'ai rencontrée dans le train en venant ici... C'est bien vous qui meniez l'enquête, il y a seize ans ?

– Qui d'autre aurait pu le faire ? demanda Vrommel. Dites-moi, où en êtes-vous dans vos exercices physiques ?

En voilà une manière de changer de sujet, se dit Moreno en manquant de sourire pour de vrai.

– De ce côté-là ça va très bien, je vous remercie, répondit-elle. Je fais du jogging et je vais à la gym.

– Vous allez à la gym ! s'indigna Vrommel. Drôle d'idée !

Moreno décida de ne pas argumenter.

– Et quels renseignements a obtenus Vegesack ?

– Rien, rien du tout, répondit Vrommel en tournant la tête vers la droite.

Moreno entendit ses vertèbres cervicales craquer.

– Rien du tout ?

– Il ne m'a pas encore fait parvenir son rapport. Il ne travaille pas, le jeudi matin. Il doit s'occuper de sa vieille mère ou quelque chose du genre. Drôle de truc, ça aussi !

Moreno ne réussit pas à savoir où voulait en venir exactement le commissaire principal. Trouvait-il surprenant que des gens veillent sur leurs parents ? Elle avait de plus en plus de mal à se contenir. Elle avait envie de lui donner un bon coup de pied dans l'entrejambe et de lui dire d'aller se faire foutre. Elle se racla la gorge et se leva. Le remercia de l'avoir si bien reçue. Si merveilleusement bien reçue.

– Je vous en prie, répliqua Vrommel. C'est un code d'honneur. Allez donc vous allonger au soleil. Nous prendrons toutes les dispositions nécessaires selon le règlement en vigueur.

Sale con, pensa Moreno une fois dehors. Code d'honneur ! Dispositions selon le règlement ! C'est ça, oui. Elle ne doutait pas un seul instant que Vrommel connaisse sur le bout des doigts la manière d'agir dans un cas comme celui-là.

Avec les filles qui disparaissent et reviennent, les joues en feu.

Elle traversa la place, s'installa à la terrasse du café Darm, commanda un cappuccino et une orange pressée. Par Mlle Glossmann du secrétariat, elle avait appris que Vegesack arriverait à la gare à treize heures. Elle se demandait ce qu'elle pourrait bien faire en attendant son retour lorsqu'elle aperçut Sigrid Lijphart assise quelques tables plus loin.

Elle hésita un instant. Puis prit sa tasse et son verre, et demanda si elle lui permettait de s'installer à sa table.

Sigrid Lijphart acquiesça. Elle n'avait pas l'air d'avoir beaucoup dormi. Ce qui n'avait rien d'étonnant, bien sûr. Voyant ses yeux rougis, Moreno eut envie de poser sa main sur son bras, mais elle se retint.

Elle ne savait pas pourquoi elle avait refoulé son geste. C'était la flic qu'elle était qui avait réagi ainsi, et non pas la femme, ça semblait assez évident. Ce n'était pas toujours facile de choisir le moment où donner la priorité à l'une par rapport à l'autre. Elle avait déjà réfléchi à ça. De nombreuses fois.

– Comment ça va ? demanda-t-elle prudemment.

Sigrid Lijphart sortit un mouchoir et se moucha.

– Pas très bien.

– Je comprends.

– Ah oui ? dit Sigrid Lijphart. Vous aussi, vous avez des enfants ?

– Pas encore.

Pas encore ? Eva Moreno tressaillit. Pour quelle raison s'était-elle exprimée ainsi ? En tout cas, il fallait bien qu'elle admette que ça, ça ne venait pas de son côté flic. L'explication était plutôt à chercher du côté de chez Freud. L'équilibre entre les deux composantes de son caractère était donc rétabli.

– Je suis tellement inquiète, dit Sigrid Lijphart en heurtant sa tasse à café contre la soucoupe. Tellement, tellement inquiète. Ça doit… Il lui est forcément arrivé quelque chose. Mikaela n'aurait jamais… Non, trop de jours ont passé, maintenant…

Sa voix se brisa. Elle fut parcourue par un violent frémissement, comme des convulsions après une crise de larmes. Elle redressa le dos et chercha à rassembler ses esprits.

– Excusez-moi. C'est si difficile.

– Je comprends, répéta Moreno. Si je peux faire quelque chose pour vous, ce serait avec plaisir.

Sigrid Lijphart leva un regard étonné vers Moreno.

– Vous êtes… inspectrice ici, à Lejnice ?

Moreno fit un sourire rapide.

– Non, à Maardam. Je suis ici en vacances. J'avais juste un petit mot à dire au commissaire principal.

– Ah bon.

Un moment de silence s'ensuivit. Moreno eut le temps de se demander quelle était la signification de ce « Ah bon ». Y aurait-il chez Sigrid Liphart de l'estime pour elle ? Peut-être due au fait qu'elle ne faisait pas partie de l'équipe de Vrommel ?

Une opinion pour laquelle elle aurait une certaine compréhension.

– Avez-vous essayé d'entreprendre des recherches vous-même ? demanda-t-elle.

– Non, dit Sigrid Lijphart. J'ai rendez-vous avec Vrommel et son agent à treize heures. Non, je ne me sens pas le courage d'aller parler avec les gens d'ici. Pas après ce qui s'est passé. J'ai – comment dire ? – tourné le dos à cette histoire. Je n'aurais pas la force de l'affronter à nouveau. J'ai tout laissé derrière moi.

– Vous ne savez pas où Mikaela avait l'intention de passer la nuit, par exemple ?

– Je n'en ai pas la moindre idée, répondit Sigrid Lijphart, le visage crispé. Ce n'était pas simple, quand elle est partie. C'était bien sûr une sorte de… punition de sa part aussi. C'est du moins comme ça que je l'interprète. Envers moi, parce que je ne l'avais pas mise au courant plus tôt… Envers Helmut aussi, sans doute. C'est mon mari, le beau-père de Mikaela. Une sorte de protestation, je veux dire. Elle nous a seulement dit qu'elle avait l'intention de le rencontrer, et elle est partie. Mais je sais qu'elle ne resterait jamais absente comme ça, sans donner de ses nouvelles. Tout le monde ne peut pas prétendre connaître ses enfants, mais moi, je connais ma fille.

– Et il ne pourrait pas s'agir encore une fois d'une sorte de protestation ? Pour vous rendre vraiment inquiets ?

– Non, dit Sigrid Lijphart en secouant vigoureusement la tête. Impossible. Je m'étais préparée à ce qu'elle soit absente un jour, une nuit aussi peut-être, mais pas aussi longtemps. Ça va bientôt faire… Oui, ça va faire une semaine. Mais pourquoi il ne fait rien, ce con de commissaire principal ?

N'ayant pas de commentaire à faire à cette interrogation, Moreno se tut et chercha à paraître neutre et bien disposée.

– Vous n'avez pas envie d'aller parler avec votre ex-mari ? demanda-t-elle.

Sigrid Lijphart sursauta comme si elle s'était brûlée.

– Avec Arnold ? Parler avec Arnold ? Non, je ne vois pas à quoi ça servirait.

– Vous pourriez apprendre ce que Mikaela et lui se sont dit, par exemple, suggéra Moreno.

Sigrid Lijphart ne répondit rien. Elle serra les lèvres et eut l'air de peser le pour et le contre, entre la peste et le choléra.

– Non, conclut-elle. Quoi qu'il ait pu se passer, je ne pense pas qu'il soit mêlé à ça. En plus, le stagiaire l'a déjà interrogé. Il n'y a aucune raison que je le voie.

– Que s'est-il passé réellement ?

– Que voulez-vous dire ?

– Il y a seize ans. Que s'est-il passé ?

Sigrid Lijphart sembla sincèrement étonnée.

– Vous le savez, forcément.

– Non, je n'en sais pas plus que ce qui a été évoqué au commissariat, mentit Moreno.

– Vous n'êtes pas d'ici ?

– Je suis de Maardam, comme je viens de le dire.

Sigrid Lijphart fouilla dans son sac à la recherche d'une cigarette. La mit dans sa bouche et l'alluma de façon si maladroite que Moreno en conclut qu'elle n'était pas une vraie fumeuse.

– Il avait une liaison avec une fille de seize ans, dit-elle après la première bouffée. Une de ses élèves.

Moreno attendit.

– Il l'a mise enceinte et puis il l'a tuée. Je suis en train de vous parler de mon mari, de l'homme que j'avais épousé et qui est le père de Mikaela.

– C'est épouvantable. Ç'a dû être un traumatisme terrible, pour vous.

Sigrid Lijphart la toisa pendant quelques secondes avant d'ajouter :

– Il me restait une seule chose à faire : fermer la porte et recommencer ma vie ailleurs. C'est ce que j'ai fait. J'ai compris qu'il fallait que j'aie une autre vie… aussi bien pour moi que pour ma fille. Sinon, nous allions sombrer. Il existe des situations impossibles à raccommoder. Dont il faut se sortir, c'est tout. J'espère que vous comprenez ce que je veux dire.

Moreno acquiesça vaguement en se demandant si c'était le cas. Si elle comprenait réellement. Si elle pensait elle aussi, comme cette femme durement éprouvée, qu'il était parfois impossible de trouver des solutions. Qu'il existait des situations qu'on ne devait pas chercher à comprendre, pour lesquelles il n'y avait pas d'indulgence à avoir. Qu'il fallait juste oublier.

Peut-être. Peut-être pas. Il valait mieux connaître les circonstances avant de prendre la décision. Toutes les circonstances.

– Pourquoi l'avez-vous dit à votre fille ? demanda-t-elle.

La réponse de Sigrid Lijphart ne se fit pas attendre.

– Parce qu'il le fallait. J'ai toujours su que je serais obligée de le faire un jour. J'ai toujours su. Impossible de passer outre. J'ai donc choisi ce moment-là. Le jour de ses dix-huit ans. Ça rend les choses plus faciles, si on fixe dans le temps ce qui est difficile… Je ne sais pas si c'est aussi votre avis.

Là encore Moreno n'était pas certaine de comprendre la logique, mais de toute évidence Sigrid Lijphart était persuadée d'avoir raison.

– Et cette fille… Celle qui… bredouilla Moreno.

– Une petite catin, l'interrompit Sigrid Lijphart avec conviction. Il y en a qui ont ça dans le sang. Ce ne sont pas des préjugés, je suis réaliste. Arnold n'était pas le premier avec qui elle avait couché, c'est sûr et certain. Non, excusez-moi, je ne veux plus parler de ça.

– Comment s'appelait-elle ?

– Winnie, dit Sigrid Lijphart avec une moue de dégoût. Winnie Maas. Ça lui a fait perdre la raison, à mon mari. Ça, au moins, vous devez le savoir. Il est devenu fou.

– Oui, je l'ai compris quand je vous ai entendue parler avec Vrommel, dit Moreno en jetant un œil sur sa montre. Oh là, je crois bien que je suis en retard. Désolée de vous avoir importunée, mais, si vous pensez que je peux vous être utile, n'hésitez pas à me contacter. J'ai un portable. Je suis sincèrement désolée pour vous et j'espère que Mikaela ne tardera pas à revenir.

Elle lui tendit sa carte. Sigrid Lijphart la regarda un instant avant de la ranger dans son sac.

– Merci, dit-elle. En tout cas, demain je rentre chez moi. Je suis incapable de passer plus de deux nuits dans cette ville. J'apprécie beaucoup que vous vous souciiez de ce qui m'arrive. Ça m'a fait du bien de parler avec vous.

– Je vous en prie. Il faut que j'y aille, dit Moreno en se levant. Mon fiancé m'attend, je crois.

Le fiancé (l'amant ? le petit ami ? le mâle ?) n'attendait pas sur un banc dans le Donnersparc comme ils en étaient convenus. Il était allongé sous un châtaignier, la tête sur une racine, et s'efforçait de manger une glace sans s'en mettre plein le visage.

– Tu arrives bien tard, fit-il remarquer à Moreno quand elle s'installa à côté de lui. Mais ça ne fait rien. C'est le privilège de la femme et je te désire toujours autant.

– Très bien, dit Moreno. Tu dois être désirable aux yeux de certaines femmes, toi aussi. Dommage que tu sois tombé sur une dure à cuire comme moi. Mais ne lâche pas prise. Comment ça s'est passé ?

Mikael Bau se releva légèrement en s'appuyant sur l'arbre.

D'un geste chevaleresque, il lui offrit le peu de glace qui lui restait et s'essuya les mains dans l'herbe.

– Pas si mal, dit-il. Compte tenu de mon manque de professionnalisme dans cet art. J'ai trouvé l'adresse de Mme Maas... Elle habite toujours dans cette ville. Dans un appartement à Goopsweg. En plein centre, en gros. Et l'histoire de la nuit est clarifiée.

– L'histoire de la nuit ? Tu veux dire que Mikaela Lijphart a passé la nuit ici, malgré tout ?

– Oui, à l'auberge de jeunesse, comme on l'avait soupçonné. À Missenraade. Mais seulement la nuit du samedi, malheureusement. Dès le dimanche matin, elle a pris son sac à dos et est allée en ville en bus, vers dix heures. Pour l'instant, les traces s'arrêtent là. J'ai parlé avec une des filles à la réception de l'auberge. Elle disait qu'elle se souvenait très bien d'elle mais ignorait totalement où elle avait l'intention de se rendre. L'été, les places sont assez rares... Mais elle avait eu l'impression que Mikaela avait aussi fait un tour à Lejnice, le samedi soir. Et qu'elle était revenue, donc... Oui, je ne sais pas où tout ça nous mène. Nulle part, je suppose.

– On ne sait jamais, soupira Moreno. C'est ça, le problème. Et le charme, peut-être... Enfin, un charme plutôt sinistre, mais généralement ça se présente comme ça. Un tas de fils divergents qui partent dans des zones sombres... J'ai bien peur que ce ne soit une citation du *commissaire*, ça aussi... Et tout à coup il y en a un qui s'accroche à un autre, et les choses avancent à toute vitesse. Hum, pourquoi je me mets à parler comme ça ? Ça doit être la chaleur.

– Tu aimes ça, constata Mikael Bau en l'observant avec intérêt. Ça n'a rien à voir avec la chaleur. Tu n'as pas à avoir honte d'aimer ton boulot.

– Je ne sais pas si « aimer » est le mot exact. Il faut seulement essayer de voir les choses d'un point de vue supportable. Tu ne crois pas ? J'imagine que tout n'est pas rose non plus dans le social.

Mikael Bau gratta sa barbe de trois jours.

– Il faut être optimiste, même si on est profondément pessimiste, c'est ça ? Oui, c'est sans doute un bon principe. D'ailleurs, tu sais quels sont les gens qui ont le plus d'humour ? Les fossoyeurs. Les fossoyeurs et les médecins légistes. Il y a bien une raison à ça. Bon, as-tu l'intention de jouer au détective privé pendant toutes les vacances ou veux-tu qu'on aille s'allonger un moment sur la plage ?

– La plage, conclut Moreno. Au moins pendant quelques heures. J'aimerais juste échanger quelques mots avec Vegesack avant de laisser tomber. Mais ce n'est pas pressé. Tout compte fait, il a peut-être raison, Vrommel. Elle aurait tout simplement fait une fugue. On verra bien demain, une fois que l'avis de recherche sera lancé. Les gens pensent qu'il est facile de se cacher, mais ce n'est pas si vrai.

Sur le chemin de la mer, Moreno se posa une autre question.

Qui concernait le fait d'avoir un enfant. Et son discours sur l'optimisme et le pessimisme.

N'était-ce pas mieux de ne jamais mettre d'enfant au monde plutôt que d'avoir un jour à supporter un événement aussi difficile que sa disparition, par exemple ?

Ou de le retrouver sous un viaduc ?

Encore une question sans réponse. Mais elle ne la soumit pas à Mikael Bau.

17

– Du café ? proposa Vrommel.

– Non, merci, répondit Sigrid Lijphart. Je viens d'en boire.

L'agent Vegesack était sur le point de dire qu'il en prendrait bien une tasse, lui, mais il se ravisa.

– Eh bien ? demanda Vrommel en s'installant à son bureau. Arnold Maager ? Qu'est-ce que ç'a donné ?

Vegesack s'éclaircit la gorge et feuilleta rapidement son bloc-notes.

– Pas grand-chose, répondit-il. Un type assez renfermé, ce M. Maager.

– Renfermé ?

– Disons introverti, fit Vegesack. C'est vrai qu'il est malade. Pas facile d'en tirer quelque chose.

– Vous lui avez dit que Mikaela a disparu ? demanda Sigrid Lijphart.

Sa voix faisait penser à une corde de violon, constata Vegesack.

– Bien sûr. Presque tout de suite… J'aurais peut-être dû attendre un peu. Ça l'a sidéré.

– Sidéré ? répéta Vrommel.

– En tout cas, ça l'a rendu très silencieux, dit Vegesack. J'ai essayé de savoir de quoi ils avaient parlé quand elle est venue le voir, le samedi, mais il a secoué la tête sans rien dire. Et il s'est mis à pleurer.

– À pleurer ? demanda Vrommel.

Il va répéter chaque mot que je prononce, cet imbécile ?

pensa Vegesack. Mais il se ressaisit et lança un regard vers la femme assise à côté de lui. Mme Lijphart, droite comme un piquet, les mains sur les genoux, l'air absent. Comme droguée.

De drôles d'oiseaux, tous ces gens, se dit Vegesack. Arnold Maager. Le commissaire principal Vrommel. Sigrid Lijphart. On dirait des caricatures. Des personnages de bandes dessinées.

Mais tout le monde est peut-être comme ça, quand on gratte un peu. Ça vaudrait sans doute le coup d'y réfléchir pour mon livre. Du réalisme psychologique, comme on dit. Il tourna une feuille dans son bloc-notes.

– Je me suis aussi entretenu avec un des gardiens et avec un médecin, ajouta-t-il. D'après eux, Maager a un comportement assez significatif. Ils ont parlé de troubles comportementaux face aux conflits. En d'autres termes, il paraît qu'il évite tout ce qui est désagréable en se repliant sur lui-même au lieu de faire face…

– Merci, dit Vrommel. Nous avions compris. Tu n'as rencontré personne qui avait parlé avec la fille quand elle était là-bas ?

– Si, une personne. Un infirmier du nom de Proszka. Mais il lui a seulement indiqué la route et, malheureusement, il ne l'a pas vue quitter le centre Sidonis. J'ai bien peur que ça ne nous fasse pas avancer… en ce qui concerne la disparition de Mikaela, je veux dire.

Sigrid Lijphart poussa un soupir et se tassa sur elle-même.

– Il est arrivé quelque chose, dit-elle. Je sais qu'il lui est arrivé quelque chose. Il faut… Vous *devez* faire quelque chose.

Vrommel se pencha en arrière sur sa chaise et s'efforça de froncer les sourcils.

– OK, dit-il. Nous allons lancer un avis de recherche. Je suis moins sûr que vous qu'elle ne se cache pas quelque part, mais tant pis. La radio, la télé, les journaux… Les moyens habituels, quoi. Vegesack, tu t'en charges.

– Et si on vérifiait auprès de ses connaissances ? proposa Vegesack.

– De ses connaissances ?

– Oui, de ses amis, filles et garçons. Il se pourrait qu'elle ait décidé de garder profil bas et qu'elle ait prévenu un ami. Et pas sa mère.

– J'en doute, dit Sigrid Lijphart.

Vegesack referma son bloc-notes.

– Vous avez peut-être raison, mais on pourrait quand même vérifier ?

– Bien entendu, conclut Vrommel. Madame Lijphart, vous passerez tous les noms possibles en revue, vous et l'agent Vegesack. À partir de maintenant, il ne faut pas ménager nos efforts. Mobilisation totale !

Bonté divine, pensa Vegesack.

– Très bien ! dit-il.

– Tu appelleras ensuite ceux qui te semblent les plus intéressants. Avez-vous une objection à faire, madame Lijphart ?

Il passa ses doigts sur sa moustache minuscule et se tourna vers Sigrid Lijphart. Au lieu de croiser son regard, elle baissa les yeux vers ses mains posées sur ses genoux. Elle mit quelques secondes à répondre.

– Non, non. Absolument pas. Je ne vois pas pourquoi je m'y opposerais.

Pendant qu'Eva Moreno parcourait le petit trajet entre la Grote Marckt, où Mikael Bau l'avait déposée, et le Goopsweg, elle se demanda pour quelle raison mystérieuse elle ne laissait pas tomber cette affaire.

Pourquoi elle ne parvenait pas à se détacher de la disparition de Mikaela Lijphart.

De sa prétendue disparition. Car la probabilité que la jeune fille en ait profité pour se cacher quelques jours (peut-être en vertu de sa majorité obtenue), afin de susciter un sentiment de culpabilité chez ses parents, était tout de même relativement grande.

Ou peut-être pas.

Mikaela Lijphart avait-elle eu des ennuis, pour utiliser un euphémisme moderne ? *Des ennuis ?*

Lesquels, dans ce cas ?

Et cette vieille histoire ? Son père, l'enseignant Arnold Maager, qui avait eu une liaison avec l'une de ses élèves. Qui l'avait mise enceinte. Qui l'avait tuée. Qui avait perdu la tête.

Est-ce ainsi que cela s'était passé ? Était-ce aussi simple ?

L'histoire était épouvantable, mais elle était trop nette, sans bavures. Trop bien ficelée, rien ne dépassait. Allez, ouste : la fille supprimée, le vieux à l'asile. Une affaire mise sous cloche pendant seize ans et puis… Oui, que s'était-il passé ensuite ?

Ce n'était pas la curiosité qui la poussait, Eva Moreno en était certaine. C'était l'histoire en elle-même qui la fascinait, elle était la première à l'admettre. Mais il y avait aussi d'autres considérations qui entraient en ligne de compte.

D'autres raisons qui l'empêchaient de lâcher le fil. Qui l'empêchaient d'abandonner l'affaire.

Éthiques ? Oui, en effet. C'est seulement en vacances qu'on a le temps d'adopter une attitude morale, avait dit quelqu'un, mais elle ne se rappelait plus qui. Reinhart ou Van Veeteren, probablement. Non, certainement pas le *commissaire*. S'il y avait quelqu'un qui ne renonçait jamais à l'aspect moral, c'était bien lui. Même pas dans les situations les plus évidentes. Était-ce la raison pour laquelle il s'était retiré plus tôt que prévu ? Était-ce la raison pour laquelle il en avait eu assez ? se demanda-t-elle soudain.

Toujours est-il que cette idée concernant le temps libre et l'éthique n'était pas vide de sens. Quand nous sommes pris dans l'engrenage de nos obligations habituelles, nous passons devant des mendiants aveugles, des enfants apeurés et des femmes battues sans faire attention. En revanche, si nous croisons une personne malheureuse lors d'une promenade tranquille sur la plage, notre réaction est différente.

La morale a besoin de temps.

Et, à présent, elle avait le temps. Le temps de se souvenir

de la fille en pleurs dans le train. Le temps de réfléchir à son histoire et aussi à celle de sa mère inquiète.

Et à celle de l'enseignant Maager.

Le temps de faire un détour et de s'accorder une heure de plus par cette belle matinée ensoleillée, pendant que Mikael Bau était parti discuter avec un artisan à propos d'un travail à faire à la Tschandala… Une histoire de gouttières, si elle avait bien compris.

Elle tourna dans le Goopsweg et commença à chercher le numéro 26… Le voilà. Un immeuble de trois étages. Architecture triste des années 1970, briques grises et béton tacheté d'humidité. Il fallait bien qu'il existe également ce genre de constructions dans cette charmante ville légèrement décatie.

Une journaliste, se rappela-t-elle. Il faut que je me comporte en journaliste. Être courtoise et prendre des notes. Elle n'avait pas réussi à se trouver de couverture plus astucieuse pour pouvoir approcher cette femme et pour l'interroger au sujet de sa fille assassinée.

Et elle n'avait pas l'intention de se recommander du commissaire principal Vrommel. Du moins pas pour l'instant.

Elle traversa la rue, pénétra dans la cour et repéra la porte sans difficulté. Elle monta l'escalier jusqu'au troisième étage.

Elle se donna le temps de rassembler ses esprits avant de sonner à la porte.

Pas de réaction.

Elle attendit un moment, sonna de nouveau. Colla son oreille contre la porte et écouta.

Pas un bruit. Il régnait un silence de mort de l'autre côté.

Tant pis, se dit l'inspectrice judiciaire Eva Moreno. Au moins j'aurai essayé.

Une fois de retour au soleil, elle sentit cependant qu'elle n'avait pas encore atteint la barre morale. Elle n'avait pas le droit d'abandonner la fille Lijphart. Pas le droit et, surtout, pas encore.

Si tous les citoyens possédaient le même sentiment de

responsabilité que moi, le monde serait plus beau, se dit-elle. Soudain, elle faillit se prendre les pieds dans un chat noir qui avait surgi d'un trou dans la palissade.

Elle éclata de rire et le chat, effrayé, retourna derrière la palissade.

Sigrid Lijphart eut tout juste le temps de monter dans le train qui quitta la gare de Lejnice à dix-neuf heures trois. Il s'ébranla au moment même où elle se laissait tomber sur le siège côté fenêtre dans le wagon presque vide. Elle fut aussitôt rattrapée par le sentiment d'avoir abandonné sa fille.

Elle alluma une cigarette pour tenter de combattre sa mauvaise conscience et vida les dernières gouttes de la fiole qu'elle avait dans son sac, après avoir jeté un regard prudent autour d'elle.

Mais cela ne lui fut pas d'une grande aide. Ni la nicotine ni l'alcool. Quand le train eut atteint sa vitesse de croisière, elle comprit qu'elle avait eu tort de s'en aller. De rentrer à la maison sans Mikaela.

Comment avait-elle pu remettre son destin – et celui de sa fille – entre les mains de Vrommel ? Qu'est-ce qui lui permettait de penser qu'il était à la hauteur ? Vrommel ! Déjà seize ans auparavant elle l'avait considéré comme un imbécile et rien n'indiquait qu'il se soit arrangé depuis. Rien dans son comportement au cours de ces jours passés à Lejnice, en tout cas.

Et c'est lui qui était chargé de rechercher Mikaela ! Le commissaire Vrommel ! Comment avait-elle pu permettre ça ? Elle, une mère et une femme sensée. Quelle idée de confier une telle responsabilité à un crétin pareil !

Elle écrasa sa cigarette et promena son regard sur les polders inondés de soleil. Des canaux. Des vaches aux taches blanches et noires qui paissaient paisiblement. Des maisons basses au milieu desquelles pointait un clocher d'église tentant vainement d'entrer en contact avec le ciel immense.

Pourquoi je me mets à délirer comme ça ? Pourquoi je me tourmente bêtement ? Que ce soit Vrommel ou un autre, quelle importance ? Il s'agit de Mikaela. Où est-elle, à présent ? Qu'est-ce qui s'est passé ? Arnold… Après tout, Arnold sait peut-être quelque chose ?

Et de nouveau un sentiment de culpabilité inexplicable la submergea. Inexplicable et irritant comme une écorchure dans l'âme. Pourquoi ? Pour quelle raison Sigrid Lijphart, ex-Sigrid Maager, aurait-elle quelque chose à se reprocher ? En réalité, elle avait fait plus que ce qu'on pouvait lui demander. Beaucoup plus. Elle avait parlé d'Arnold à Mikaela, même si le plus simple aurait été de ne rien dire. Elle aurait très bien pu taire toute l'histoire. À présent et à tout jamais. C'est ce qu'aurait voulu Helmut. Il ne l'avait jamais dit franchement, bien sûr, mais d'un autre côté, Helmut ne parlait jamais franchement.

Pourquoi ne pas se taire, au lieu de déterrer tout ce passé ? Personne ne lui avait rien demandé.

Alors pourquoi ? Pourquoi diable n'avait-elle pas suivi le chemin le plus facile, pour une fois ? Pourquoi toujours cette exigence d'honnêteté déraisonnable et inflexible ?

À peine avait-elle formulé ces questions qu'une voix – sa voix à lui – surgit du passé.

Tu déformes les raisons qui t'ont poussée à agir, dit la voix.

Elle ne se rappelait plus quand il lui avait dit ça, mais peu importait puisqu'elle ne comprenait pas le sens de cette phrase.

Pas à ce moment-là et toujours pas maintenant, seize ans après. Étrange que ces mots lui reviennent. Les raisons ?

Elle soupira et alluma de nouveau une cigarette. Froissa le paquet et le lança dans la corbeille à papier, bien qu'il reste encore quatre ou cinq cigarettes dedans.

Ça suffit, maintenant, se dit-elle. Je ne veux pas puer le tabac en rentrant. Il faut que je fasse bonne figure.

Mais, à partir de ce moment-là, rien n'alla plus. La question qu'elle n'osait même pas formuler continuait à errer au fond de sa conscience, muette et impitoyable, chassant toutes les autres pensées.

La question.

18

Le 16 juillet 1999

– Tu penses qu'elle est morte ?

Eva Moreno ne répondit pas. Elle descendit de la voiture, fit le tour pour aller l'embrasser sur la joue par la vitre baissée, mais se ravisa, trouvant que c'était déplacé, et posa la main sur son bras.

– Je ne sais pas. J'espère de tout mon cœur que ce n'est pas le cas, mais, en fait, je n'en sais rien. Il faut que je continue encore un peu. J'ai besoin d'en savoir plus pour pouvoir lâcher l'affaire. Tu m'excuseras.

Mikael Bau hocha la tête.

– Vas-y doucement avec le proviseur, recommanda-t-il. Il a dépassé les quatre-vingts ans, ne l'oublie pas. Disons une heure, d'accord ?

– Avec une marge d'une demi-heure de plus ou de moins. Installe-toi au Café du Port pour ne pas t'énerver inutilement.

Elle attendit qu'il se soit éloigné puis ouvrit la grille peinte en blanc et monta les marches vers la maison. Qui était grande et cossue. Une grosse villa en pierre jaune de Poméranie, des balcons en haut, des terrasses en bas, de grandes baies vitrées donnant sur la mer. Aux alentours d'un million de guldens, estima Moreno. Surtout compte tenu de son emplacement et du jardin. Une immense pelouse qui venait d'être tondue, des plates-bandes, des arbustes et des arbres fruitiers soigneusement taillés, des meubles de jardin sous un parasol orange qui auraient pu être livrés d'un atelier de menuiserie deux heures auparavant.

Le proviseur Salnecki, qui était assis dans un de ces fauteuils confortables, paraissait être de fabrication bien plus ancienne.

Pantalon blanc, chemise blanche, gilet blanc en coton. Casquette de sport jaune et chaussures en toile bleue. Mais tout cela ne changeait rien à l'affaire. Il avait quand même l'air plus vieux que ses pommiers noueux.

Il ne peut plus en avoir pour longtemps, se dit Eva Moreno. C'est sans doute son dernier été. Espérons que sa tête fonctionne encore.

Et elle fonctionnait très bien.

Parfaitement bien. Quelques instants et quelques répliques lui permirent de le constater.

Une jeune femme blonde et bronzée apporta un plateau avec une carafe et des verres. Et un bol de gressins.

– Le rouge et le blanc, expliqua le proviseur en remplissant les verres. La vie et la mort, symbolisées par les groseilles et le riesling. Je suppose que je n'ai pas besoin de vous faire remarquer que le blanc est la couleur de la mort dans de nombreuses cultures. À votre santé, inspectrice, soyez la bienvenue.

– À la vôtre. Merci de me recevoir.

– Mon arrière-petite-nièce. (Il fit un signe de tête vers la jeune femme qui disparaissait derrière l'angle de la maison.) Elle veille sur moi. Elle est en train d'écrire une thèse sur le groupe Klimke et utilise ma bibliothèque. Sylvia, une fille sympathique, une fille en or… Ma femme m'a quitté il y a quelques années et j'ai besoin de quelqu'un qui s'occupe de moi… Mais il doit bien y avoir une raison à votre visite ?

Eva Moreno posa son verre sur la table et se cala contre le dossier de son fauteuil.

– Maager, dit-elle. Arnold Maager. Sauf erreur de ma part,

vous étiez encore proviseur au lycée de Voeller au moment où toute cette histoire a eu lieu.

– Je m'en doutais, dit Salnecki.

– Vous vous doutiez de quoi ? Que voulez-vous dire ?

– Je me doutais que c'était là la raison de votre visite. Voyez-vous, j'ai travaillé toute ma vie dans l'enseignement et j'ai fatalement rencontré une ou deux irrégularités au cours de ma carrière. Mais, si un inspecteur judiciaire en vacances cherche à me rencontrer, je ne vois qu'une explication. Ce n'est pas une belle histoire, l'affaire Maager.

– Oui, c'est ce que j'ai cru comprendre.

– Pour quelle raison voulez-vous la faire remonter à la surface ? Ne vaudrait-il pas mieux la laisser reposer tranquillement ?

– Peut-être. Mais de nouveaux éléments se sont fait jour.

– Vous vous exprimez plus comme une avocate que comme une inspectrice, si vous me permettez. Mais à la bonne heure ! Je comprends que la discrétion puisse être une vertu et ma curiosité naturelle s'est émoussée avec les années… Je ne sais pas s'il faut d'ailleurs s'en réjouir. Enfin, je parle trop. Que voulez-vous savoir, au juste ?

Moreno réprima un sourire.

– Ce qui s'est passé. Quelle est votre opinion concernant Maager ?

– Vous ne connaissez pas l'histoire ?

– Pas bien, déclara Moreno.

Le proviseur Salnecki vida son verre et le reposa sur la table avec fermeté.

– Une tragédie, dit-il. Une vraie tragédie. Et en même temps une histoire d'une banalité consternante. Maager était un bon professeur. Apprécié par ses collègues comme par ses élèves. Jeune, dynamique… Et voilà qu'il couche avec cette gamine. Incompréhensible. Il faut savoir s'y prendre avec les ados perturbés par leurs hormones. C'est une des premières choses qu'un enseignant doit apprendre.

– Si j'ai bien compris, il ne s'est pas contenté de coucher avec elle, fit remarquer Moreno.

Salnecki eut soudain un air triste.

– Non, mais l'un mentait à l'autre. Une histoire édifiante, d'une certaine manière. Il faut toujours payer le prix.

Moreno haussa les sourcils.

– Vous voulez dire que Maager a payé le prix ? La fille a payé cher, elle aussi…

– Oui, bien sûr, s'empressa de répondre Salnecki. Évidemment. C'est bien pour cela que je parle d'une tragédie. Tout le monde doit payer les moments d'égarement. Certains de leur vie, d'autres de leur raison… Mais parfois les dieux exagèrent au niveau du montant.

Moreno réfléchit un moment. Son hôte enleva sa casquette, sortit un peigne de la poche arrière de son pantalon et le passa dans ses cheveux blancs et clairsemés.

– Comment ont réagi les gens ? demanda Moreno. Ils ont dû être bouleversés.

– Une véritable hystérie, soupira Salnecki en remettant son couvre-chef en place. Les gens étaient comme fous. Il y avait ceux qui voulaient le lyncher ; j'ai même reçu des coups de fil, la nuit. D'une certaine manière, c'était une chance que ce soit arrivé pendant les grandes vacances, sinon je crois qu'il aurait fallu fermer l'établissement. C'était ma dernière année. Je suis parti en décembre. J'aurais préféré partir en juin… mais le nouveau proviseur aurait alors eu à commencer sa carrière de bien triste façon.

– La liaison de Maager et de cette fille durait-elle depuis longtemps ? Les autres élèves étaient-ils au courant ?

– Une liaison ! s'exclama Salnecki. Il n'y avait pas de liaison. La fille l'a séduit et ils se sont retrouvés dans le même lit. Une seule fois. À mon avis, ils étaient tous les deux éméchés. Maager avait une famille, une femme et une petite fille.

– Oui, je suis au courant. Et qu'est devenu Maager, après ça ? Avez-vous gardé le contact avec lui ?

Salnecki reprit son air triste. Probablement un peu de

mauvaise conscience. Se reprochait-il de n'avoir su empêcher le malheur d'arriver ? Il se pencha en avant et remplit de nouveau les deux verres.

– Non. Aucun. Il a sombré dans la folie. Il se trouve actuellement dans un asile près d'ici. Les premières années, quelques collègues sont allés lui rendre visite, mais ils n'ont jamais réussi à lui tirer le moindre mot… Non, il a été brisé à jamais.

– Dans quelles circonstances se sont-ils rencontrés, Maager et la fille ? D'après ce que vous me dites, ils n'ont eu qu'une seule relation.

Salnecki haussa les épaules.

– Oui, autant que je sache. C'était lors d'une soirée organisée pour les élèves de l'établissement. Maager et quelques-uns de ses collègues y avaient assisté afin de surveiller les jeunes. Ensuite, les enseignants se sont retrouvés chez le professeur de travaux manuels – célibataire – pour boire un verre et bavarder. C'était une semaine avant la fin du semestre. Un peu plus tard dans la nuit, un groupe d'élèves est arrivé. C'était contraire au règlement, bien entendu, mais on leur a proposé d'entrer et voilà le résultat. Maager s'est retrouvé au lit avec cette Winnie Maas, et…

– … elle est tombée enceinte et il l'a tuée, poursuivit Moreno. Six ou sept semaines plus tard. Une sale histoire. À votre santé, quand même !

Ils burent. Moreno décida de changer d'angle d'attaque.

– Cette fille, Winnie Maas, n'était-elle pas un peu… précoce ?

Salnecki se racla la gorge et chercha dans son vocabulaire.

– *De mortuis nihil nisi bene*. Oui, « précoce », on peut dire ça.

– Pourquoi l'a-t-il tuée ?

Salnecki réfléchit tout en se tirant le lobe de l'oreille.

– Il a perdu le contrôle, je suppose. Je crois que c'est aussi simple que ça. La fille a sans doute refusé de se faire avorter. Elle voulait garder l'enfant… Peut-être avait-elle l'intention de négocier son silence. Ou alors elle a voulu qu'il reconnaisse la paternité… Oui, à mon avis, ç'a dû se passer comme ça. Elle lui a téléphoné la nuit où ça s'est produit. Ils se sont donné rendez-vous sur le pont au-dessus du chemin de fer et il a perdu ses moyens. S'il est devenu fou avant de la pousser ou après, ça, c'est discutable. Et on en a discuté, croyez-moi. Ce point-là revenait sans cesse au cours du procès. La responsabilité et la culpabilité. Était-il conscient de son acte ou non ? Oui, cette machine est un objet bien fragile… dit-il en frappant sur son front avec deux doigts. Même si la mienne a résisté pendant quatre-vingt-un ans, ajouta-t-il en faisant un sourire humble.

– Et la famille de la fille ? demanda Moreno.

– Oui, grommela Salnecki. Une mère seule. Pas d'autre enfant. La mère a très mal réagi. Elle faisait partie du groupe qui voulait le lyncher. Elle a été brisée. Mais elle est restée dans cette ville, je la croise de temps en temps… Une pauvre femme, on dirait qu'elle a perdu toute force. Enfin, on peut se demander s'il y a encore une justice, dans ce monde. Que cherchez-vous réellement à savoir ? Il doit y avoir une raison pour que cette vieille histoire vous intéresse.

Moreno hésita. Elle s'attendait à cette réaction, elle avait même préparé quelques réponses plus ou moins crédibles, mais elle trouvait incorrect de raconter des mensonges à ce vieux pédagogue qui s'exprimait avec autant d'honnêteté. Ce n'était pas agréable et surtout pas convenable.

Une question d'éthique, justement.

Elle réfléchit quelques secondes en buvant une gorgée du liquide rouge et blanc. La vie et la mort. Puis elle joua cartes sur table.

– Par Odin, Jupiter et Zeus ! s'exclama le proviseur. Que signifie tout cela ?

– C'est justement ce que je cherche à savoir, répondit Moreno.

Pendant que Moreno s'entretenait avec Salnecki, Mikael Bau faisait les courses au marché de Grote Marckt, qui avait lieu tous les samedis depuis la nuit des temps. Dès le matin, ils avaient tous les deux – surtout Eva Moreno – exprimé une certaine hésitation quant à l'idée d'aller se baigner, et lorsqu'un front d'air froid annoncé se présenta du sud-ouest, ils furent, somme toute, plutôt soulagés. Au lieu de s'allonger sous le soleil impitoyable, ils purent sans mauvaise conscience consacrer leur temps et leur attention à la préparation d'une ratatouille améliorée avec du curry, du cumin noir et de la crème. Ils dégustèrent ensuite leur plat sur la véranda tandis que la pluie tambourinait contre les carreaux et le toit en tôle.

Accompagné d'un vin rouge italien. Et suivi d'un fromage de Malevoli et de quelques tranches de poire, arrosés d'un verre de vieux porto retrouvé dans une bouteille poussiéreuse sans étiquette. Mikael Bau prétendait qu'elle était déjà là lorsque sa famille avait acquis la maison dans les années 1920. Moreno ne savait pas si son explication était digne de foi. En tout cas, le porto était bon. Une concentration de feu et de douceur qui se libérait enfin après tant d'années d'enfermement.

Un peu plus tard, ils s'installèrent devant la cheminée, chacun dans un fauteuil à bascule. Montezuma témoigna sa confiance en montant sur les genoux d'Eva Moreno, qui gratta la chatte indolente derrière les oreilles tout en digérant tranquillement le repas. Voyant la scène, Mikael Bau en profita pour faire vingt-quatre photos.

– Magnifique, dit-il. Sacrément beau. Le foyer, la femme, le chat.

Elle n'eut pas le courage de protester.

– Tu la considères comme ton enfant, n'est-ce pas? dit-il après avoir rangé l'appareil photo.

– Qui? Montezuma?

– Mikaela Lijphart. Tu te comportes comme si tu étais responsable d'elle… parce que tu n'as pas d'enfants.

– De la psychologie à deux balles, répliqua Moreno.

Et s'il avait raison? se dit-elle. Pourquoi faut-il qu'il fasse ce genre de commentaires?

– Deux balles, c'est tout de même de l'argent, constata Mikael Bau. Qu'est-ce que tu imagines, dans le fond ? Que ce vieux scandale cache quelque chose ?

– Et toi ? Qu'est-ce que tu imagines ? riposta Eva Moreno en notant le soupçon d'irritation dans sa voix. Avoue que c'est tout de même étrange que la fille disparaisse juste après être allée voir son père pour la première fois. Après avoir enfin appris pourquoi elle avait dû grandir sans lui.

– Affirmatif, dit Mikael Bau après un moment de silence. Mais je croyais que tu avais eu ta dose de ce genre d'histoire, dans ta vie professionnelle.

– Alors, selon toi, je devrais m'en foutre ?

– Arrête tes conneries, dit-il en serrant les mâchoires, l'air vexé. Je trouve que tu as tout à fait raison. Tu n'as pas besoin de te justifier, mais c'est plutôt enrichissant de ne pas toujours être du même avis.

Qu'est-ce qu'il veut dire par là, merde ? pensa Eva Moreno en poussant Montezuma, qui tomba par terre.

– Écoute-moi bien, dit-elle. Pour l'instant, je ne suis pas très réceptive aux réflexions psychologiques sur les raisons de ma manière d'agir. Je vais bientôt avoir mes règles, demain ou après-demain, on peut toujours accuser mes hormones. Quelle que soit la raison, je ne parviens pas à écarter cette pauvre fille de mes pensées, et puisqu'elle occupe mes pensées, autant agir. Si tu ne le supportes pas, dis-le clairement. Mais épargne-moi ces insinuations, s'il te plaît.

Voilà, c'est la fin de notre histoire, pensa-t-elle. Je ferais mieux de prendre mes affaires et d'aller dormir à l'hôtel.

Mikael Bau avait l'air triste.

– Mais qu'est-ce qui te prend ? Tes règles te vident le cerveau ? Je viens de te dire que tu avais raison. Si tu n'en es pas persuadée toi-même, arrête de projeter tes doutes sur moi. Car c'est exactement ce que tu es en train de faire. Allez, on continue. Qu'a fait Mikaela Lijphart après sa visite chez son père au centre Sidonis ?

– Elle s'est rendue à l'auberge de jeunesse, répliqua Moreno tout en se sentant soulagée de ne pas avoir à faire sa valise.

– Et ensuite ?

– Elle a pris le bus et a fait un aller-retour à Lejnice. Le samedi soir.

– Pourquoi ?

– Je l'ignore. Elle est ensuite retournée en ville, le dimanche. Puis plus rien…

Mikael Bau hocha la tête.

– Où en est l'avis de recherche ?

– Il a été publié aujourd'hui. Si quelqu'un a vu Mikaela, il est possible que la police soit au courant… Mais Vegesack avait promis de me prévenir.

Mikael Bau jeta un œil sur sa montre.

– Pourquoi on ne l'appelle pas pour lui demander ?

– Je ne sais pas, j'ai trop mangé, dit Moreno.

Il lui fallut un certain temps pour joindre le commissaire principal, vu qu'il était sous la douche après une course à pied de huit kilomètres.

L'information était enregistrée sur son répondeur téléphonique. Il rappela au bout de vingt minutes. Propre, frais et dispos, probablement. Et stretché. Moreno alla droit au but et lui demanda si l'avis de recherche de Mikaela Lijphart avait donné quelque chose.

– La réponse est négative, dit Vrommel.

– Rien ?

– Réponse négative, comme je viens de vous dire.

– Personne ne l'a vue, dimanche ?

– Personne ne nous a contactés, rectifia le commissaire principal. Je vous signale que chez moi nous sommes samedi soir. Vous n'avez donc rien de mieux à faire pendant vos vacances, inspectrice ?

– Si, plein de choses.

Moreno raccrocha.

Au bout de quarante-cinq minutes et un verre et demi de porto, elle composa le numéro de Vegesack.

– Excuse-moi d'appeler si tard.

– Pas de problème, lui assura Vegesack. Ma copine atterrit à Emsbaden cette nuit, à deux heures et demie, et il faut que je reste éveillé jusque-là.

– Parfait. On vient de rentrer, moi et mon… ami. Je voulais savoir si l'avis de recherche avait donné quelque chose. Je veux parler de celui de Mikaela Lijphart.

– Je comprends, dit Vegesack. Non, apparemment rien du tout. Du moins pour l'instant.

– Rien ?

– Mouais. Une femme s'est présentée au commissariat, cet après-midi. Elle a expliqué qu'elle venait au sujet de l'avis de recherche, mais finalement elle n'avait rien à apporter de plus.

Moreno réfléchit.

– C'est tout ?

– Oui, hélas. Mais demain est un autre jour.

– Espérons-le, dit Moreno. En fait, j'avais aussi l'intention de te demander un service.

– Ah oui ? Lequel ?

– J'aurais aimé jeter un œil sur le compte rendu du procès de l'affaire Maager. Vous l'avez conservé, je suppose ?

– Je pense que oui. Il y a plusieurs mètres de dossiers empilés, tu devrais le trouver dans l'un d'eux. Tu n'as qu'à passer.

Moreno se tut pendant trois secondes.

– Encore une chose, dit-elle.

– Oui ?

– On ne pourrait pas s'occuper de ça tous les deux, sans y mêler le commissaire principal ? Il ne semble pas apprécier que je m'intéresse à l'affaire.

– Ça marche, dit Vegesack.

Le ton de sa voix disait clairement que, s'il y avait bien une chose qui ne lui posait aucun problème, c'était d'agir derrière le dos de son patron. Et elle le comprenait.

Et puisque le lendemain était un dimanche (fit-il remarquer), la probabilité que le commissaire principal se rende au commissariat était nulle, ou presque.

Rien ne s'opposait donc à ce que l'inspectrice Moreno passe. Par exemple entre onze heures et midi, au moment où Vegesack avait quelques tâches à régler.

– Si tôt ? s'étonna Moreno. Si tu vas chercher ton amie à deux heures et demie du matin, ça ne te laisse pas beaucoup de temps pour dormir.

– On n'a pas l'intention de dormir, déclara Vegesack.

Eva Moreno sourit, le remercia et raccrocha.

Un coup d'échec à l'aveuglette mais j'ai néanmoins déplacé mon pion d'une case.

C'était encore une citation, elle se demanda pourquoi ses efforts de réflexion se traduisaient de plus en plus souvent par des phrases toutes faites.

Il y avait forcément une explication à ça.

19

– Je suis obligée, dit Sigrid Lijphart.

Helmut replia le journal.

– Je ne peux pas agir autrement et je ne peux rien te dire de plus. Il faut que tu me comprennes.

Elle enleva ses lunettes et les rangea dans leur étui après avoir soigneusement replié les branches.

– Je t'expliquerai tout plus tard. Si quelqu'un cherche à me joindre, tu n'as qu'à dire que je suis chez une amie et que je rappellerai.

– Qui ?

– Comment ?

– Qui parmi tes amies aura l'honneur d'avoir une visite simulée ?

Sa voix exprimait une ironie courroucée plus nette que d'habitude. Il avait aussi des rougeurs dans le cou, remarqua-t-elle, ce qui lui arrivait seulement quand il voyait son équipe de foot préférée en mauvaise posture lors d'un match important à la télé. Ou quand Soerensen à la charcuterie d'en bas avait dit quelque chose de particulièrement insensé.

Pas étonnant qu'il soit en colère, pensa-t-elle. Elle l'avait tenu à l'écart de tout ça et cela avait peut-être été une erreur dès le départ. À présent il était trop tard pour y remédier. Beaucoup trop tard.

Et ce n'était vraiment pas le moment de commencer à se poser des questions ni de le plaindre. Le jour venu, elle réparerait ce qui était réparable. Plus tard. S'il était réellement un roc, il fallait qu'il se montre à la hauteur de sa réputation.

– Je suis désolée, dit-elle. Je sais que je suis injuste envers toi, mais je n'ai pas le choix. Essaie de comprendre, si tu peux. Fais-moi confiance.

Il la regarda avec ses yeux de pierre, durs sans être méchants. D'une solidité infaillible. Et qui ne laissaient rien transparaître, si bien qu'on pouvait se demander s'ils exprimaient quoi que ce soit...

– Fais-moi confiance, répéta-t-elle. Je m'en vais, maintenant. Je t'appellerai.

Il ne répondit pas, et elle eut encore un instant d'hésitation.

– Tu voulais me dire quelque chose ?

Il repoussa le journal. Mit ses coudes sur la table et sa tête dans ses mains. Sans détourner son regard de pierre.

– Retrouve-la, dit-il. Je veux que tu la ramènes.

Elle lui caressa la joue et s'en alla.

La première heure dans la voiture fut un vrai cauchemar. C'était à la tombée de la nuit et il pleuvait, la circulation était dense et saccadée. Même en temps normal elle était mauvaise conductrice, elle le reconnaissait, et un soir comme celui-là, elle avait plus de mal que jamais.

Il ne faut pas que j'aie un accident, se dit-elle en serrant le volant si fort que les jointures de ses doigts blanchirent. Pas ça aussi ! Il ne faut pas, je dois y arriver.

Tout d'un coup, elle craqua. Un torrent de larmes brûlantes jaillit d'elle. Elle dut se ranger sur le bas-côté. C'était déjà dangereux, mais continuer l'aurait été bien plus. Elle alluma ses feux de détresse et se mit à sangloter sans retenue. Autant évacuer tout ça maintenant.

Cela demanda un bon moment et elle n'était pas certaine de se sentir vraiment mieux quand elle fit redémarrer le moteur.

Pour la deuxième fois en quelques jours, elle adressa une prière au ciel tout en doutant qu'il y ait réellement quelqu'un pour l'écouter. Enfin parvenue sur l'autoroute à hauteur de Loewingen, elle fit un deal avec Dieu.

Si j'arrive saine et sauve à destination, je te remercierai à genoux.

Tu m'entends, Dieu ? Je te le promets.

Il l'attendait au carrefour, comme convenu. En le voyant éclairé à la fois par le réverbère et par les phares de sa voiture, elle eut un moment de vertige.

Que se passe-t-il ? se dit-elle.

C'est un rêve ?

J'ai la sensation de tomber dans un vide sans fin.

Elle se mordit la lèvre, ralentit et lui fit un appel de phares.

La première demi-heure, il n'ouvrit pas la bouche.

Elle non plus. Ils étaient assis là, côte à côte, comme deux étrangers qui savent qu'ils n'ont rien à se dire. Qu'ils ne disposent même pas d'une langue commune pour échanger des banalités et des phrases de politesse.

Et c'était peut-être aussi bien ainsi. Avant, elle ne s'était pas demandé ce qu'ils se diraient et, en y réfléchissant, il lui paraissait impossible qu'ils parlent de quoi que ce soit. Après toutes ces années, il n'y avait plus rien à ajouter.

Le temps n'avait rien changé. C'était ainsi.

Le résultat des événements qui s'étaient produits une nuit de juillet, seize ans auparavant. Fixé une fois pour toutes.

Nous n'avons plus fait l'amour après la naissance de notre fille, pensa-t-elle soudain. Je n'en avais plus envie, plus du tout. Étrange.

Mais la vie était étrange. Un jour, c'était une brise printanière dans une forêt de bouleaux, le lendemain, un violent orage. Parfois c'était un animal malade et décharné qui ne demandait qu'à se retirer pour mourir… Quelles drôles d'idées, elle ne les reconnaissait pas. Peut-être étaient-elles engendrées par sa présence… par lui qui était de nouveau assis à côté d'elle, qu'elle avait exclu de sa vie depuis si longtemps. Lui pour qui il n'y avait aucun retour possible.

Sous aucun prétexte. En lorgnant sa silhouette frêle recroquevillée sur le siège du passager, elle regretta de ne pas lui avoir demandé de monter à l'arrière. Sa misère l'avait gagné de l'intérieur pour s'emparer entièrement de lui. À présent elle était visible. On voyait d'emblée quel genre de personne il était : quelqu'un de pitoyable. Elle aurait préféré que ç'ait été visible également à l'époque.

Les choses seraient alors différentes, aujourd'hui.

Si elle avait compris à qui elle avait affaire, elle ne l'aurait jamais fréquenté. Mais, dans ce cas, Mikaela n'aurait pas existé ! C'était un dilemme dont elle ne sortirait pas, elle en était consciente. Mikaela avait son sang dans ses veines. C'était le seul point positif qu'elle lui reconnaissait. Sans lui, sa fille n'existerait pas. L'image du vent et de l'animal malade lui revint… et fut suivie par quelques mots qu'il avait prononcés un jour.

J'aime ce silence entre nous.

Il s'était exprimé exactement comme ça. *Ce silence entre nous.* Il avait prétendu qu'il était bon. Et qu'elle était la première fille avec laquelle il avait pu ressentir cette qualité de silence.

Seigneur ! Pourvu qu'il ne s'imagine pas qu'il y a du bon dans ce putain de mutisme !

Elle évita de lui poser la question et se contenta de rouler un peu plus vite. La pluie s'était calmée et allait bientôt cesser.

Peu après Saaren, elle s'arrêta à une pompe à essence pour faire le plein. Au moment où elle se remettait au volant et attachait sa ceinture de sécurité, il s'exprima pour la première fois.

– Où allons-nous ? demanda-t-il.

Sa voix lui fit penser à une feuille d'automne qui se détache de son arbre et qui tombe par terre.

Elle ne répondit pas.

20

Audition de Paula Ruth Emmerich, le 29/7/1983.
Lieu : commissariat de Lejnice.
Personne chargée de l'audition : M. Walevski, inspecteur de police
Présent : M. Bluume, assistant social.
Greffier : M. Walevski, inspecteur de police.
À l'attention de : M. Vrommel, commissaire principal, et de M. Bluume, assistant social.

Walevski : Tu t'appelles bien Paula Emmerich ?
Emmerich : Oui.
W : Née le 22 mai 1967 à Lejnice ?
E : Oui.
W : Tu as été dans la même classe qu'une jeune fille dénommée Winnie Ludmilla Maas pendant six ans. Est-ce exact ?
E : Oui.
W : Tu connaissais bien Winnie Maas ?
E : Oui, mais on n'était plus aussi proches qu'avant.
W : Mais vous vous voyiez encore un peu ?
E : Oui.
W : Comment connais-tu Arnold Maager ?
E : C'était notre professeur d'histoire et d'instruction civique.
W : Au lycée Voeller ?
E : Oui.
W : Pendant combien de temps a-t-il été ton professeur ?
E : Pendant deux ans. En 2de et en 1re.

W : Tu l'aimais bien, comme prof ?

E : Mouais. Enfin, oui, je l'aimais plutôt bien, je crois.

W : Pourrais-tu le décrire ?

E : *(Pas de réponse.)*

W : Était-il apprécié par les autres élèves ?

E : Oui. Il était bien. Beau.

W : Beau ?

E : Oui, pour un prof.

W : Je vois. Sais-tu si Winnie Maas était du même avis que toi ? Qu'Arnold Maager était un bon prof ? Et qu'il était beau aussi ?

E : Oui.

W : Tu en es sûre ? Je te parle de la période avant la soirée disco.

E : Elle l'aimait bien.

W : Vous en parliez ensemble ?

E : Peut-être. Je ne me rappelle pas.

W : Elle ne t'a jamais dit qu'elle était amoureuse de lui, par exemple ?

E : Non. Elle ne me l'a jamais dit à moi, en tout cas.

W : Y avait-il quelqu'un d'autre dans la classe qui la connaissait mieux que toi ?

E : Je ne crois pas. Non.

W : Donc, si Winnie avait voulu se confier à quelqu'un, ç'aurait été à toi ?

E : Oui. Mais, vers la fin, elle s'isolait un peu.

W : Que veux-tu dire par là ?

E : Elle ne parlait pas beaucoup avec les autres.

W : Je vois. Sais-tu si elle avait un petit ami ?

E : Non, pas à ce moment-là. Pas en mai-juin, je veux dire. En tout cas, je ne crois pas.

W : Mais elle en avait déjà eu ?

E : Bien sûr.

W : Plusieurs ?

E : Deux ou trois.

W : Peux-tu me parler de la soirée du 10 juin ?

E : Qu'est-ce que vous voulez savoir ?

W : Comment c'était. Avec qui vous étiez. Si tu voyais ce que faisait Winnie.

E : C'était comme d'habitude.

W : Comme d'habitude ?

E : On a d'abord bu un peu sur la plage.

W : « On », c'était qui ?

E : Quelques personnes de notre classe. Et des gens d'autres classes aussi.

W : Combien ?

E : Quinze, peut-être.

W : Winnie Maas était avec vous ?

E : Oui.

W : Et puis ?

E : On est allés à la soirée vers neuf heures et demie.

W : Oui ?

E : On a dansé, on a discuté et des trucs comme ça.

W : Tu as vu Winnie au cours de la soirée ?

E : Oui.

W : Peux-tu me raconter ?

E : Elle était un peu soûle. Elle dansait beaucoup, comme d'habitude. Elle a dansé des slows avec Maager.

W : Tu dis que Winnie Maas a dansé des slows avec Arnold Maager, son professeur d'histoire et d'instruction civique ?

E : Oui. Je pensais que c'était pour s'amuser. Il y a aussi d'autres filles qui ont dansé avec d'autres profs.

W : Combien de danses ?

E : Winnie ou les autres ?

W : Winnie.

E : Je ne sais pas. Pas mal de danses, je crois.

W : Avec d'autres profs aussi ?

E : Je ne sais pas. Je crois que c'était seulement avec lui.

W : Vous avez parlé de ça, tes copains et toi ?

E : Je ne me rappelle pas bien. Oui, peut-être.

W : Avez-vous trouvé bizarre que Winnie Maas danse autant avec un prof?

E : Je ne me souviens plus.

W : Pourquoi tu ne te souviens plus de ça?

E : Je ne sais pas. J'avais un peu bu. Je ne me souviens plus très bien.

W : Passons à ce qui s'est passé un peu plus tard dans la soirée. Peux-tu m'en parler?

E : On est retournés à la plage quand la fête était finie.

W : On?

E : Tout un groupe. Huit ou neuf personnes.

W : Winnie Maas était avec vous?

E : Oui.

W : Qu'avez-vous fait?

E : Rien de particulier.

W : Rien de particulier?

E : Non.

W : Vous avez tout de même fait quelque chose, non?

E : Peut-être.

W : Quoi, par exemple?

E : Qu'est-ce que vous voulez que je vous dise, putain? Qu'on a bu, fumé, et qu'on s'est pelotés?

W : C'est ce que vous avez fait?

E : Possible. On a discuté aussi. Et un des garçons s'est baigné tout nu.

W : Ah oui? As-tu parlé avec Winnie?

E : Je ne crois pas. Pas spécialement. Tout le monde était avec tout le monde, merde.

W : Vous n'avez rien dit sur le fait qu'elle avait beaucoup dansé avec Arnold Maager?

E : Peut-être.

W : Tu te souviens de quelque chose qu'elle a dit?

E : Oui. D'un truc.

W : Quoi?

E : Qu'elle aimerait bien coucher avec Maager.

W : Coucher avec Maager ? Tu en es sûre ? C'est bien ce qu'a dit Winnie Maas ?

E : Oui.

W : Et tu l'as crue ?

E : Pourquoi je ne l'aurais pas crue ? Elle avait le droit d'avoir envie de coucher avec qui elle voulait.

W : OK. Qu'avez-vous fait après la plage ?

E : On est retournés en ville.

W : Winnie Maas aussi ?

E : Mais oui, putain.

W : Continue.

E : Quelqu'un avait entendu dire qu'ils continuaient la fête chez Gollum.

W : Qui est Gollum ?

E : Le prof de travaux manuels. En fait, il s'appelle Gollumsen.

W : Qui continuait la fête ?

E : Ceux qui avaient surveillé la soirée.

W : Les profs ?

E : Oui.

W : Maager aussi ?

E : Oui, Maager aussi.

W : Et vous saviez que ces profs étaient chez Gollumsen ?

E : Oui.

W : Comment ?

E : Je ne sais pas. Quelqu'un en avait entendu parler.

W : Quelqu'un ?

E : Je ne sais pas qui, putain.

W : Winnie Maas ?

E : Peut-être.

W : Mais il se peut que ce soit quelqu'un d'autre ?

E : *(Pas de réponse.)*

W : Bon. Raconte ce qui s'est passé quand vous êtes arrivés chez Gollumsen.

E : Ils chantaient. Ils étaient pas mal bourrés. Des chansons des années 1960. On a sonné et ils nous ont laissés entrer.

W : Il y avait combien de profs ?

E : Quatre.

W : Quatre ?

E : Oui. Gollum, Maager et deux autres.

W : C'était qui, les autres ?

E : Un qui s'appelle Nielsen. Et puis Cruickshank.

W : Et vous, les élèves, vous étiez combien ?

E : Sept. Mais il y en a deux qui sont repartis assez vite.

W : Toi et Winnie, vous êtes restées.

E : Oui.

W : Et les trois autres, c'était qui ?

E : Tim Van Rippe et Christopher Duijkert. Et Vera Sauger.

W : Cinq élèves et quatre profs, donc. Vous êtes arrivés vers quelle heure, à peu près ?

E : Vers deux heures, deux heures et demie du matin.

W : Et qu'avez-vous fait chez Gollumsen ?

E : On a un peu bu et on a chanté. Nielsen a joué de la guitare.

W : Continue. Que s'est-il passé entre Arnold Maager et Winnie Maas ?

E : Ils se sont pelotés. Puis ils sont allés dans une chambre.

W : Et vous autres ?

E : Nous autres ?

W : Oui, qu'avez-vous fait quand Winnie Maas et Arnold Maager se sont retirés dans la chambre ?

E : On est restés dans le salon et on a chanté et discuté.

W : Combien de temps ?

E : Je ne sais pas. Une heure, peut-être.

W : Et après ? Vous avez quitté l'appartement ?

E : Oui.

W : Winnie et Maager étaient encore dans la chambre quand vous êtes partis ?

E : Oui. À moins qu'ils ne se soient sauvés par la fenêtre, mais je ne crois pas.

W : Pourquoi tu dis ça ?

E : Parce que c'était au troisième étage.
W : Je vois. As-tu su ce qu'ils faisaient dans la chambre ?
E : Oui.
W : Comment ? Et quand ?
E : On les a entendus.
W : Ah oui ?
E : Ils baisaient. Tout l'immeuble tremblait.

Moreno repoussa les feuilles. Regarda l'heure. Midi quarante-cinq. C'était la troisième audition qu'elle lisait et elle commençait à avoir une image assez claire de la situation.

Tellement claire que c'en était déprimant.

Tout l'immeuble tremblait !

Quel salaud, se dit-elle. Pas étonnant qu'il soit allé se cacher à l'asile. Pas étonnant qu'il ait perdu la raison.

Une femme et une fille de deux ans.

C'était cette histoire que Mikaela avait apprise au centre Sidonis ?

C'était cette scène que sa femme avait devant les yeux ?

Qu'il se soit réfugié dans la folie n'était pas difficile à comprendre. Vraiment pas. Baiser une fille de seize ans devant cinq témoins. L'immeuble entier tremblait… Beurk !

Et la supprimer quand elle avait eu la mauvaise idée de tomber enceinte.

L'inspectrice Eva Moreno appuya sa tête dans ses mains et regarda la place du marché où régnait un calme dominical. La masse d'air froid était encore là, mais la pluie avait cessé dans la matinée.

Des pulsions ? se dit-elle.

Sexe et absence de cœur. Le cerveau parti à la dérive dans un petit bateau au bout d'une ficelle. Intoxiqué, pour plus de sûreté.

Le parallèle entre l'affaire Maager et la perte de sa propre virginité lui avait déjà effleuré l'esprit. À présent, la scène lui revenait de façon très nette.

Une chambre d'hôtel exiguë à la Piazza del Popolo à Rome. La Ville éternelle. L'amour éternel.

Elle. Une lycéenne de dix-sept ans. Seulement un an de plus que Winnie Maas – et seulement un an plus tard dans le temps aussi, se dit-elle avec frayeur. En 1984. Séjour linguistique avec le lycée. Le début de l'été. La soif de vivre.

Lui. Un prof de latin de trente-six ans.

Fort. Cultivé. Sophistiqué.

Élégant. Poils sur la poitrine, mains chaudes. Ils n'avaient pas fait trembler l'hôtel, mais ils avaient fait l'amour, sans témoins. Il avait promis de quitter sa femme pour elle, et elle l'avait cru.

Elle l'avait tellement cru qu'elle avait appelé sa femme pour lui en parler.

Après : Sa lâcheté. Sa médiocrité monumentale.

C'était la première fois qu'elle rencontrait quelqu'un d'aussi pitoyable et lorsqu'elle était tombée sur sa femme, des années plus tard, elles avaient eu une conversation assez édifiante toutes les deux. Elle avait quitté son prof de mari qui, paraît-il, avait continué à séduire des lycéennes dans des chambres d'hôtel à Rome.

Avec ses mains chaudes, son torse velu et son esprit.

Mais, aujourd'hui, ce n'était pas de ce minable-là qu'il était question. Ni de lui ni d'Eva Moreno.

Il était question d'une fille morte du nom de Winnie Maas. Et d'une fille vivante (du moins fallait-il l'espérer) du nom de Mikaela Lijphart.

Et du père de cette dernière, Arnold Maager.

Il avait eu seize ans pour préparer son histoire avant sa rencontre avec sa fille. Seize ans de solitude entre ses pensées et ses remords, probablement.

Seize cents ans ne suffiraient pas, se dit Moreno. Le temps guérit la plupart des blessures, mais pas celles de la honte. Le vers d'un poème lui revint. Elle ne se souvenait pas duquel.

Car les roses de la honte rougeoient éternellement.

Elle remit le classeur à sa place sur l'étagère. Jeta un œil prudent par la porte du bureau de Vegesack et constata qu'il dormait encore sur sa chaise pivotante. La tête en arrière et la bouche ouverte.

Elle avait pensé échanger quelques mots avec lui à propos de sa conversation avec Maager au centre Sidonis, mais elle décida d'y renoncer.

Sa décision était purement humanitaire. Au cas où lui et sa petite amie auraient l'intention de passer encore une nuit sans sommeil.

Elle quitta le commissariat de Lejnice, traversa la place en diagonale en direction de la pâtisserie Vlammerick afin d'acheter un cadeau de réconciliation à son petit ami (fiancé ? homme ? amant ?).

Et, dans une certaine mesure, pour remédier à son hypoglycémie prémenstruelle.

21

Le 19 juillet 1999

Le coup de fil arriva alors qu'elle se garait à l'ombre d'un orme. Elle ne répondit qu'au bout de quelques secondes, après avoir hésité.

– Je pensais que tu aurais envie de savoir, dit Münster.

Elle eut un moment de blanc, ne comprenant pas à quoi il faisait allusion.

– Savoir quoi ?

– Au sujet de Lampe-Leermann. Et de la pédophilie.

– Ah oui ?

– J'ai retrouvé le journaliste.

Comment ai-je pu oublier cette ordure au bout de quelques jours seulement ? se demanda Eva Moreno.

– Alors, il y avait bien un journaliste ?

– Ça semble être le cas, oui.

Elle ne se rappelait pas l'avoir déjà entendu aussi sombre.

– Je t'écoute.

Münster s'éclaircit la voix.

– Je suis dans de beaux draps, expliqua-t-il. Disons que c'est une histoire un peu compliquée.

– Pourquoi es-tu dans de beaux draps ?

– Pas exactement dans de beaux draps, mais c'est sacrément délicat. Avec Lampe-Leermann, ça s'est passé sans trop de problèmes. Il a craché le nom contre la promesse d'une place dans la prison de Saalsbach. Il doit avoir des ennemis ailleurs et il se sent menacé. En tout cas, il m'a donné le nom du reporter.

– Pourquoi tu ne me dis pas qui c'est ?

– Parce que je ne sais pas.

– Tu ne sais pas de qui il s'agit ou tu ne sais pas pourquoi tu ne veux pas me le dire ?

– Je connais son nom, affirma Münster.

– Tu lui as parlé ?

– Oui.

– Alors ?

Elle sentit sa gorge se serrer de nouveau. *Pédophile ? Un de ses collègues ?* Elle se mit à débiter leurs noms en silence... *Rooth, Jung, deBries*... comme une sorte de mantra pour conjurer le sort... *Krause, Bollmert.*

– Il admet avoir vendu la mèche à Lampe-Leermann, dit Münster. En état d'ivresse, bien sûr. Il prétend détenir le nom de quelqu'un de chez nous. Il a des preuves, des photos, et il a reçu dix mille guldens pour tenir sa langue... Exactement comme l'avait dit Lampe-Leermann.

– Merde alors.

– Exactement. Et il y a encore un truc désagréable.

– Quoi donc ?

– Il en veut dix mille de plus pour le nom.

– Comment ? Quel sal... !

– C'est aussi ce que j'ai pensé, dit Münster, mais il y a une sombre logique dans tout ça. S'il a reçu dix mille guldens pour se taire, ça ne serait pas très moral de parler gratuitement... Ça manquerait d'éthique, selon son expression.

– Mais avec encore dix mille...

– ... la situation serait différente. Tu vois le problème ?

– Oui, répondit Eva Moreno après un moment de silence. Je crois, oui. Le salaud !

– Bon, dit Münster, qu'est-ce que je fais, à ton avis ? Je vais me pointer chez Hiller pour lui demander dix mille guldens sans explication ?

Moreno ne répondit pas.
– Il fait quel temps sur la côte ? demanda Münster.
– Variable. Aujourd'hui il y a de nouveau du soleil. Tu as un plan ?
– Pas encore. Mais il va falloir que j'en trouve un. Je voulais d'abord t'informer.
– Je te remercie.
Il y eut un silence de quelques secondes.
– Ça ne peut pas… Ce n'est pas du bluff, selon toi ? reprit-elle. De la part de cette espèce de journaleux ?
– Pas impossible, répondit Münster.
– Il n'y a rien de pire que les fausses accusations.
– À part les vraies, commenta Münster. Je te rappelle.
– D'accord.

Un chien noir attaché devant une niche manifestait bruyamment son mécontentement pendant qu'elle cherchait à localiser le secrétariat. Ses aboiements puissants et caverneux semblaient provenir du fond d'un puits et constituaient un contraste assez surréaliste avec le parc soigné et les bâtisses jaunes.

Mais le symbole convenait parfaitement à ses pensées noires. Un cerbère, peut-être ? Un rappel de l'enfer et du chemin que nous sommes tous appelés à suivre ? Elle se demanda pour quelle raison ils ne libéraient pas l'animal. Ses aboiements ne pouvaient pas être un accompagnement bien réjouissant pour les malheureuses âmes égarées qui avaient échoué ici.

Elle finit par trouver le secrétariat et s'annonça à une femme rousse en blouse blanche derrière un comptoir en verre. Elle expliqua la raison de sa visite.

– Arnold Maager… Oui, dit la femme en faisant un sourire nerveux. Je crois qu'il vaut mieux que vous parliez avec Mme Walker.
– Mme Walker ?
– C'est la chef de service. Un instant.
Elle enfonça quatre boutons sur l'interphone.

– Pourquoi dois-je parler à la chef de service ? Il s'agit d'une simple visite à M. Maager.

La rousse rougit.

– Un instant.

Elle attrapa le combiné, s'écarta légèrement du comptoir, tourna le dos à Eva Moreno et dit quelque chose à voix basse, puis s'adressa de nouveau à Moreno, toujours rougissante.

– Mme Walker peut vous voir tout de suite. Troisième porte sur la droite.

Elle montra un petit couloir.

– Merci.

Moreno prit la direction indiquée.

La chef de service Walker était une petite femme brune d'une soixantaine d'années. Elle était assise derrière un bureau gigantesque et n'avait pas l'air d'être à sa place. Comme un pigeon au milieu d'un terrain de foot. Elle se leva, fit le tour du terrain pour saluer Moreno, qui entra et ferma la porte derrière elle. Ayant visiblement un problème avec une jambe, Mme Walker s'appuyait sur une canne. C'était sans doute justement à cause de ce petit handicap qu'elle se donnait la peine de se lever. Pour marquer le coup.

Un handicap ajouté à une inquiétude manifeste. Une volonté exagérée d'être agréable. Moreno avait du mal à comprendre pourquoi. Elle avait appelé pour prévenir de son arrivée mais était tombée sur le répondeur téléphonique. Elle s'était annoncée comme inspectrice judiciaire, c'est vrai, mais ça paraissait tout de même assez invraisemblable que cette institution ait autant de choses à cacher. Le comportement de la chef de service était vraiment surprenant.

Cependant, elle eut assez rapidement l'explication.

– Prenez place, je vous en prie, dit Mme Walker. Je crois que nous avons un petit problème.

– Ah bon ? fit Moreno, qui était restée debout. J'aimerais seulement rencontrer Arnold Maager pour une petite conversation. Ça ne sera pas long. Il y a un problème ?

– Il n’est pas là.

– Pardon ?

– Arnold Maager ne se trouve pas dans ce centre, pour l’instant. Il est parti.

Il est parti ? Arnold Maager ? pensa Moreno, stupéfaite. Cette femme doit être folle !

– Que voulez-vous dire ? Où est-il parti ?

– Nous l’ignorons. Il a disparu depuis samedi après-midi… Je regrette sincèrement que vous vous soyez dérangée pour rien. Comme vous n’aviez pas laissé de numéro où vous joindre, nous n’avons…

– Comment est-il parti ? l’interrompit Moreno.

Mme Walker reprit sa place derrière le bureau.

– Nous ne savons pas exactement quand. Ni comment. Dans l’après-midi, en tout cas. Il a l’habitude de se promener dans le parc… Nous avons remarqué son absence à l’heure du dîner. Samedi, donc.

– Et il n’a pas dit où il allait ?

– Non.

– Est-ce déjà arrivé que M. Maager s’en aille comme ça ?

– Non, dit Mme Walker d’une voix lasse. Jamais. Il arrive que certains patients quittent le centre… enfin, rentrent chez eux plutôt, mais Maager ne s’est jamais absenté, jamais, au cours de toutes les années qu’il a passées ici.

– Seize ans ? demanda Moreno.

– En gros, oui, confirma Mme Walker. Nous sommes sincèrement désolés. Ce matin, nous avons eu une réunion pour discuter de la manière dont nous allions agir.

– Avez-vous signalé sa disparition ?

– Bien entendu.

– Quand ?

La chef de service regarda ses mains jointes.

– Il y a deux heures.

C’était parfait. Moreno serra ses mâchoires pour ne rien dire qui dépasserait sa pensée. Vraiment parfait ! Un patient dépressif était en cavale depuis deux jours et on ne trouvait rien de mieux à faire que d'organiser une réunion pour décider de contacter les autorités. Il était peut-être temps de se bouger, comme disent les responsables dans ce genre de situation.

– Un policier est venu parler avec Maager, la semaine dernière. Êtes-vous au courant ?

Mme Walker acquiesça.

– Oui, je sais. Mercredi dernier. Et quelques jours auparavant il a reçu la visite de sa fille. Pensez-vous qu'il y ait un lien ? Habituellement, il n'est pas aussi entouré.

Moreno ne fit pas attention à sa question.

– Vous dites que Maager est parti samedi après-midi ?

– Oui. Il a déjeuné comme d'habitude vers midi et demi. Ça s'est donc passé plus tard.

– Avez-vous parlé avec tout le personnel ?

– Avec les patients aussi. Personne ne l'a vu après quatorze heures.

– Et personne ne l'a vu partir d'ici ?

– Non.

– Qu'a-t-il emporté ? demanda Moreno après un moment de réflexion.

– Pardon ?

– Des vêtements ? Une valise ? À moins qu'il ne soit parti les mains vides ?

Visiblement Mme Walker n'avait pas encore pensé à cet aspect des choses, mais cela lui donna une idée et elle contourna de nouveau son bureau d'un pas rapide.

– Nous allons vérifier cela tout de suite. Il y a une liste indiquant tous les objets que les patients ont dans leur chambre… Enfin, presque tous les objets. Suivez-moi !

– OK, soupira Moreno.

Une demi-heure plus tard, cette question était tirée au clair. Vérification faite, Arnold Maager ne semblait pas être parti de façon précipitée. Les infirmiers et les aides-soignants s'étant consultés, on put constater qu'un cabas et quelques vêtements de rechange manquaient dans sa penderie. Des chemises, des slips et des chaussettes.

Mais on ne trouva rien d'autre qui puisse apporter un quelconque indice, ni dans la chambre de Maager ni ailleurs. Moreno remercia, se retira et retourna à sa voiture.

Il faut que je parle immédiatement avec Vegesack, pensa-t-elle. Il faut que je sache ce qu'il a dit à Maager pendant leur entretien.

Arnold Maager n'avait pas été bien communicatif. Pourvu que cela n'ait pas incité Vegesack à lâcher trop d'informations lui-même, se dit Eva Moreno.

Concernant Mikaela Lijphart. Qu'elle avait disparu, par exemple.

Elle s'assit derrière le volant, baissa la vitre et mit le contact.

Mort.

Pas le moindre bruit de moteur.

Elle tourna la clé et remit le contact. Essaya encore.

Pas un soupir.

C'est pas vrai ! soupira-t-elle. Pas maintenant !

Quelle idée aussi de rouler dans une vieille bagnole de l'Est, dix ans après la chute du Mur ! Une vieille caisse pourrie qui serait mieux dans un musée !

Cher fiancé, grommela-t-elle entre ses dents tout en fouillant dans son sac à la recherche de son portable. Ce n'est pas bon pour toi, ce qui m'arrive ! Vraiment pas bon !

On était le 19 juillet et le soleil, dans le ciel bleu intense, dardait ses rayons. L'inspectrice Eva Moreno entamait sa deuxième semaine de vacances. Elle se trouvait sur le parking d'un hôpital psychiatrique isolé, à deux kilomètres de la mer, elle venait juste d'avoir ses règles et la Trabant pourrie de Mikael Bau refusait de démarrer.

La première femme libre de l'histoire mondiale ? C'était bien ainsi qu'elle se voyait, seulement quelques jours auparavant ?

C'était raté !

22

– La Terre est ronde, déclara Henning Keeswarden, âgé de six ans et cinq mois.

– Super ronde ! renchérit Fingal Wielki, âgé seulement de quatre ans et neuf mois, mais toujours ravi de s'associer à des idées nouvelles et modernes.

Surtout si elles venaient de son cousin préféré.

– Il y a des hommes de l'autre côté, déclara le jeune Keeswarden. Tu comprends ?

Fingal Wielki acquiesça avec vigueur. Bien sûr qu'il comprenait.

– Si on creuse un trou très, très profond, on arrive de l'autre côté.

– De l'autre côté, confirma Fingal.

– Il faut que ce soit un trou vraiment profond, et après on a juste à descendre et à sortir de l'autre côté. Chez les Chinois.

– Chez les Chinois, répéta Fingal.

Il ne savait pas très bien qui étaient ces gens-là mais ça, il ne voulait pas le dire.

– Il faut vraiment creuser hyper loin ! ajouta-t-il.

– On commence, dit Henning Keeswarden. On a toute la journée. L'autre jour, j'ai creusé un trou qui a presque traversé la Terre. J'ai failli arriver de l'autre côté, mais j'ai été obligé de m'arrêter pour rentrer manger. Je les ai même entendus parler de l'autre côté.

– Parler ?

Fingal ne parvint pas à dissimuler sa surprise.

– Les Chinois. Tellement j'étais près. J'ai collé mon oreille au fond du trou et je les ai entendus. Mais je n'ai pas compris ce qu'ils disaient parce qu'ils parlaient dans une autre langue, en chinois. Tu veux qu'on creuse jusqu'en Chine ?

– Oh oui, bien sûr, dit Fingal Wielki.

Les cousins creusèrent. La pelle de Fingal était rouge et plus neuve que celle de Henning dont la peinture bleue était pas mal écaillée. Peut-être depuis la fois où il avait creusé jusqu'en Chine. Ce qui était tout à fait compréhensible.

C'était encore le matin. Ils venaient d'arriver avec leurs mères qui étaient sœurs et qui, pour l'instant, étaient allongées sur le dos, occupées à faire bronzer leurs seins, puisqu'on était sur ce genre de plage.

C'était assez facile de creuser. Du moins au début. Mais bientôt le sable sec se mit à retomber dans le trou. Henning annonça qu'il fallait l'élargir.

Ce n'était pas très drôle de creuser sur les côtés quand on avait surtout envie d'aller en profondeur, jusque chez les Chinois. Mais, pour y arriver, il fallait accepter quelques désagréments. Et faire quelques efforts.

Ce que fit Henning. Et Fingal aussi.

– Tais-toi pour que je puisse vérifier si je les entends ! dit Henning quand le trou fut si profond qu'il n'y avait plus que leurs épaules et leur tête qui dépassaient.

Du moins celles de Fingal, qui mesurait dix centimètres de moins que son cousin.

Chut ! se dit Fingal en mettant son doigt sur sa bouche pendant que Henning collait son oreille sur le sable mouillé.

– T'as entendu quelque chose ? demanda-t-il quand Henning se redressa et s'essuya l'oreille pour enlever le sable.

– Un tout petit peu, expliqua Henning du haut de son expérience. Il va falloir creuser encore. Tu veux qu'on joue aux esclaves ?

– Aux esclaves ? Si tu veux, dit Fingal qui, pris de court, ne se souvenait pas de ce qu'était un esclave.

Henning s'extirpa du trou.

– D'abord c'est toi l'esclave et moi le maître. Tu dois faire tout ce que je te demande, sinon je te tue et je te mange.

– D'accord, dit Fingal.

– Creuse ! ordonna Henning, l'air menaçant. Creuse, sale fainéant d'esclave !

Fingal s'y attela de nouveau. Bien que le sable soit lourd et mouillé, il creusa avec courage et enthousiasme puisqu'ils étaient déjà à mi-chemin pour rejoindre les Chinois.

– Creuse ! hurla Henning de nouveau. Et tu dois répondre : « Yes, Mister ! »

– Yesmister, dit Fingal sans cesser de creuser.

Je ne devrais pas tarder à arriver chez les Chinois, se dit-il, mais il n'osait pas s'interrompre pour vérifier s'il les entendait, craignant d'être tué et dévoré par son cousin. Ce qui ne lui semblait pas être une perspective très agréable. Il entreprit de creuser un peu de biais, c'était plus facile. Il se pourrait bien que la Chine se trouve plutôt par là. Oui, ça lui paraissait probable.

– Creuse, sale fainéant d'esclave ! hurla de nouveau Henning.

À présent, l'effort se faisait sérieusement ressentir dans les bras de Fingal, surtout dans le droit, qu'il s'était cassé quand il était tombé en faisant du patin à glace, six mois auparavant. Mais il n'abandonna pas pour autant. Il prit son élan et enfonça la pelle de toutes ses forces sur le côté.

Un grand pan de la paroi du trou s'effondra. Tant pis. Il comprit que cela signifiait qu'il était arrivé de l'autre côté. Enfin. Un pied sortait du sable.

Un pied avec tous ses orteils et recouvert d'une pellicule de sable. Un vrai pied de Chinois !

– Ça y est ! On est arrivés ! cria-t-il. Viens voir !

Le maître sauta dans le trou pour vérifier. Waouh, génial ! Ils avaient tellement creusé qu'ils avaient atteint la plante des pieds des Chinois.

– Bien travaillé ! dit-il.

La seule chose étonnante qui réfutait la théorie de la forme ronde de la Terre était le fait que ce pied n'était pas apparu au fond du trou. Mais sur le côté. Pareil pour la jambe à laquelle le pied était rattaché. Elle semblait se prolonger de façon horizontale plutôt que verticale.

Mais ce n'était qu'un détail.

– On n'a qu'à enlever le sable pour voir le reste, décida Henning Keeswarden, qui venait de démissionner en tant que maître et qui s'apprêtait à dégager la jambe… et le corps qui, tout compte fait, n'était peut-être pas celui d'un Chinois mais plutôt d'un macchabée.

Cela ne rendait pas la trouvaille moins intéressante. En réalité, il n'avait encore jamais vu de cadavre, ce qu'il n'avouerait pas à son cousin.

Alors qu'il enfonçait la pelle, provoquant un nouvel éboulement de sable, sa tante Doris s'approcha du trou.

Sa tante, la mère de Fingal.

D'abord elle jeta un regard à l'intérieur.

Puis elle poussa un cri.

Sa propre mère ne tarda pas à les rejoindre et elle poussa un cri, elle aussi. Fingal et lui furent retirés du trou chinois et les gens affluèrent de partout, des dames aux seins nus, des dames aux seins cachés, des messieurs avec ou sans lunettes de soleil, vêtus d'un grand maillot de bain qui flottait autour de leurs jambes ou d'un tout petit qui leur rentrait dans les fesses. Tout le monde braillait et les pointait du doigt.

Un gros bonhomme criait encore plus fort que les autres :

– Surtout ne touchez à rien ! Ne touchez à rien ! Il y a un cadavre dans le sable ! Ne touchez à rien avant que la police arrive !

La mère de Henning prit son fils dans ses bras. Celle de Fingal fit pareil. Au fond du trou, il y avait encore la pelle rouge et la pelle bleue dont personne ne se préoccupait le moins du monde.

En revanche, tous s'intéressaient beaucoup aux pieds (un second était apparu quand Henning avait commencé à creuser).

Ça doit quand même être un Chinois, conclut Fingal.

– La Terre est ronde ! déclara-t-il en saluant de la main tous les gens présents pendant que sa mère l'emportait vers leurs serviettes et leurs paniers pleins de fruits, de brioches, de tartines et de sirops jaune et rouge. Ultra ronde !

TROISIÈME PARTIE

23

Le 21 juillet 1983

Pour commencer, elle n'arriva pas à comprendre ce que disait la fille. Le radio-réveil indiquait une heure neuf du matin. Quel culot d'appeler à une heure pareille ! L'irritation fit cependant rapidement place à l'inquiétude. Était-il arrivé quelque chose à ses parents ? À son frère ? À Arnold ou à Mikaela… ? Non, ils dormaient tranquillement dans la même chambre qu'elle.

– Excusez-moi, qu'est-ce que vous avez dit ?

– Je voudrais parler à M. Maager.

Une élève. L'inquiétude se dissipa. Une de ses élèves, une fille d'environ quinze, seize ans, donc. M. Maager ? Arnold se retourna dans son lit et les premiers reniflements de Mikaela se firent entendre. Elle allait se mettre à pleurer d'une seconde à l'autre. C'était sûr et certain. Comme toutes les nuits, enfin, au moins une sur deux.

Certaines nuits, ça arrivait même plusieurs fois. Et sans l'aide du téléphone. Sa colère reprit le dessus.

– Comment oses-tu appeler à une heure pareille ? Nous avons une enfant en bas âge et avons autre chose à faire que de…

Elle ne savait pas comment poursuivre. Pas de réponse. L'espace d'un instant, elle eut l'impression que la fille à l'autre bout avait raccroché, puis elle entendit sa respiration légèrement asthmatique. Arnold alluma sa lampe de chevet et se redressa dans son lit. Elle lui fit signe d'aller s'occuper de Mikaela.

– Qu’est-ce que tu veux ? demanda-t-elle sur un ton ferme.

– Je veux parler à M. Maager.

– À quel sujet ?

Pas de réponse. Mikaela se mit à geindre, Arnold la souleva. Mais pourquoi il la sort du lit ? se dit-elle. Il aurait pu se contenter de lui redonner sa tétine. Maintenant elle allait mettre au moins une demi-heure à se rendormir.

– Tu t’appelles comment ? demanda-t-elle, excédée. Tu ne sais donc pas qu’il ne faut pas appeler les gens en pleine nuit ?

– Il faut que je lui parle. Pouvez-vous lui dire de me retrouver sur le viaduc dans un quart d’heure ?

– Sur le viaduc ? Tu as perdu la tête ! Tu délires… Petite… petite…

Elle ne trouva pas de bon qualificatif. À moins de se laisser aller à des invectives trop fortes. Mais elle tenait à garder son sang-froid. Le premier cri strident de Mikaela retentit dans la chambrc. Mon Dicu ! Dc quoi était-il question ?

– Je veux lui parler.

– Non.

– C’est… c’est important.

– De quoi s’agit-il ?

Nouveau silence. Le combiné était muet, tout comme Mikaela, qui, visiblement fatiguée, n’avait pas la force de déployer l’intégralité de son répertoire. Elle semblait se contenter d’émettre quelques grognements, appuyée contre l’épaule de son père. Heureusement.

– Dites-lui d’aller sur le viaduc.

– Jamais de la vie. Donne-moi ton nom et explique-moi pourquoi tu appelles en pleine nuit !

Arnold alla s’asseoir sur le bord du lit et lui lança un regard interrogateur. Elle croisa ses yeux lorsque la fille du téléphone décida soudain de jouer cartes sur table.

– Je m’appelle Winnie et j’ai couché avec lui. Je suis enceinte.

C'est étrange qu'Arnold et Mikaela aient été si près d'elle au moment où ces mots avaient atteint sa conscience. Cela l'avait frappée à ce moment-là et elle y avait aussi repensé après. Ils étaient tous les trois installés sur le grand lit. Le père, la mère et la fille. Toute la sainte famille. Vraiment très étrange qu'ils soient si proches les uns des autres, car l'abîme qui s'était ouvert entre eux était si profond et si large qu'ils n'allaient jamais pouvoir le franchir. Ils n'allaient même pas essayer de le faire. Elle l'avait tout de suite compris.

Très étrange aussi qu'il soit possible de formuler ce genre de pensée en une fraction de seconde.

Elle lui tendit le combiné et lui prit la petite.

– C'est pour toi.

Après, elle ne parvint pas à garder son calme. Quand Arnold raccrocha et qu'il s'effondra par terre à côté du lit en un petit tas pitoyable, elle posa Mikaela entre les oreillers et se mit à le frapper.

Les poings fermés et de toutes ses forces. La tête, les épaules. Il ne réagit pas. N'essaya même pas de se défendre, se contenta de pencher légèrement la tête en avant. Elle eut bientôt mal aux bras. Mikaela se réveilla de nouveau, elle s'assit et les regarda avec de grands yeux brillants, la tétine dans la bouche.

Elle se précipita dans la salle de bains, verrouilla la porte et se rinça le visage à l'eau froide tout en cherchant à freiner le flot de pensées insensées qui lui bombardait le cerveau.

Elle croisa d'abord son reflet dans la glace puis promena son regard vers la centaine de petits objets familiers sur le lavabo et sur les étagères : des tubes, des boîtes, des savons, des ciseaux, des brosses à dents, du sparadrap… Ces objets banals dans sa vie mais qui, soudain, paraissaient inconnus et menaçants, nimbés de signes effrayants qu'elle n'arrivait pas à interpréter. Je deviens folle, se dit-elle. Je suis enfermée dans cette épouvantable salle de bains et je suis en train de devenir folle. Ce n'est qu'une question de secondes.

Elle s'essuya le visage avec une serviette et ouvrit la porte.

– Sur le viaduc dans un quart d'heure, c'est bien ça ?

Il ne répondit pas. Pas un son, ni de lui ni de Mikaela. La chambre était plongée dans un terrible silence. Elle attrapa son jean et un pull, ses mocassins bleus. En moins de trente secondes, elle fut habillée.

Salut.

En réalité, elle ne prononça pas le mot.

– Attends.

Elle n'attendit pas. Elle ouvrit la porte, la claqua derrière elle et se précipita sur la route. L'air nocturne était frais et agréable.

Facile à respirer.

Il n'était pas certain que Mikaela dorme quand il la laissa seule à la maison. Elle était couchée dans son lit, la tétine dans la bouche, et, comme d'habitude, elle respirait bruyamment. Peut-être allait-elle tenir une heure ou deux.

Il referma la porte aussi silencieusement que possible. Envisagea un instant de prendre le vélo mais y renonça. De toute manière, il n'arriverait pas le premier.

Il lui faudrait huit à dix minutes pour monter jusqu'au viaduc. Sans doute avait-il besoin de ce temps-là. En fait, avait-il réellement envie d'arriver le premier ? Ces minutes ne lui seraient-elles pas nécessaires pour prendre une décision ? Pour faire une sorte de mise au point ?

À moins que tout ne soit déjà décidé ?

Dès l'instant où il avait franchi la limite ? Il y avait un mois de ça. Six semaines, pour être exact, depuis qu'il avait enclenché une bombe à retardement.

Avait-il réellement pu croire qu'il s'en sortirait ? Qu'il ne serait pas obligé, un jour, de payer ?

Il se rendit compte qu'il avançait d'un pas rapide, presque en courant, le long de la Sammersgraacht plongée dans le noir. Il n'y avait personne dehors, pas un chat.

Il tourna à droite dans l'allée Dorff et continua dans la Gimsweg et la Hagenstraat. Il passa devant le lycée.

Le lycée... se dit-il. Serait-il capable un jour de... ?

Il ne poursuivit pas son raisonnement. Il contourna le terrain de sport, avança plus vite encore. Il ne lui restait plus que quelques centaines de mètres à faire.

Que va-t-il se passer ? se demanda-t-il. Que va-t-il se passer là-haut ?

Soudain il s'arrêta. L'idée le frappa seulement à ce moment-là.

Pourquoi je ne vais pas plutôt m'occuper de ma fille ? Pourquoi ?

Il hésita pendant cinq secondes. Puis il prit sa décision.

24

Audition de Ludwig Georg Heller, le 2/8/1983.
Lieu : commissariat de Lejnice.
Personne chargée de l'audition : M. Vrommel, commissaire principal.
Présent : M. Walevski, inspecteur de police.
Greffier : M. Walevski, inspecteur de police.
À l'attention de : M. Vrommel, commissaire principal.

Vrommel : Vos nom et adresse, s'il vous plaît.
Heller : Ludwig Heller. 4, Walders Steeg.
V : Ici, à Lejnice ?
H : Oui.
V : Vous avez trente ans et vous travaillez au lycée Voeller, est-ce exact ?
H : Oui.
V : Pouvez-vous me dire quel genre de relations vous entretenez avec Arnold Maager ?
H : Nous sommes collègues. Et amis.
V : Vous le connaissez depuis combien de temps ?
H : Depuis que nous avons seize ans. Nous étions au lycée ensemble.
V : Et vous avez gardé le contact depuis ?
H : Non. Nous avons fait nos études dans des universités différentes et nous n'avons pas vécu dans les mêmes endroits.

Mais, lorsque nous nous sommes retrouvés comme enseignants dans le même établissement, nous avons repris nos relations amicales. Il y a de ça environ trois ans.

V : Vous prétendez bien connaître Maager ?

H : Oui, je crois qu'on peut dire ça.

V : Vous croyez ?

H : Je le connais bien.

V : Sa femme aussi ?

H : Non. Nous ne nous sommes pas beaucoup rencontrés.

V : Pas beaucoup ?

H : Seulement trois fois, je crois. Nous nous saluons quand nous nous croisons en ville.

V : Vous avez vous-même une famille ?

H : Pas encore. J'ai une petite amie.

V : Je vois. Vous êtes au courant de ce qui s'est passé ?

H : Oui.

V : Que Maager a eu une liaison avec une fille du lycée et que cette fille est morte ?

H : Winnie Maas, oui.

V : Vous l'avez eue en cours, vous aussi ?

H : Oui.

V : Dans quelles disciplines ?

H : En mathématiques et en physique.

V : Quelles moyennes avait-elle ?

H : Quelles moyennes ? Je ne comprends pas ce que ça vient faire dans cette histoire ?

V : Non ? Je vous demande cependant de répondre à ma question.

H : Elle avait environ 6 en physique et 4 en mathématiques.

V : Ce ne sont pas de très bonnes moyennes.

H : Effectivement. Mais je ne comprends toujours pas quelle importance ç'a.

V : Était-elle jolie ?

H : Pardon ?

V : Je vous demande si Winnie Maas était jolie.

H : Je n'ai pas d'idée là-dessus.

V : Et Arnold Maager, la trouvait-il jolie ?

H : *(Pas de réponse.)*

V : Je vous conseille vivement de répondre à ma question. Vous aurez vraisemblablement à le faire encore lors du procès. Autant vous y habituer.

H : J'ignore si Maager trouvait Winnie Maas jolie.

V : Mais vous savez que Maager avait une liaison avec elle ?

H : On ne peut pas appeler ça une liaison.

V : Ah bon ? Alors, on peut appeler ça comment ?

H : Elle s'est offerte à lui et il a commis une erreur. Ce n'est arrivé qu'une seule fois.

V : Vous trouvez son comportement excusable ?

H : Bien sûr que non. Je dis seulement qu'on ne peut pas appeler ça une liaison.

V : Étiez-vous présent dans l'appartement quand Maager et Winnie Maas ont eu un rapport sexuel ?

H : Non.

V : Mais vous en avez entendu parler ?

H : Oui.

V : Avant la mort de la fille ?

H : Oui.

V : Quand et où en avez-vous pris connaissance ?

H : J'ai entendu quelques collègues en parler.

V : Lesquels ?

H : Cruickshank et Nielsen.

V : Deux des personnes qui étaient à la soirée après la fête du 10 juin ?

H : Oui.

V : Et ils ont dit que Maager avait eu un rapport sexuel avec Winnie Maas ?

H : Oui.

V : Quand ?

H : Quelques jours après. La dernière semaine avant les

grandes vacances. Maager me l'a d'ailleurs dit lui-même un peu plus tard.

V : Dans quel contexte ?

H : On était sortis boire une bière. Juste au début des vacances, autour du 20 juin.

V : Où ?

H : Au Lippmann. On est aussi allés ailleurs, dans d'autres troquets.

V : C'est là qu'il vous a raconté qu'il avait couché avec une de ses élèves ?

H : Il m'a expliqué les circonstances. L'histoire, je la connaissais déjà.

V : Qu'est-ce qu'il a dit ?

H : Qu'il était complètement bourré et qu'il regrettait son acte. Il espérait que ça n'aurait pas de conséquences.

V : Pas de conséquences ? Qu'entendait-il par là ?

H : Qu'il n'y aurait pas de problème, ni pour lui ni pour la fille, bien entendu.

V : Je vois. Les élèves étaient au courant eux aussi, je suppose ?

H : Oui, j'imagine. Mais je n'ai jamais rien entendu de leur part. C'est vrai que ça s'est passé juste avant les grandes vacances.

V : L'essentiel était sans doute que les parents ne soient pas au courant ?

H : C'est une manière de voir les choses.

V : Bon, continuons. Ce n'est pas la seule fois où vous avez abordé l'affaire Winnie Maas avec Maager, n'est-ce pas ?

H : Non.

V : Expliquez-vous.

H : Nous nous sommes aussi vus à la mi-juillet.

V : Où et quand ?

H : On est allés faire un tour dans les îles. Un samedi après-midi. Le 15 ou le 16, je crois. Arnold m'avait appelé parce qu'il voulait me parler et je n'avais pas d'autre projet, ce jour-là.

V : Et de quoi était-il question, cette fois-ci ?

H : De Winnie Maas. Elle était enceinte. Maager venait de l'apprendre.

V : Et comment était-il ?

H : Soucieux, bien entendu. Plus que soucieux. Winnie voulait garder l'enfant.

V : Et Maager ?

H : Il serait préférable qu'il réponde lui-même à cette question.

V : Il y a déjà répondu. C'est à vous que je m'adresse, maintenant, monsieur Heller. Maager vous a certainement fait part de ses sentiments pendant votre promenade dans les îles. N'est-ce pas ?

H : Il était très angoissé.

V : Ce n'est pas ce que je vous demande. Je veux savoir ce qu'il voulait que la fille fasse au sujet du bébé.

H : Il voulait qu'elle se fasse avorter. Ça n'a rien d'étonnant. Elle était trop jeune pour être mère et il avait peur de la réaction de sa femme.

V : Vraiment ? Il ne lui avait donc pas dit qu'il l'avait trompée ?

H : Non, il n'avait rien dit.

V : Peut-être craignait-il que Winnie Maas ne s'en charge ?

H : Possible. Mais je ne comprends pas à quoi servent toutes ces questions. Pour quelle raison discutons-nous de... ?

V : Ça m'est complètement égal que vous compreniez ou pas. La police doit faire son travail coûte que coûte. À votre avis, il n'y avait pas autre chose dont Arnold Maager avait peur ?

H : Comment ça ?

V : Vous n'avez qu'à y réfléchir. De quoi avez-vous parlé, en fin de compte ?

H : De tout.

V : Vous êtes allés sur combien d'îles ?

H : À Doczum et à Billsmaar. Mais on a juste fait le tour. On n'a jamais débarqué.

V : Et vous n'avez pas trouvé de solution au problème de Maager ?

H : De solution ? Quelle solution ?

V : Si vous avez fait une promenade en bateau pendant plusieurs heures, vous avez dû envisager différentes hypothèses ? Différentes possibilités ?

H : Je ne comprends pas ce que vous voulez dire.

V : Je parle d'issues possibles. D'issues envisageables pour sortir du piège dans lequel Arnold Maager s'était fourré. Ne vous faites pas plus bête que vous n'êtes. Il me semble que vous avez des diplômes universitaires ?

H : *(Pas de réponse.)*

V : C'est bien pour ça qu'il voulait vous voir, n'est-ce pas ? Pour que vous l'aidiez ?

H : Il voulait seulement parler. Il était désespéré, merde !

V : Désespéré ? Vous voulez dire qu'Arnold Maager était désespéré quand vous avez fait votre promenade sur les îles, le samedi 16 juillet ?

(Pause dans l'interrogatoire. Changement de cassette.)

Vrommel : Avez-vous été en contact avec Arnold Maager au cours des semaines qui ont précédé la mort de Winnie Maas ? C'est-à-dire après le 16 ?

Heller : Il m'a téléphoné deux ou trois fois. Avant que ça arrive, je veux dire.

V : Quelques communications téléphoniques, donc. De quoi avez-vous parlé ?

H : D'un peu de tout.

V : De Winnie Maas aussi ?

H : Oui.

V : Et qu'avait-il à dire ?

H : Il était inquiet.

V : Développez.

H : Développer comment ?

V : Vous a-t-il fait part de ce qu'il comptait faire ? Dans quel état d'esprit était-il, selon vous ?

H : Il m'a dit qu'il avait du mal à dormir. Il ne savait pas s'il devait tout raconter à sa femme.

V : Lui avez-vous donné des conseils ?

H : Non. Que vouliez-vous que je lui dise ?

V : L'avez-vous jugé déséquilibré au cours de ces conversations ?

H : Pas vraiment déséquilibré. Plutôt inquiet et tendu, comme je l'ai déjà dit.

V : Savez-vous s'il était en contact avec la fille ?

H : Ils s'étaient parlé. Il avait essayé de la persuader de se faire avorter. Il lui avait proposé de l'aider financièrement.

V : Qu'est-ce qu'elle avait répondu ?

H : Elle ne voulait pas. Elle avait l'intention de garder l'enfant.

V : Et sur le plan financier ?

H : Je ne sais pas.

V : Vous ne savez pas ?

H : Non.

V : OK. Quand vous avez appris ce qui s'était passé, que la fille avait été retrouvée morte sur la voie de chemin de fer, comment avez-vous réagi ?

H : J'ai été effaré, évidemment.

V : Oui, évidemment. Nous avons tous été effarés. Vous avez aussi été surpris ?

H : Bien sûr que j'ai été surpris. C'était épouvantable.

V : Vous ne vous attendiez pas à cela ?

H : Non, bien sûr que non. Il a dû complètement perdre pied. C'était effroyable.

V : Trouvez-vous étrange qu'il ait perdu pied ?

H : *(Pas de réponse.)*

V : Je répète. Compte tenu des circonstances, trouvez-vous étrange qu'Arnold Maager ait perdu pied ?

H : Je ne sais pas. Peut-être pas.

V : Je vous remercie, monsieur Heller. C'est tout pour l'instant.

25

Le 19 juillet 1999

Pendant un bref instant – une fraction de seconde – elle crut qu'il allait la frapper.

Mais il n'en fit rien. N'eut pas le moindre geste menaçant. Cependant le fait qu'elle ait eu cette impression devait avoir un sens. Non pas qu'il soit le genre d'homme à utiliser les poings quand les mots lui manquaient, mais ça devait avoir un sens. Un pressentiment ? Une mise en garde ?

À moins que ce ne soit que le fruit de son imagination malade ? La projection de sa propre vie affective compliquée ?

Quoi qu'il en soit, l'image était là et elle resterait là. Elle l'avait su avant même que cette fraction de seconde s'évanouisse.

– Tu as fait quoi, tu m'as dit ? demanda-t-il entre ses dents serrées.

– Je l'ai laissée là-haut et j'ai pris un taxi.

– Tu as laissé ma voiture dans la forêt ? Sans la confier à quelqu'un ?

Elle haussa les épaules. Il a raison, pensa-t-elle. Moi non plus je n'aurais pas apprécié.

– Je ne pensais pas que ça valait le coup de faire des dépenses pour une Trabant, dit-elle.

Il fit semblant de ne pas l'entendre. Il pianotait sur la table en la regardant par-dessus son épaule. Ses mâchoires étaient tendues.

– Et maintenant?

– Je vais trouver une solution, soupira-t-elle. Si c'est si important pour toi d'avoir une putain de voiture, t'as qu'à en louer une en attendant. Il est malheureusement arrivé pas mal de choses et je n'ai pas de temps à consacrer à ce genre de conneries.

Il laissa passer quelques secondes avant de demander:

– Qu'est-ce qui est arrivé?

– Maager a disparu. Il a fallu faire vite et je n'ai pas eu le courage de me mettre à la recherche d'un garage.

– Disparu? Pourquoi?

– Je n'en sais rien. Il n'est plus au centre depuis samedi.

– Ça veut dire qu'ils ont disparu tous les deux, la fille et le père?

– On dirait bien, oui.

– La police est au courant?

Eva Moreno vida son verre de jus de fruits et se leva.

– En tout cas, ils n'ont pas encore eu le temps de prendre des mesures. Les grosses feignasses du centre Sidonis ont fini par se décider à faire un rapport il y a seulement quelques heures. Alors que deux jours se sont déjà écoulés. Non, il faut que j'aille voir Vrommel et Vegesack. Il est grand temps qu'ils se réveillent, ces deux-là.

Mikael Bau se pencha en arrière et l'observa en esquissant un petit sourire qu'elle eut du mal à interpréter.

En revanche, ce qu'il lui dit ensuite ne lui posa pas de problème d'interprétation.

– Madame l'inspectrice est de nouveau de service, donc?

Eva Moreno lui rendit son sourire et réfléchit pendant deux secondes.

– Je m'en vais ce soir. Je te remercie pour ces quelques jours.

Le sourire de Mikael Bau se figea. Elle quitta la table avant qu'il ait le temps de dire quoi que ce soit.

– Je m'occuperai aussi de ton tracteur! cria-t-elle sans se retourner. Loue une voiture et va à la plage en attendant.

Pourquoi je ne ressens même pas de peine pour lui ? se demanda-t-elle quand elle tourna au coin de la rue. Est-ce parce que je suis en train de devenir une vraie *bitch* ?

– Oui, je suis au courant, déclara Vegesack, l'air morose. C'est incroyable qu'ils aient tant tardé à nous prévenir. Non pas que je sache ce qu'on va faire, mais ces deux jours perdus ne vont pas nous faciliter la tâche.

– Le plus important n'est pas ce qu'on va faire mais ce qui s'est passé, fit remarquer Moreno.

Vegesack fronça les sourcils et tâtonna son cou à la recherche de son nœud de cravate qui, pour une fois, n'était pas à sa place. Il portait un polo bleu marine et un pantalon de coton fin d'une nuance un peu plus claire, en parfait accord avec la saison et la météo du jour. Moreno se demanda en passant si la petite amie qui venait de rentrer n'avait pas choisi sa tenue. Elle l'espérait, elle espérait également que les poches sous les yeux de Vegesack avaient un rapport avec elle.

– OK, dit-il. Alors, qu'est-ce qui a bien pu se passer, à ton avis ?

Moreno jeta un œil vers la porte entrouverte avant de demander :

– Où est le patron ?

– À la plage. Il est arrivé quelque chose, mais on en parlera plus tard.

Moreno hocha la tête.

– J'espère que tu ne vois pas d'inconvénient à ce que je me mêle de cette affaire.

– Bien sûr que non. Chacun passe ses vacances comme il l'entend.

Elle décida de ne pas chercher à savoir quelle part d'ironie il y avait dans cette remarque.

– Concernant Maager, de deux choses l'une, dit-elle. Soit il a foutu le camp, soit il lui est arrivé quelque chose. Qu'est-ce qui est le plus vraisemblable, selon toi ?

Vegesack se massait les tempes du bout des doigts et semblait réfléchir intensément.

– Aucune idée, finit-il par dire. Comment veux-tu que je le sache ? Je ne comprends vraiment pas pourquoi quelqu'un l'aurait supprimé. C'est bien ce que tu essaies d'insinuer, non ?

Moreno haussa les épaules.

– Et qu'il soit parti, ça te semblerait plus vraisemblable ?

Vegesack soupira.

– Tu veux un peu d'eau ? demanda-t-il.

– Volontiers.

Il disparut dans la kitchenette et revint avec une bouteille d'eau minérale en plastique et deux verres.

– Je suis complètement déshydraté, expliqua-t-il, et je manque sérieusement de sommeil.

Mais il ne manque pas d'amour, pensa Moreno pendant qu'il remplissait les verres. Je n'en manquerais pas moi non plus, si je n'étais pas aussi butée.

– Bon, commença-t-elle, si, de façon totalement hypothétique, on imaginait qu'il était parti de son plein gré, ça nous mènerait où ?

– Pour ça, il lui fallait une raison, commenta Vegesack.

– Exact. Donne-moi une raison.

– Ça fait seize ans qu'il n'a pas quitté les lieux.

– Exact.

– Ça doit… Il doit y avoir un rapport avec la visite de sa fille.

– Vraiment ? Et qu'est-ce qui te fait dire ça ?

– Ça me semble assez évident… Mais je ne vois pas quel serait ce rapport.

– Sa visite remonte à samedi dernier. Pourquoi aurait-il attendu une semaine entière avant de partir ?

Vegesack reprit son massage des tempes. Avait-il suivi un cours de yoga pour apprendre à stimuler le flux du sang vers le cerveau ? se demanda Eva Moreno. En tout cas, ses gestes étaient précis et n'avaient rien de distrait. Elle préféra cependant ne pas lui poser de question à ce sujet non plus.

– Ça ne doit pas avoir de rapport avec sa visite, finit-il par répondre. Mais plutôt avec sa disparition, celle de sa fille, je veux dire.

– Je suis de ton avis, déclara Moreno. Et comment a-t-il pu apprendre que sa fille avait disparu ?

Vegesack interrompit son massage.

– Merde ! Par moi, bien sûr. Je le lui ai dit quand j'ai essayé de parler avec lui.

– C'était quand ?

Vegesack fit un rapide calcul.

– Mercredi, je crois. Oui, c'était mercredi.

– Ça colle. Ça serait bien si tu pouvais te souvenir exactement de ce que tu as dit. Et de sa réaction.

Vegesack ouvrit ses bras dans un geste désemparé et faillit renverser la bouteille d'eau.

– Il n'a pas réagi du tout. Sur rien. Il m'a dit bonjour quand je suis arrivé et au revoir quand je suis parti. Rien de plus, mais il m'a écouté, oui, il m'a écouté. Je lui ai expliqué la raison de ma démarche et je lui ai raconté que Mikaela Lijphart semblait avoir disparu. Et que nous savions qu'elle était sa fille, qu'elle lui avait rendu visite dans le centre et que sa mère était venue à Lejnice pour essayer de la retrouver. Bien entendu, je lui ai demandé ce qu'ils s'étaient dit… et s'ils avaient évoqué ensemble cette vieille histoire. Entre autres. Si elle avait été bouleversée, par exemple. D'après ce que j'ai compris, ils s'étaient promenés pendant au moins deux heures et avaient eu le temps de se parler.

– Mais il n'a rien dit ?

– Non.

– Et tu n'as pas eu de pressentiment ? Il a été choqué en apprenant sa disparition ?

Vegesack avait les yeux rivés sur la fenêtre.

– Oui, je crois. Je crois même que ça l'a bloqué… Il aurait peut-être parlé, si je n'avais rien dit au sujet de la disparition de sa fille. Enfin, je n'en sais rien. J'ai passé seulement vingt minutes avec lui. Tu penses qu'il est parti à sa recherche ? C'est ça que tu as conclu ?

Moreno but une gorgée d'eau.

– Je n'ai rien conclu du tout. Il se peut tout aussi bien qu'il lui soit arrivé quelque chose. Tu lui as parlé mercredi et il a disparu du centre seulement samedi. Pourquoi aurait-il attendu ? Il se peut également que quelque chose de nouveau se soit passé le jeudi ou le vendredi, quelque chose qui aurait tout fait basculer. J'aurais dû me renseigner davantage quand j'y étais, mais cette idée ne m'est venue que sur le chemin du retour.

– Aujourd'hui nous sommes lundi, fit remarquer Vegesack. Ça fait donc déjà deux jours qu'il est parti. Il a perdu l'habitude d'être en ville. D'être parmi les gens. C'est tout de même bizarre que personne ne l'ait remarqué, tu ne trouves pas ?

Moreno haussa les épaules.

– Qu'est-ce qui te dit que personne ne l'a remarqué ?

Vegesack ne répondit pas.

– Il n'y a pas que ça qui soit bizarre dans cette affaire, poursuivit Moreno. Et c'est bien la raison pour laquelle je ne peux pas prendre de vacances. J'ai rêvé de la fille deux nuits de suite et je viens d'envoyer bouler mon petit ami… On dirait une déformation professionnelle, non ? Qu'en penses-tu ?

Mais qu'est-ce qui m'a pris de raconter tout ça à Vegesack ? se dit-elle en voyant son collègue rougir légèrement et hausser les sourcils. Visiblement, ces confidences le mettaient mal à l'aise.

– Aïe, fit-il avec diplomatie.

– Exactement, dit Moreno. Je me suis trop empêtrée dans cette histoire mais, au moins, quelques indications semblent confirmer que je ne me suis pas entièrement plantée. Rien chez Maager ne t'a fait penser qu'il pourrait avoir envie de faire une fugue ?

Vegesack fit non de la tête.

– C'est quand même tragique, pour Maager… bien que ce

soit un assassin. Sa fille apparaît soudain au bout de seize ans et quelques jours plus tard seulement elle disparaît de nouveau, et cette fois, pour de vrai. Ça doit être terriblement lourd.

– Lourd, oui, confirma Moreno. Pourrais-tu encore m'aider ?

– Bien sûr, répondit Vegesack avec l'application de quelqu'un qui vient de se ressaisir.

– Essaie de savoir si Maager a eu d'autres visites ou des coups de fil entre mercredi et samedi.

– OK. Je vais appeler le centre. On se retrouve comment, après ? Tu reviens ici ?

– Je te donnerai de mes nouvelles, soupira Moreno. Personne d'autre ne s'est manifesté concernant l'avis de recherche de Mikaela ?

Vegesack fouilla un instant dans les papiers sur son bureau.

– Deux, dit-il. Deux personnes, mais on peut en rayer une tout de suite. Il s'agit d'un certain M. Podager, qui est toujours prêt à donner un coup de main à la police dans ce genre de circonstances. Il a plus de quatre-vingts ans et il est pratiquement aveugle depuis vingt ans, mais cela ne l'empêche pas de voir un tas de choses.

– Et l'autre ?

– Une femme de Frigge. (Vegesack lut :) *Mme Grossenmühle a contacté la police de Frigge hier soir car elle prétend avoir vu une fille qui correspondait au portrait de Mikaela Lijphart. À la gare.* Ils l'interrogent ce matin et je suppose qu'ils nous appelleront après.

– Frigge est à combien de kilomètres d'ici ? demanda Moreno après un temps de réflexion.

– Environ cent cinquante kilomètres.

– D'accord. Alors, il n'y a qu'à attendre. Au fait, tu connais un bon garage dans le coin ?

– Un garage ?

– Oui. Pas trop cher. C'est pour une Trabant.

– Une Trabant ? Tu ne vas quand même pas me dire que tu roules en Trabant ?

– Je roulais. Alors ?

– Euh… si, chez Kluivert, tu peux leur faire confiance.

Il lui donna le numéro de téléphone et celui d'une pension de famille qui, selon Vegesack, pratiquait des prix corrects. Même si lui-même n'était jamais descendu dans une pension de famille à Lejnice. Et même si l'afflux de vacanciers était ce qu'il était pendant les mois d'été.

L'inspectrice Moreno aurait pu régler ces deux questions depuis le commissariat, mais quelque chose lui dit qu'il était temps de rétablir la frontière entre sa vie privée et sa vie professionnelle.

Ou du moins de commencer à la tracer, cette frontière, se dit-elle avec une autodérision renfrognée tout en serrant la main à Vegesack pour le remercier de son aide.

– Au fait, demanda-t-elle sur le pas de la porte, que s'est-il passé à la plage ? Tu m'as dit que Vrommel y était allé.

Une ride se creusa de nouveau sur le front de Vegesack.

– Je ne sais pas très bien. Ils auraient trouvé un cadavre.

– Un cadavre ?

– Oui. Des gosses l'auraient déterré en jouant dans le sable, je crois.

– Et alors ?

– Je n'en sais pas plus, dit Vegesack en vérifiant l'heure à sa montre. Nous avons été avertis il y a un peu plus d'une heure. Vrommel s'en est chargé. Il paraît qu'il y a des gars de Wallburg aussi, des techniciens, on n'en a pas chez nous, et…

Il se tut. Se figea, frappé par une clairvoyance subite, alors que ses bras se soulevaient pour un nouveau massage des tempes.

– Nom de Dieu ! Tu crois que… ?

– Je ne crois rien. C'est un homme ou une femme ?

– Aucune idée. Un corps, c'est tout ce qu'il a dit, le Putois. Un corps mort.

Le Putois ? s'étonna Moreno, la main toujours sur la poignée.

– Je vais revenir, dit-elle.

Puis elle sortit au soleil.

26

Il était quatorze heures cinq lorsqu'elle arriva à la Taverne de Florian – un établissement légèrement vétuste datant des années 1950 qui, d'après Mikael Bau, s'évertuait à ne rien changer quant à l'aspect et à l'ambiance. Elle se rendit soudain compte que depuis le matin elle n'avait avalé rien d'autre qu'une pauvre petite tartine de fromage. En revanche, elle avait pas mal bu – du jus de fruits, de l'eau, encore de l'eau et du café –, mais son ventre signalait maintenant qu'il était temps d'utiliser ses dents à autre chose qu'à grincer. D'autant plus qu'elle en possédait trente-deux. Ou peut-être seulement vingt-huit…

Elle ne se donna pas la peine de les compter. Elle s'installa sur la terrasse, à une table sous un parasol. Commanda du pain aillé, une salade aux crustacés et un bottin téléphonique. Ce dernier, pour vérifier s'il y avait encore des garages ouverts et des pensions de famille pas encore complètes pendant ces vacances ensoleillées.

Et, par chance, il y en avait. Des deux. À la pension Dombrowski, la gérante revêche lui promit de lui garder une chambre jusqu'à vingt et une heures (pour trois nuits, c'était le minimum en haute saison). Pas de balcon et pas de vue à proprement parler, mais le prix n'était pas déraisonnable. Vraiment pas. Par conséquent, elle avait intérêt à accepter et à se réjouir.

Elle accepta et se réjouit. Les nuits de lundi, de mardi et de mercredi, résuma-t-elle. Je repartirai jeudi. Ça convenait parfaitement à son interlocutrice. À ce moment-là, les choses seraient suffisamment claires pour que Vrommel (le Putois ?) et Vegesack puissent poursuivre l'affaire tout seuls.

En revanche, Egon Kluivert, de Kluivert, Kluivert et fils, avait du travail par-dessus la tête. Au bout d'un certain temps de négociation, il lui promit cependant de s'occuper aussi bien de l'allumage que du remorquage de son vieux tacot jusqu'à la maison à Port Hagen (même s'il affirma ne pas comprendre ce qu'une jolie fille comme elle – si, si, il l'entendait à sa voix, chose facile pour un gentleman doté d'une bonne ouïe – faisait avec une boîte à sardines pareille). Pas de problème, il connaissait l'adresse. Si ce n'était pas ce soir, ce serait au plus tard demain dans la matinée. Où fallait-il lui envoyer la facture ?

Elle expliqua qu'elle passerait au garage payer avant mercredi.

Elle n'aurait pas besoin d'une nouvelle voiture ? Le hasard voulait qu'il y en ait deux, de vraies merveilles, dans sa cour. À un prix imbattable, à peine rodées.

Non, pour l'instant ce n'était pas dans ses projets, mais elle promit de revenir dès que le besoin se ferait ressentir.

On lui apporta son repas. Légèrement rassurée, elle constata que les choses semblaient vouloir s'arranger malgré tout, même si elle n'était pas en droit de s'y attendre. Encore moins de l'exiger.

Elle commanda un petit verre de cognac avec son café pour se rappeler qu'elle était encore en vacances et passa ensuite un coup de fil. Cette fois à Clara Mietens, son amie, l'ancre de sa vie.

Elle tomba sur son répondeur. Moreno lui résuma la situation en trente-cinq secondes, expliqua qu'elle serait probablement de retour à Maardam vers la fin de la semaine et espérait que le projet d'une balade à vélo de quelques jours dans la région de Sorbinowo était toujours d'actualité. La semaine prochaine, par exemple.

Elle demanda à Clara de la rappeler dès qu'elle aurait écouté son répondeur et qu'elle aurait réfléchi.

J'ai besoin de bouger, se dit l'inspectrice Moreno. Sinon mon cerveau risque de coaguler.

Elle régla l'addition et mit le cap sur la mer.

Il y avait autant de monde que la semaine précédente, pendant les jours caniculaires. Dès qu'elle franchit la bordure de la plage, elle vit les bandes de balisage rouge et blanc tendues par la police.

La surface délimitée était de la taille d'une moitié de terrain de foot et se situait au nord de la plage, à une bonne distance de l'eau. Les bandes qui formaient un carré claquaient dans la brise venant de la mer. Eva Moreno se fit la réflexion qu'elle avait rarement vu une scène aussi surréaliste.

Au nord comme au sud, d'aussi loin que portait sa vue, elle voyait des gens s'amuser, se baigner, se faire bronzer, jouer au volley-ball et au foot, lancer des frisbees. À l'esprit et aux vêtements libres et légers. Mais à l'intérieur du carré sinistre de la mort régnait une autre ambiance. Des techniciens transpirant sous leur uniforme rampaient au ras du sol à la recherche d'indices. Trois collègues, accompagnés de chiens, patrouillaient dignement pour tenir les badauds à distance pendant que le sable fin remplissait impitoyablement leurs chaussures noires réglementaires.

La partie située au centre de cette moitié de terrain de foot, visiblement déjà fouillée, était signalée par d'autres bandes. Les hommes à quatre pattes – elle en comptait cinq, plus un chef debout – se trouvaient à présent dans un cercle à une bonne dizaine de mètres du trou.

Car il s'agissait bien d'un trou. Et elle connaissait la manière dont procédait une équipe de techniciens : toujours de l'intérieur vers l'extérieur. Tout ce qui se trouvait dans le sable et qui avait le moindre rapport avec un être humain était ramassé et placé dans des sacs en plastique que l'on scellait aussitôt. Des bouts de papier. Des chewing-gums. Des capsules. Des capotes. Des allumettes brûlées.

Dans le but de trouver un indice. De préférence l'arme du crime.

Avant même qu'Eva Moreno s'engage dans le sable chaud, qui glissait et se dérobait sous ses pieds, elle sut qu'il s'agissait d'un meurtre. L'organisation et les dispositions prises le lui indiquaient clairement.

Et c'était justement sa faculté à interpréter la scène qu'elle avait devant elle qui donnait cette sensation de surréalisme.

L'inspectrice Moreno avait de l'expérience et comprenait ce que lui racontaient ses yeux.

Parmi les maîtres-chiens, il y en avait un qui avait les yeux bleus et c'est à lui qu'elle décida de s'adresser.

Il s'appelait Struntze. Elle le laissa étudier calmement sa carte de légitimation avant de lui expliquer qu'elle venait d'être recrutée pour cette affaire et qu'elle voulait se faire une idée d'ensemble. Où était le commissaire Vrommel ? Elle pensait le retrouver ici.

Il avait disparu voilà un quart d'heure, l'informa Struntze. Mais il n'allait pas tarder à revenir.

Moreno lui répondit que ça n'avait pas d'importance ; elle le verrait plus tard. À présent, elle souhaitait être mise au courant de ce qui s'était passé.

L'agent Struntze ne demandait pas mieux et il lui expliqua la situation en aparté plus ou moins discrètement.

Assassinat. De toute évidence.

Le corps était celui d'un homme d'environ trente, quarante ans, selon la première estimation du médecin légiste.

Enfoui dans le sable depuis une semaine, à peu près. Quelques jours de plus ou de moins, il était prématuré de se prononcer avec plus d'exactitude.

La mort avait été provoquée par un coup donné dans l'œil avec un objet pointu. L'œil gauche. Elle avait dû être immédiate. Quelques secondes, grand maximum.

Probablement à proximité du lieu où le corps avait été caché. Et découvert.

– Par deux petits garçons. Horrible, n'est-ce pas ?

– Oui, en effet, répondit Moreno.

– Ils seront sans doute marqués à vie, estima Struntze.

– Oh, ils doivent certainement voir des centaines d'assassinats par semaine à la télé, fit remarquer Moreno. Et, avec le temps, certaines blessures guérissent. Mais c'est qui ? C'est qui, le mort ?

– On ne le sait pas encore, répliqua Struntze. Il était vêtu d'un jean et d'une chemisette en coton mais n'avait pas de papiers sur lui. Pas d'argent dans les poches, et rien d'autre non plus. Environ un mètre soixante-quinze. Cheveux brun foncé. De constitution assez forte. Trente-cinq ans, cinq de plus ou de moins, comme je viens de le dire.

– L'arme ? demanda Moreno.

– Aucune idée. Un objet pointu qui a pénétré par l'œil et atteint le cerveau. Pas retrouvé, donc.

Quelqu'un avait suggéré qu'il s'agissait peut-être d'un piquet de tente. Le modèle en équerre au bout triangulaire. Ou d'une paire de ciseaux.

Un piquet de tente ? se dit Moreno. Si c'est le cas, le crime n'aura pas été prémédité.

– Sais-tu s'ils ont trouvé quelque chose ? dit-elle en faisant un signe vers les techniciens à quatre pattes.

Struntze caressa son chien et se fendit d'un sourire sinistre.

– Du sable, dit-il. Des tonnes de sable.

Il était seize heures et des poussières quand Moreno quitta l'agent de police Struntze et son chien. Après réflexion, elle décida de retourner à pied à Port Hagen en longeant la plage. Cela représentait une distance de sept à huit kilomètres, au minimum, et lui demanderait environ deux heures. Elle avait déjà constaté qu'elle avait besoin de bouger, alors autant profiter de cette occasion.

Elle avait besoin de réfléchir aussi. Tirer au clair ses relations avec Mikael Bau et un tas d'autres choses. Son intrusion dans l'affaire Lijphart-Maager, par exemple. Si toutefois il s'agissait d'une « affaire ». Quoi qu'il en soit, il n'y avait rien de mieux qu'une promenade au bord de l'eau pour mettre de l'ordre dans des pensées embrouillées.

D'après Van Veeteren.

Si on ne dispose pas d'une voiture pour réfléchir en roulant, on peut toujours tenter une promenade au bord de la mer. S'il y a la mer à proximité.

Il faisait peut-être un peu trop chaud, mais tant pis. Elle descendit à la lisière de l'eau qui se déplaçait au gré des marées, fourra ses sandales dans son sac à dos et entama son retour, pieds nus, dans le sable humide et ferme. C'est vrai qu'une heure plus tôt il était encore recouvert d'eau. Si elle éprouvait le besoin de rafraîchir également d'autres parties de son corps, elle n'aurait qu'à marcher dans l'eau. Sa robe d'été, décolorée et vieille de dix ans, ne risquait rien. Rien du tout.

Du sable jusqu'au bout. Une mer immuable, un paysage de dunes immuable. Le ciel, la mer et la terre. Pourquoi n'ai-je pas fait ce trajet plus tôt ? J'aurais dû.

Elle mit en marche sa machine à réflexions en commençant par celle qui se présentait en premier. Celle qui concernait Mikael Bau.

Pourquoi ç'a mal tourné ? se demanda-t-elle, prête à tout reconsidérer avec tolérance et l'esprit ouvert. Le début avait été très prometteur. Mikael lui avait déclaré son amour et elle avait sérieusement envisagé de s'installer avec lui. Alors pourquoi ?

Elle comprit qu'il n'y avait pas vraiment de réponse. Du moins, pas de réponse claire. Mais, comme elle avait deux heures de marche devant elle, elle en profiterait pour y réfléchir.

En avait-elle assez de lui, tout simplement ? Était-ce aussi banal que ça ? La vraie réponse était-elle aussi prosaïque ?

Et, en poussant plus loin la réflexion, était-elle réellement prête à partager sa vie avec quelqu'un, avec lui ou un autre ?

C'était une question digne d'un magazine pour ados. Pour femmes aussi. Pourtant, la dernière fois qu'elle en avait feuilleté un ne datait pas d'hier. Rien dans ses relations avec Mikael ne justifiait une rupture aussi rapide. Il ne l'avait pas battue, même si l'idée lui avait traversé l'esprit, lors d'un moment de vertige.

Il n'était pas macho. Pas idiot. Il n'avait pas montré de vices cachés ni fait preuve d'un caractère fourbe.

Pas de penchants tortueux. Pas de cadavre dans le placard. Seulement une vieille Trabant.

En avait-elle juste marre ? Était-ce une explication suffisante ?

Elle n'avait pas de reproches à faire, ni à Mikael Bau ni à leur relation de façon générale. Rien de précis. Mais peut-être était-ce justement ça, l'explication. Elle n'avait rien à lui reprocher.

Je n'ai rien à reprocher à mon vieux réfrigérateur non plus, se dit-elle. Mais ça ne me viendrait pas à l'idée de faire un enfant avec lui pour autant.

Il lui fallait quelque chose de plus. L'absence de points négatifs n'était pas suffisante.

Une sacrée chance que j'aie abandonné son tas de ferraille au centre Sidonis, se dit-elle, c'est ça qui m'a ouvert les yeux.

Le syndrome Trabant ?

Elle eut du mal à ne pas éclater de rire. Une *bitch* ? Suis-je en train de devenir une vraie salope ? Cela faisait plusieurs années que Clara Mietens avait mis en pratique ce genre de comportement envers le sexe opposé, mais Eva Moreno ne s'était jamais donné la peine d'essayer d'analyser ou de comprendre cette manière d'être. Et en fait, elle n'avait pas non plus besoin de se donner cette peine. Elle imaginait difficilement une vie sans homme, mais c'était différent pour les trois semaines de vacances qui lui restaient.

Il n'y avait pas de quoi se prendre la tête. La vie à deux avec Mikael Bau avait été parfaite. Et elle n'avait pas besoin de passer plus de temps à l'analyser. Pour quelle raison les femmes éprouvaient-elles toujours le besoin de triturer leur vie affective ? Mettre des mots sur tout ? (Peut-être un effet de la mauvaise conscience constante ?) Il suffisait de se fier à ses sentiments. D'une certaine manière, les femmes avaient tendance à intellectualiser leurs sentiments beaucoup plus que les hommes – à les rendre carrés, selon l'expression de Clara. Ce n'était pas la première fois que cette idée la frappait. Les hommes, eux, se taisaient et s'efforçaient de ressentir.

Enfin, ils se taisaient surtout.

Toujours est-il qu'elle ne lui avait jamais fait de promesses. Aucune. *So what?*

Une femme libre, par conséquent. La première de l'histoire mondiale. Amen.

Pourvu qu'il ne soit pas là à m'attendre, se dit-elle, effrayée. Avec une bonne bouteille de vin et encore un plat délicieux. Je n'aurais pas la force d'affronter une tempête de sentiments ou une séparation dramatique aujourd'hui.

Le soleil se cacha derrière un nuage. Elle remonta ses lunettes sur son front et repoussa à plus tard ses réflexions concernant Mikael Bau.

Elle se rendit compte qu'elle marchait moins vite quand elle ne pensait plus à lui. Comme si son agacement la poussait à maintenir un rythme rapide.

Comme si sa deuxième préoccupation – Mikaela Lijphart et sa famille déchirée – exigeait un engagement plus sérieux et plus entier. Ce qui n'avait rien d'étonnant.

La fille en pleurs dans le train. La mère inquiète.

Le père caché et oublié pendant tant d'années.

Et l'horrible histoire entre lui et la lycéenne Winnie Maas.

Un épilogue seize ans plus tard ? Était-ce possible ?

D'un autre côté, était-il envisageable qu'il n'existe aucun lien avec tout ça ?

Sinon, comment expliquer que Mikaela Lijphart et son père se soient volatilisés à quelques jours d'intervalle ? Après s'être rencontrés pour la première fois depuis seize ans ? En fait, pour la première fois tout court, vu que Mikaela n'avait que deux ans quand on avait enfermé Arnold Maager dans ce centre. Elle pouvait difficilement se souvenir de lui.

La question était donc : est-il possible qu'il n'y ait pas de rapport entre ces deux disparitions ?

Non, certainement pas, décida Eva Moreno. Même un gosse de sept ans était capable de comprendre qu'il existait forcément un lien.

Mais lequel ?

Elle bifurqua de trente degrés et commença à marcher dans l'eau. Elle en avait jusqu'aux genoux. C'était frais et agréable, mais ça ne l'aidait pas. La question demeurait sans réponse. Quel était le lien ? À quoi ressemblait le fil ténu qui reliait 1983 à 1999 ?

Et comment allait-elle faire pour le rembobiner, ce fil ?

Plus elle y pensait, plus il semblait évident que Maager avait raconté quelque chose de décisif à Mikaela au cours de leur promenade dans le parc à Sidonis. D'absolument décisif.

Quelque chose qui avait un rapport avec l'affaire Winnie Maas.

Quelque chose de nouveau ?

Les points d'interrogation s'accumulaient. Mikaela Lijphart ne sachant pas vraiment ce qui s'était passé, le moindre aveu de la part de son père, la moindre révélation gênante, avait dû être un choc pour elle. Que cela corresponde ou non à la version officielle.

Par conséquent, il était impossible de tirer une conclusion ou d'énoncer une hypothèse sur une éventuelle déclaration de Maager. C'était ainsi.

Où Mikaela s'était-elle rendue, le dimanche matin, lorsqu'elle avait pris le bus pour Lejnice ? Était-elle allée voir quelqu'un ? Et dans ce cas, qui ?

Les questions se multiplient plus vite que les lapins, se dit Moreno en se passant de l'eau fraîche sur le visage. Pourquoi je n'arrive pas à émettre une seule hypothèse ? Aucune supposition ? Pas la moindre idée, même sans fondement ? De quoi pouvait-il bien être question ?

Son imagination était à sec. En revanche, une autre question surgit.

Concernant le corps enfoui dans le sable.

Un homme de trente-cinq ans. Enterré depuis une semaine, à supposer que Struntze lui ait dit la vérité. En gros, depuis dimanche dernier.

Un lien ? se demanda Moreno de nouveau.

Quel putain de lien ? se dit-elle aussitôt. En plus j'ai soif...

Elle remonta sur le sable sec et brûlant pour s'acheter un Coca dans une petite échoppe stratégiquement placée pour les promeneurs déshydratés.

Puis elle redescendit aussitôt vers la mer. Vida la canette, qu'elle jeta dans une poubelle placée probablement selon la même stratégie.

Elle regarda sa montre. Seize heures cinquante. Au loin, dans la lumière scintillante, elle crut distinguer la jetée et les bateaux de Port Hagen.

Encore une heure, estima-t-elle. À moins que ce ne soit qu'un mirage. Tout ça ne donne rien. Et je n'ai pas envie de commencer à penser à Franz Lampe-Leermann. Tout, sauf ça !

D'ailleurs, qu'avait dit Vegesack ? Que seulement deux meurtres avaient été commis ici en trente ans ?

Et voilà deux disparitions et un cadavre non identifié en une semaine. Ça valait bien le coup de regarder ça de plus près, non ?

Mais, au lieu de se stresser avec des questions grandiloquentes sans réponse, l'inspectrice Moreno se mit à penser aux dispositions à prendre pour les jours suivants. Puisqu'elle restait jusqu'au jeudi.

C'est bien ce qu'elle avait décidé de faire, non ?

Ne serait-ce que pour payer la réparation de la voiture de son ex-petit ami (fiancé ? homme ? amant ?).

Finalement, il ne l'attendait pas lorsqu'elle arriva à la Tschandala, plus fatiguée et assoiffée qu'elle n'avait pu l'imaginer en partant.

Il était dix-huit heures cinq. La Trabant de couleur vert militaire était garée devant la grille, une enveloppe glissée sous un des essuie-glaces et Montezuma endormie sur le toit.

Mais pas de Mikael Bau. S'il avait été là, elle l'aurait trouvé assis sur la terrasse. Elle prit la facture, laissa Montezuma roupiller et entra dans la maison pour faire sa valise.

Pas de lettre, pas de message. Rien n'indiquant qu'il était revenu de Lejnice.

Voilà, se dit Eva Moreno, une fois sa valise terminée. Une bonne chose de faite. Elle s'arrêta un instant dans la cuisine, pensant laisser un mot, mais décida d'y renoncer.

Aucune inspiration, se dit-elle.

En revanche, beaucoup de transpiration. Je suis fatiguée et sale, et j'espère que la douche à mon hôtel de luxe fonctionne.

Elle attrapa sa valise et son sac à dos, commença à marcher vers l'arrêt de bus. Il était dix-huit heures quarante-cinq. Si elle avait bien lu les horaires, il y avait un bus à moins cinq.

Ça doit être la ligne qui dessert l'auberge de jeunesse, constata-t-elle. Je me demande si les chauffeurs sont nombreux.

27

Le 20 juillet 1999

La petite amie du lieutenant stagiaire Vegesack se nommait Marlene Urdis. La veille au soir, ils s'étaient solennellement promis de ne pas faire l'amour encore cette nuit-là. Deux nuits de suite plus l'après-midi, c'était suffisant.

Ils s'étaient donc couchés et endormis avant vingt-trois heures, mais, quelques heures plus tard, elle s'était un peu trop approchée de lui, et voilà, c'était encore foutu. Pas moyen d'y échapper. Comme si leur séparation de trois semaines (Marlene avait fait un séjour en Sicile avec une amie, en partie financé par un mensuel de décoration, où elle avait combiné travail et vacances) avait laissé un vide, un vacuum érotique qui ne demandait qu'à être comblé rétroactivement. Chaque occasion ratée devait être compensée, rapidement et minutieusement.

Car on ne vit qu'une fois. Et encore…

Étrange, vraiment étrange, se dit Vegesack en vidant sa deuxième tasse de café noir à sept heures et demie du matin. Et épuisant. À ce rythme, il allait être obligé de se mettre en arrêt maladie. Marlene, étudiante en architecture, était en vacances et pouvait faire la grasse matinée. Tandis que lui était obligé d'aller au commissariat et de rester éveillé grâce aux moyens dont il disposait.

C'est-à-dire au café. *The heartblood of tired men*, comme disait le grand Chandler.

Et à un meurtre, se rappela-t-il.

Et peut-être aussi à la belle inspectrice. Celle qui refusait de lâcher la vieille affaire Maager. Dieu seul savait pourquoi. Enfin, encore une chance qu'il ait de quoi s'occuper, conclut-il de façon optimiste en sortant son vélo du garage. Cela lui permettrait peut-être de rester conscient un jour de plus.

À condition qu'il ne tombe pas de son vélo en se rendant au commissariat. Ce qui ne lui était encore jamais arrivé.

Le commissaire principal Vrommel n'était pas encore là. En revanche, Mlle Glossmann du secrétariat et un des agents, Helme, étaient fidèles au poste. Comme d'habitude.

Était également présente une blonde d'une trentaine d'années bien tassées qui avait dû passer plusieurs centaines d'heures au soleil au cours de cette dernière semaine. Elle était installée en face de Helme et mordillait sa lèvre inférieure couleur fuchsia pendant que Helme écrivait quelque chose dans son bloc-notes.

– Bien, dit-il en voyant Vegesack apparaître dans l'embrasure de la porte. Voici Damita Fuchsbein. Elle attend depuis un quart d'heure. Mais je préférerais que ce soit toi ou Vrommel qui vous occupiez d'elle.

Vegesack tendit la main à la femme et se présenta.

– De quoi s'agit-il ? demanda-t-il.

– Du corps retrouvé sur la plage, répondit Helme sans beaucoup de discrétion avant que Damita Fuchsbein ait eu le temps de lâcher sa lèvre inférieure.

– Je vois, dit Vegesack.

Il regarda sa montre. Presque huit heures. Vrommel était rarement là avant neuf heures. Il arriverait peut-être un peu plus tôt aujourd'hui compte tenu des circonstances… Il avait aussi une réunion avec les collègues de Wallburg. Mais pourquoi attendre ?

Oui, pourquoi ? Il demanda à la femme de le suivre jusqu'à son propre bureau. Lui proposa un café, mais elle fit un signe de refus de la tête. Ses boucles sèches bruissaient.

– Alors ? dit-il en faisant cliqueter son stylo à bille. Qu'avez-vous à dire ?

– Je crois savoir qui c'est.

– L'homme de la plage ?

– Oui. J'ai appris hier soir qu'on avait trouvé un corps et que vous ne l'aviez pas encore identifié.

– C'est exact, confirma Vegesack tout en se demandant s'il avait déjà vu cette femme.

Il ne pensait pas mais il était loin d'en être sûr. Sa peau et ses cheveux étaient sans doute d'une autre couleur à d'autres périodes de l'année. En tout cas, Damita Fuchsbein avait visiblement une passion et elle ne faisait rien pour la cacher. Le corps. Son corps.

– Qui ? demanda-t-il.

Elle s'éclaircit la voix et cligna des paupières.

– Tim Van Rippe, dit-elle. Vous savez qui c'est ?

Vegesack nota le nom. Réfléchit et dit qu'il ne pensait pas le connaître.

– Il habite à Klimmerstoft et travaille chez Klingsmann. Comment dire... ? On n'a pas vraiment une liaison mais il nous arrive de nous voir. Et lundi, on avait décidé d'aller à Wimsbaden... au festival de musique... mais il n'est pas venu. J'ai téléphoné toute la semaine pour essayer de le contacter, mais il n'a jamais répondu.

Sa voix tremblait légèrement. Vegesack comprit que sous cette surface plastique elle luttait contre les larmes.

– Tim Van Rippe ? Avez-vous une raison précise de penser qu'il s'agit bien de lui ? Autre chose que l'impossibilité de le joindre ?

Damita Fuchsbein inspira lourdement et rectifia sa coiffure.

– J'ai parlé avec d'autres gens qui ont aussi essayé de le joindre. Personne ne semble l'avoir vu depuis dimanche. Dimanche dernier, je veux dire.

– Il a une famille ?

– Non.

– Quelqu'un d'autre ? Des frères et sœurs ? Des parents ?

– Je sais qu'il a un frère à Aarlach. Son père est mort, mais je crois que sa mère est encore en vie. Elle n'habite pas ici, elle non plus. Il me semble qu'elle est remariée et qu'elle vit à Karpatz.

Vegesack nota.

– Hum, fit-il. Il va donc falloir qu'on aille ensemble jeter un œil sur le corps. Vous vous sentez suffisamment forte pour le faire ? Il se peut que ce soit un peu désagréable.

Quel euphémisme ! pensa-t-il.

– Où se trouve le… corps ?

– À Wallburg. À l'institut médicolégal. Je vais vous y emmener, on sera de retour dans une heure et demie.

Damita Fuchsbein eut l'air indécise. Puis elle se ressaisit et posa ses mains sur ses genoux.

– OK, dit-elle. J'imagine que je n'ai pas le choix.

C'était bien Tim Van Rippe.

Du moins si on pouvait se fier à Damita Fuchsbein, et il n'y avait aucune raison de mettre en doute sa confirmation baignée de larmes. Vegesack, secondé par le médecin légiste en personne, le Dr Goorman, dont le surpoids était non négligeable, et par une femme policier, passa un bon moment à essayer de consoler la pauvre femme désespérée. Vegesack finit par se demander si, en réalité, elle n'était pas plus proche du mort qu'elle n'avait voulu l'admettre tout à l'heure.

Peut-être, peut-être pas, se dit Vegesack. Ça finira bien par se préciser.

Alors qu'ils étaient tous installés dans le bureau encombré de Goorman, occupés à fournir des mouchoirs en papier à la femme éplorée, arriva l'inspecteur Kohler, un des deux policiers envoyés par Wallburg pour prêter main-forte à l'équipe de Vrommel dans cette enquête. Kohler était un quinquagénaire discret aux cheveux rares qui fit aussitôt bonne impression à Vegesack. Il proposa de rechercher et de contacter la famille de Van Rippe – son frère à Aarlach et sa mère à Karpatz, si on pouvait se fier aux renseignements que Damita Fuchsbein leur avait fournis tant qu'elle était encore capable de s'exprimer.

Mais il n'y avait aucune raison de mettre en doute ces informations-là non plus.

Quant à Vegesack, il se chargea de Mlle Fuchsbein. Il l'escorta doucement de la morgue à l'un des troquets sur la place, où il lui offrit un café et un verre de cognac avant de l'inviter à monter dans sa voiture pour retourner à Lejnice.

Il l'accompagna ensuite à son appartement dans le Goopsweg et promit de l'appeler dans la soirée pour prendre de ses nouvelles.

Mais ne va pas t'allonger au soleil aujourd'hui, lui recommanda-t-il sans le dire.

Quand il fut de retour au commissariat, il était onze heures dix et Vrommel venait de commencer une conférence de presse au sujet de la macabre découverte sur la plage. Vegesack s'installa sur une chaise libre derrière une dizaine de journalistes pour écouter.

Oui, on travaillait d'arrache-pied.

Oui, il y avait de bonnes raisons de penser qu'il s'agissait d'un assassinat. Il était plutôt rare que les gens meurent de mort naturelle de cette façon et qu'ils s'ensevelissent ensuite dans le sable.

Oui, les recherches se faisaient tous azimuts, mais on ne disposait d'aucune piste sérieuse. Wallburg avait mis des hommes à sa disposition.

Oui, c'était bien le commissaire principal en personne qui menait l'enquête; on n'avait pas encore de suspect et on attendait toujours les résultats de certains examens techniques.

Non, le mort n'avait pas encore été identifié.

J'aurais dû l'appeler de Wallburg, se dit Vegesack.

Eva Moreno fut réveillée à sept heures moins le quart par le soleil qui lui tapait en plein visage. Elle avait pourtant baissé le vieux store bleu sombre avant d'aller au lit, mais celui-ci avait dû avoir un coup de fatigue dans la nuit et s'était enroulé. Apparemment en toute discrétion, puisqu'elle n'avait rien entendu.

Elle se redressa et, après un moment d'hésitation, elle alla attraper dans son sac à dos un short, un tee-shirt et ses chaussures de sport.

Elle prit la direction de la plage, bien sûr. Vers le sud, cette fois, pour éviter des souvenirs trop encombrants d'amants (d'hommes ? de petits amis ? de fiancés ?) délaissés et de corps retrouvés dans le sable.

C'était le premier matin du monde, elle le sentit immédiatement. La plage était déserte et la mer s'étendait, calme comme un miroir. Déjà au bout de quelques centaines de mètres, elle se demanda pour quelle raison inexplicable elle ne commençait pas toujours ses journées comme ça. Existait-il l'ombre d'une raison ?

Oui, sans doute. Les matins venteux de janvier n'avaient éventuellement pas le même charme. Et la mer se faisait rare au centre de Maardam.

Au bout d'une vingtaine de minutes, elle rebroussa chemin et fut de retour à Dombrowski à huit heures moins le quart. Elle se doucha et prit son petit déjeuner dans le jardin ombragé en compagnie de deux quotidiens. Le cadavre était évoqué dans les deux – surtout dans le *Westerblatt*, bien sûr, qui était le journal local–, et tout en lisant, en buvant son café et en mastiquant le pain aux céréales fait maison garni de fromage et de rondelles de poivron, elle s'efforça de mettre au point une stratégie pour la journée.

Ce qui n'était pas évident. Avant tout, il fallait s'arranger pour rester discrète vis-à-vis de la police de Lejnice. La situation n'était pas habituelle, certes, mais il semblait assez clair que Vrommel n'était pas franchement favorable à sa participation. La raison était sans doute discutable, mais, pour l'instant, le plus sûr était de s'en tenir à Vegesack – et autant attendre l'après-midi. Ne serait-ce que pour se donner la possibilité d'avancer un peu. Et puis Vegesack avait besoin de calme, lui aussi, pour travailler, même si jusqu'à présent il n'avait pas fait preuve d'une perspicacité extraordinaire.

Mais ce serait trop lui demander. Compte tenu de la venue récente de sa fiancée. Il avait cependant promis de vérifier si quelqu'un avait rendu visite à Maager à Sidonis, ou lui avait téléphoné. Il fallait à tout prix tirer cela au clair le plus vite possible.

Elle avait tout juste formulé cette pensée quand son portable sonna.

C'était Mikael Bau. Ils s'étaient parlé pendant un quart d'heure, la veille au soir. Le sujet de la conversation n'avait pas été très profond, mais ils avaient au moins réussi à communiquer, ce qui n'était déjà pas si mal.

Et il n'avait pas dit qu'il l'aimait.

Cette fois, il l'appelait pour l'informer qu'il se chargeait lui-même de la facture de Kluivert, Kluivert et fils. Il avait réfléchi et trouvait qu'il avait été injuste. Après une brève discussion, elle accepta sa proposition.

La conversation terminée, elle s'aperçut qu'elle avait du mal à réprimer un sourire triomphant. Elle attrapa son bloc-notes et écrivit trois questions :

Qu'est-il arrivé à Mikaela Lijphart ?
Qu'est-il arrivé à Arnold Maager ?
Que m'est-il arrivé pour que je passe mon temps à m'occuper de ces histoires au lieu de profiter de mes vacances comme l'aurait fait toute personne normalement constituée ?

Elle relut les questions tout en vidant sa tasse de café. Elle ajouta ensuite une quatrième question :

Que pourrais-je faire aujourd'hui pour trouver la réponse à au moins une de ces questions ?

Elle réfléchit encore un moment. Le plan A était au point.

Il était neuf heures moins cinq. La journée avait plutôt bien commencé.

La femme qui ouvrit la porte lui fit penser à un poisson.

Peut-être à cause de son physique. Peut-être à cause de son odeur. Probablement une alliance des deux, l'un renforçant l'autre.

– Madame Maas ?

– Oui.

Eva Moreno se présenta et demanda l'autorisation d'entrer pour un petit entretien.

Sa demande fut refusée.

Elle lui proposa alors d'aller prendre un verre quelque part. À la terrasse de Strand, peut-être.

Sa proposition fut acceptée.

Mais pas à la terrasse de Strand, où il n'y avait que de gros capitalistes et des imbéciles, expliqua Mme Maas, qui prit l'initiative de se diriger vers le café Darm, sur la place de la gare routière. Un endroit où les gens convenables pouvaient s'installer pour regarder la foule. Et quand on en avait marre de regarder la foule, on pouvait toujours regarder les pigeons.

Absolument parfait, donc. Mais qu'est-ce qu'elle lui voulait, putain ?

Moreno attendit qu'on leur apporte le cognac et le café. Puis elle expliqua qu'elle était détective privée et qu'elle cherchait une fille de dix-huit ans. Et que cela avait un certain rapport avec la mort, dans des circonstances tragiques, de sa fille Winnie. Seize ans auparavant. C'était bien ça ?

– Une flic privée ? fit Sigrid Maas en vidant son verre de cognac. Allez vous faire foutre.

Une salope ! se dit Eva Moreno. J'ai encore des choses à apprendre.

– Je vais vous faciliter la tâche, dit-elle en protégeant son propre verre de la main. Si vous répondez sincèrement à mes questions et si vous vous abstenez de me raconter des conneries et d'être injurieuse, je vous donnerai cinquante guldens.

Sigrid Maas la fusilla du regard et serra les lèvres. Elle ne répondit pas mais, visiblement, elle soupesait la proposition.

– Vous pouvez aussi prendre mon cognac, ajouta Moreno en enlevant sa main.

– Si tu essaies de me rouler, je te tue, riposta Sigrid Maas.

– Je n'essaie pas de vous rouler, assura Moreno tout en vérifiant qu'elle avait bien cinquante guldens dans son porte-monnaie. Comment pourrais-je vous rouler ?

Sigrid Maas ne répondit pas. Elle alluma une cigarette et rapprocha le verre de cognac.

– Allez, vas-y !

– Mikaela Lijphart, dit Moreno. C'est la fille d'Arnold Maager, l'assassin de Winnie. Une fille de dix-huit ans, donc, elle avait deux ans au moment du crime. Ma première question est la suivante : est-elle venue vous voir au cours de ces dernières semaines ?

Sigrid Maas tira sur sa cigarette et huma l'odeur du cognac.

– Elle est venue. Dimanche il y a plus d'une semaine, je crois. J'sais pas pourquoi elle est venue, ni pourquoi je l'ai fait entrer... La fille du salopard qui a détruit ma vie. J'ai trop bon cœur, c'est tout.

Pendant un bref instant, Moreno soupçonna la femme de lui raconter des histoires. Pour lui être agréable et pour ne pas rater la gratification promise, peut-être. Mais ça allait être facile à contrôler.

– Comment était-elle ?

Sigrid Maas la dévisagea l'espace d'une seconde. Puis elle s'adossa à sa chaise et se lança dans une description colorée de Mikaela Lijphart. Moreno eut rapidement la conviction qu'il s'agissait de la même fille. Sans aucune hésitation. Mikaela Lijphart avait bien rendu visite à Sigrid Maas.

Soudain elle perçut un frémissement intérieur, un petit frisson bref, presque la sensation d'être défoncée. C'était sans doute pour ça qu'elle était devenue flic. Si elle voulait être tout à fait honnête.

Ou, du moins, c'était grâce à ce petit frémissement qu'elle était restée dans la profession.

Quelque chose s'enclencha. Un soupçon se confirmait et de vagues suppositions devenaient réalité. Son appétit de vivre s'intensifia. Cela avait presque une pointe de sensualité.

Elle n'en avait jamais parlé à personne, même pas à Münster. Peut-être parce qu'elle avait peur de ne pas être prise au sérieux, ou qu'on ne se moque d'elle, mais aussi parce qu'elle n'en avait jamais éprouvé le besoin. Elle n'avait pas besoin de discuter de cette jouissance avec quelqu'un, ni de chercher à la qualifier. Le fait qu'elle la ressente lui suffisait amplement.

Et là, dans ce troquet, en compagnie d'une femme ravagée et alcoolisée, elle avait de nouveau cette sensation vibrante. Mikaela Lijphart était passée chez Sigrid Maas. Ce dimanche. Exactement comme elle l'avait supposé.

Exactement comme elle l'aurait fait à la place de Mikaela Lijphart. Elle serait allée rencontrer la mère de la pauvre fille que son père avait assassinée. Elle serait allée la voir pour… Oui, pourquoi ?

Difficile à dire. Certaines démarches étaient si évidentes qu'il n'était pas nécessaire de les analyser. Elles étaient machinales, d'une certaine manière, et presque toujours logiques dans leur contexte. Aussi instinctivement évidentes que ce petit tremblement.

– Pourquoi cherchez-vous cette putain de gamine ? demanda soudain Sigrid Maas.

– Elle a disparu, répéta Eva Moreno.

– Disparu ?

– Oui. Personne ne l'a vue depuis le dimanche où elle est venue vous voir. Il y a neuf jours de ça.

– Ah bon. Elle a dû foutre le camp avec un mec. Elles sont toutes comme ça, à son âge.

Elle but une gorgée de café et vida ensuite le contenu du

verre de cognac dans la tasse. Elle respira le mélange avec la mine aguerrie d'une connaisseuse. Pas un instant Moreno ne mettait en doute le fait que Sigrid Maas ait eu l'habitude de fuguer avec des mecs à cet âge-là. En revanche, ce n'était sûrement pas le cas de Mikaela Lijphart.

– De quoi avez-vous parlé? demanda-t-elle.

– De pas grand-chose. Elle voulait qu'on discute de son salaud de père, mais j'en avais pas envie, moi. Je ne vois pas pourquoi je serais obligée de me rappeler ce putain de salopard qui a tué ma fille. Vous pouvez me le dire?

Moreno ne le pouvait pas.

– Vous savez qu'Arnold Maager se trouve au centre Sidonis? demanda-t-elle à la place.

– Bien sûr que je le sais! Je me fous complètement d'où il est, pourvu que j'aie pas à penser à lui. Ou qu'on m'en parle pas.

– Vous avez donc parlé d'autre chose avec Mikaela Lijphart? demanda Moreno.

Sigrid Maas haussa les épaules.

– Me souviens pas. On s'est pas dit grand-chose. Elle était d'ailleurs assez insolente, la demoiselle.

– Insolente? Comment?

– Elle a prétendu que c'était peut-être pas lui.

– Pas lui? Que voulez-vous dire?

– Elle a commencé à raconter des conneries et à dire qu'il se pourrait qu'elle ait sauté du pont elle-même. Ma Winnie? Quoi? Ça m'a foutue en rogne, bien sûr, et je lui ai demandé de la boucler.

– Elle a expliqué pourquoi?

– Quoi?

– Si elle a insinué que son père pouvait être innocent, elle devait bien avoir une raison.

Sigrid Maas écrasa sa cigarette et se mit aussitôt à en chercher une autre dans son paquet.

– Comment voulez-vous que je le sache, merde? Des

conneries, tout ça, mais elle était allée chez les fous pour discuter avec lui. Et il n'avait pas assez de couilles pour assumer ça, cette espèce de lâche ! Bien sûr que c'est lui. Coucher avec une gamine ! Une môme de seize ans ! Avec ma Winnie ! Vous imaginez le genre de salopard que c'est !

Moreno réfléchit.

– Qu'est-ce qu'elle a fait, après ?

– Quoi ?

– Savez-vous où Mikaela Lijphart est allée après avoir parlé avec vous ?

Sigrid Maas alluma la cigarette, l'air de réfléchir.

– J'en sais rien, finit-elle par dire.

Moreno attendait en silence.

– Elle voulait parler avec quelqu'un d'autre, j'imagine, ajouta Sigrid Maas, à contrecœur, au bout d'un moment. Des copains de Winnie. J'me demande bien pourquoi.

Elle but une grosse gorgée de son mélange et ferma les yeux en l'avalant.

– Avec qui ? Vous lui avez donné des noms ?

Avec l'air de quelqu'un qui n'a pas envie d'en dire plus, Sigrid Maas tira sur sa cigarette en s'efforçant de paraître nonchalante.

– Vous ne méritez pas vraiment les cinquante guldens, fit remarquer Moreno.

– Deux ou trois, reprit Sigrid Maas. Deux ou trois noms, si je me souviens bien… vu qu'elle était tellement têtue, et bavarde comme une pie. J'avais du mal à m'en débarrasser. Alors je lui ai dit d'aller voir Vera Sauger et de me foutre la paix.

– Vera Sauger ?

– Une fille super. La meilleure copine de ma Winnie depuis l'école primaire. Elle a continué à me donner de ses nouvelles quand tous les autres m'ont laissée tomber et ont préféré tourner leurs regards vers le cul du bon Dieu quand on se croisait en ville.

« Le cul du bon Dieu », se dit Moreno. Voilà une expression qu'aurait appréciée Reinhart.

– Vous avez donc suggéré à Mikaela Lijphart d'aller voir Vera Sauger ?

Sigrid Maas acquiesça d'un signe de tête et vida sa tasse. Fit une grimace.

– Vous savez si elle y est allée ?

– Comment voulez-vous que je le sache, merde ? Je lui ai juste donné son numéro de téléphone. Allez, crachez ce putain de billet de cinquante, maintenant. J'ai autre chose à foutre que de passer mon temps à me faire emmerder.

Moreno se dit qu'elle avait autre chose à faire, elle aussi. Elle tendit le billet à Sigrid Maas et la remercia de son aide. Sigrid Maas prit l'argent et s'en alla sans un mot.

Vera Sauger ? répéta Eva Moreno. Ça me dit quelque chose.

28

– Van Rippe ? demanda l'inspecteur Kohler. Que savez-vous de lui ?

Vrommel chassa une mouche qui était irrésistiblement et de façon tout à fait incompréhensible (du moins aux yeux de Vegesack) attirée par le crâne luisant de sueur de son patron. À moins qu'elle n'ait senti que c'était bien un fumier, se dit-il. Et il inscrivit cette réflexion dans son calepin noir.

– Nous savons ce que nous savons, répondit le commissaire principal. (Il lut la feuille qu'il tenait dans sa main.) Trente-quatre ans. Il est né et a grandi à Klimmerstoft, où il était également domicilié. Célibataire. Il travaillait depuis quatre ans chez Klingsmann, une usine de meubles. Pas grand-chose à dire à son sujet. Pas de liaison fixe. Une femme avait vécu chez lui pendant quelques années, mais leur relation était terminée. Pas d'enfants. A fait du foot quelques années, mais a arrêté après une blessure au genou. Pas de charge criminelle contre lui, jamais mêlé à quoi que ce soit… Pas d'ennemis, d'après ce qu'on nous a dit.

– Catholique pratiquant ? Ami de la Terre ? Bénévole à la Croix-Rouge ? s'enquit le deuxième inspecteur de Wallburg, qui se nommait Baasteuwel.

C'était un homme d'une quarantaine d'années, pas très grand, plutôt négligé. Perspicace, d'après la rumeur. Bref, en tout point l'opposé de Vrommel, constata Vegesack, qui prenait un malin plaisir à observer leur antipathie réciproque. Et, cerise sur le gâteau, Baasteuwel fumait des cigarettes puantes de façon continue, se fichant totalement des reproches plus ou moins ouvertement exprimés de Vrommel. On n'était pas à l'école maternelle, merde!

– Pour l'instant, nous n'en savons rien, grommela Vrommel. Nous l'avons identifié seulement ce matin et n'avons entendu que deux ou trois de ses amis. Il a un frère, et sa mère est en vie. Nous avons retrouvé le frère, qui ne va pas tarder à arriver. La mère, elle, est en vacances en France, mais elle revient demain en voiture, à ce qu'il paraît. Après-demain, au plus tard.

– Un portable? demanda Kohler.

– Négatif. On en saura plus sur Van Rippe quand on aura pu interroger davantage de gens. En tout cas, il semble avoir disparu dimanche dernier. Pouvons-nous passer au côté technique, maintenant ?

– Pourquoi pas?

Baasteuwel écrasa sa cigarette et en alluma une autre.

Vrommel ramassa ses papiers et adressa un signe à Vegesack, qui but une gorgée d'eau minérale avant de faire un compte rendu.

Qui dura dix minutes, à peine. Tim Van Rippe était mort le dimanche ou le lundi, la semaine précédente. L'arme, encore non identifiée et non spécifiée, était pointue mais pas forcément tranchante. Probablement en métal. Entrée par l'œil gauche, elle avait pénétré jusqu'au cerveau. Les lésions étaient telles que Van Rippe était cliniquement mort au bout de trois secondes. En soi, il n'était pas inconcevable qu'il soit lui-même à l'origine de l'acte létal, mais si c'était le cas, il y avait nécessairement eu une deuxième personne, encore non identifiée et non spécifiée, pour se charger ensuite de l'arme et pour enfouir Van Rippe dans le sable.

Le corps avait passé environ une semaine à l'endroit où Henning Keeswarden et Fingal Wielki, respectivement six et quatre ans, l'avaient trouvé. D'après le médecin légiste, le Dr Goorman, il était impossible de déterminer avec précision combien de temps s'était écoulé entre le moment du décès et celui de l'ensevelissement, mais il n'y avait aucune raison de penser qu'il ait été particulièrement long.

Voilà ce que disait la science médicale. En ce qui concernait le résultat du travail des techniciens, il fallait encore attendre. Une soixantaine d'objets avaient été envoyés à l'institut médicolégal de Maardam pour analyse. La seule chose que l'on pouvait affirmer avec certitude pour l'instant était que l'arme fatale ne se trouvait pas parmi ces objets. Et qu'on n'avait encore aucune indication quant à l'aspect de celle-ci.

Ni quant à l'identité de celui ou de celle qui l'avait tenue dans sa main.

Le fait que la victime soit vêtue d'une chemisette, d'un jean et d'un slip, mais qu'elle n'ait ni chaussures, ni chaussettes, ni objets personnels, ne nécessitait aucun commentaire de la part des techniciens. Tous ceux qui s'étaient rendus sur les lieux le savaient déjà.

Personnellement, Vegesack n'y était pas encore allé. Le rapport terminé, il jeta un regard circulaire autour de la table.

– Ivre ? demanda Baasteuwel.

– Non, répondit Vegesack. Mais demain nous en saurons davantage sur le contenu de son estomac.

– Qui est le dernier à l'avoir vu ?

– Il était allé à la pêche avec un ami, le dimanche matin. C'est possible que ce soit lui.

– On a interrogé cet ami ?

– Oui, au téléphone. Je m'en occupe ce soir, répliqua Vrommel.

Visiblement insatisfait, Baasteuwel s'abstint cependant de poser d'autres questions.

– Ç'a dû se passer la nuit, suggéra Kohler au bout de quelques secondes de silence. Dans la journée il y a du monde sur la plage, non ?

– Oui, il y a foule, confirma Vegesack. À mon avis, on doit hésiter à y assassiner quelqu'un en plein jour.

– Voilà, dit Vrommel en se battant de nouveau avec la mouche. On arrête là. Je vous propose de regagner vos pénates, à moins que nos amis de Wallburg n'aient des idées susceptibles d'étoffer nos connaissances actuelles. Il nous reste encore quelques personnes à interroger, mais le lieutenant et moi-même saurons nous débrouiller sans votre aide.

L'inspecteur Kohler ferma son calepin et le rangea dans sa serviette marron qui avait l'air d'avoir survécu à au moins deux guerres. Baasteuwel mit ses cendres dans sa tasse de café et passa sa main sur son menton mal rasé.

– OK, dit-il. Nous reviendrons demain matin à neuf heures. Mais d'ici là tâchez d'y voir un peu plus clair. C'est d'un assassinat qu'il s'agit, bordel, pas d'un putain de goûter d'anniversaire.

Vegesack entendit son patron grincer des dents. Aucun mot ne parvint cependant à s'échapper de sa bouche, ce qui était vraisemblablement une bonne chose. Trente secondes plus tard, ils étaient seuls dans le bureau, personne n'ayant plus rien à ajouter.

– Maintenant tu n'as plus qu'à ranger, ordonna Vrommel, et démerde-toi pour aérer. Tu ne partiras pas d'ici avant que ce soit fait.

Vegesack jeta un regard furtif à sa montre. Il était seize heures quarante.

– Et les interrogatoires ?

– Je m'en occupe, dit Vrommel en se levant. Toi, tu fais le ménage et tu fermes à clé. Bonsoir, lieutenant. Et n'oublie pas : pas un mot à ces conards de journalistes. À demain.

– Bonsoir, patron, dit Vegesack.

Moreno attendait devant un verre de bière à moitié vide quand Vegesack arriva à la Terrasse de la Plage.

– Désolé du retard. Ç'a été un peu plus long que prévu.

– Généralement, quand il s'agit d'un assassinat, l'enquête demande du temps, fit-elle remarquer.

Vegesack évita d'expliquer que c'était surtout le ménage qui avait demandé du temps. Il commanda une bière et s'installa.

– Tu as passé une bonne journée de vacances ?

Moreno haussa les épaules.

– Ça va. J'ai rencontré la mère de la fille.

– La mère de qui ?

– De Winnie Maas.

– Ah oui ? Une femme sympa.

– Tu la connais ?

– Tout le monde la connaît.

– Je vois. Toujours est-il qu'elle a eu la visite de Mikaela Lijphart, dimanche dernier.

Vegesack haussa un sourcil.

– Merde alors. Et qu'est-ce qu'elle avait à te raconter, Mme Maas ?

– Pas grand-chose. Elle m'a dit qu'elle avait parlé avec la fille et qu'elle l'avait envoyée ailleurs. Chez Vera Sauger. Ce nom te dit quelque chose ?

Vegesack réfléchit le temps que le serveur lui apporte sa bière.

– Je ne crois pas. Ça serait qui ?

– Une copine de Winnie. D'après sa mère, du moins. Elle a conseillé à Mikaela Lijphart de s'adresser à elle, si elle voulait des renseignements sur Winnie. Et c'est peut-être ce qu'elle a fait.

Vegesack but une grande gorgée et ferma les yeux de satisfaction.

– Qu'est-ce que c'est bon, dit-il. Mais ça, je le savais déjà. Je suppose que tu l'as retrouvée, elle aussi ?

Moreno poussa un soupir.

– Oui. Presque. Elle est partie dans les îles et ne revient que demain soir. Je crois qu'on appelle ça des vacances. Je me suis contentée de sa voisine qui s'occupe de ses perruches et de ses plantes vertes pendant son absence.

– Oui, à cette époque de l'année, les gens sont rarement chez eux, confirma Vegesack.

– Exact. Et toi, qu'est-ce que ça donne ? Tu as pu avancer ? Avec l'avis de recherche, par exemple ?

Vegesack secoua la tête.

– Je crains que ça n'ait rien donné. La femme de Frigge est venue, mais elle était tellement peu sûre d'elle qu'elle n'a rien osé affirmer. Il est possible que ce soit Mikaela Lijphart qu'elle ait vue à la gare. Mais ça pouvait tout aussi bien être quelqu'un d'autre.

– Pas d'autres informations ?

– Non. Mais j'ai aussi consacré un peu de temps au centre Sidonis. Je ne suis pas sûr que ç'ait donné grand-chose non plus, mais j'avais promis d'essayer.

Il fit une pause, se frotta les tempes un moment avant de reprendre. Moreno attendait.

– Je me suis entretenu avec quelques personnes, mais aucune ne se souvient d'un éventuel coup de fil à Maager avant sa disparition. Et il est exclu qu'il ait reçu de la visite sans que le personnel soit au courant. Absolument exclu, d'après eux. Mais, si quelqu'un voulait l'éloigner du centre... pour une raison ou une autre... il existe des variantes plus simples.

– Lesquelles ?

– Le parc, dit Vegesack. Celui qui entoure les bâtiments. Oui, c'est vrai que tu y es allée, toi aussi. Maager a l'habitude de s'y promener tous les jours. Ça ne serait pas difficile de le guetter de la forêt et de le coincer quand il est suffisamment loin des bâtiments. Le mur ne ferme pas entièrement la propriété. On va envoyer des hommes pour ratisser les environs. Il se peut très bien qu'il soit dans la forêt, tout simplement.

Moreno ne fit pas de commentaire. Pendant trente secondes elle regarda la même plage et la même mer que Vegesack.

Et les mêmes gens, les mêmes chiens qui couraient pour rattraper des bâtons, les mêmes groupes de vacanciers. Pourtant, depuis quelques jours, elle avait l'impression que le temps avait tout recouvert d'une sorte de voile. Comme si cette vie-là ne la concernait plus.

– Et pourquoi quelqu'un voudrait-il s'en prendre à Arnold Maager ? demanda-t-elle.

Vegesack haussa les épaules.

– Je ne sais pas. Il n'est plus au centre Sidonis et il y a forcément quelque chose derrière cette disparition.

– Et sa femme, Sigrid Lijphart ? Où en sommes-nous en ce qui la concerne ?

– Elle appelle tous les jours pour nous demander pourquoi nous ne faisons rien.

– Quelle a été sa réaction quand elle a appris que Maager avait disparu, lui aussi ?

– Difficile à dire, répondit Vegesack en fronçant les sourcils. C'est sa fille qui l'intéresse. Je ne pense pas qu'elle se préoccupe de la vie ou de la mort de son ex-mari. Demain, on va faire publier d'autres avis de recherche. Dans les journaux.

Eva Moreno réfléchit encore un moment. Elle essayait de se faire une image d'Arnold Maager, mais elle avait du mal. Les seules indications qu'elle avait sur son physique étaient celles que lui avaient fournies de vieilles photos. En revanche, ce qu'il avait fait seize ans auparavant était devenu nettement plus clair… Comme si les actes dissimulaient celui qui les avait accomplis et le rendaient incompréhensible, voire irresponsable. Ce n'était pas un raisonnement absurde en soi, et il n'était pas impossible qu'il existe des points communs avec le voile qui recouvrait la plage. Arnold Maager devait être quelqu'un de terriblement fragile, se dit-elle. Il l'était sans doute déjà à l'époque.

– Jolie histoire, finit-elle par dire. La fille a disparu, le père a disparu. Tu peux me dire ce qui se passe, merde ?

– Mouais. Je n'ai pas eu trop le temps d'y réfléchir, en fait. Je me suis surtout occupé du gars de la plage. Tim Van Rippe.

– Ah oui, j'avais oublié, dit Eva Moreno. Et qu'est-ce que ça donne ?

– Tout ce dont nous sommes sûrs, c'est que nous ne sommes sûrs de rien, déclara Vegesack avant de vider son verre de bière.

– Hmm, grommela Moreno. Il me semble que c'est justement ça qui est à la base de toute connaissance…

29

Aaron Wicker, rédacteur en chef à Lejnice du quotidien régional le *Westerblatt*, ne portait pas le commissaire principal de la ville dans son cœur.

Cela datait du début des années 1990, lorsque Vrommel s'était introduit dans les locaux du journal pour faire une perquisition. Depuis, Wicker nourrissait une aversion profonde pour le représentant de la loi de sa ville. Il n'essayait même pas de la dissimuler. Ni de l'analyser.

La merde restera de la merde, se disait-il. Et ce n'est pas toujours le dernier qui a parlé qui a raison.

Le prétexte de cette perquisition était une alerte à la bombe signalée par un appel anonyme, ce qui avait nécessité une fouille des locaux du journal. La bombe n'avait bien sûr jamais été retrouvée. Dès le départ, Wicker avait su qu'il n'y avait pas eu d'appel. En réalité, il s'agissait de justifier l'intrusion de la police, chargée de retrouver les noms des personnes ayant fourni des renseignements au *Westerblatt*, qui préparait une série d'articles sur des irrégularités financières au sein du conseil municipal. Voilà la raison. Depuis ce jour-là, la confiance entre les deux pouvoirs publics était définitivement brisée. Du moins tant que le commissaire principal se nommerait Vrommel.

Les noms n'avaient cependant pas été retrouvés, pour la simple raison que Wicker avait eu le temps de les effacer avant l'intervention. Mais l'idée que les forces de l'ordre se soient permis de violer un élément aussi sacré que la liberté de la presse avait révulsé le rédacteur en chef Wicker. Rage qui persistait encore aujourd'hui.

Et voilà qu'il était de nouveau dans une situation inconfortable.

– Nous connaissons bien sûr l'identité de la victime, déclara le commissaire principal.

– Bravo, fit Wicker.

– Je suis cependant dans l'impossibilité de vous la dévoiler.

– Et pourquoi ?

– Parce que nous n'avons pas encore réussi à contacter la famille.

– Les médias ont une certaine portée, fit remarquer Wicker. Au cas où vos téléphones seraient en panne. Qui plus est, nous ne sommes pas dépourvus de discernement.

– Possible. Mais nos lignes fonctionnent parfaitement. La preuve est que je vous parle au téléphone en ce moment, même si je ferais mieux de me consacrer à des tâches plus importantes. Quoi qu'il en soit, je ne vous donnerai pas son nom.

– Ce qui ne m'empêchera pas de le trouver, bien entendu.

– Dans ce cas, je vous interdis de le publier.

– Vous me l'interdisez ? Depuis quand avons-nous une censure officielle dans cette ville ? Non pas que cela m'étonne, mais ça m'avait échappé.

– Ce n'est pas la seule chose qui vous a échappé, répliqua le commissaire principal. Vu la situation actuelle, nous ne veillons pas seulement à ce qu'on respecte la loi. Puisque la presse n'applique pas les règles d'éthique, nous sommes bien obligés de nous en charger. J'ai de quoi m'occuper, croyez-moi. Auriez-vous autre chose sur le cœur, monsieur le rédacteur ?

Dans ce cas, ce serait un infarctus imminent, pensa Wicker. Ce qui n'aurait rien d'étonnant. Il raccrocha brutalement, réfléchit pendant cinq secondes et décida d'envoyer Selma Perhovens à sa place.

Selma Perhovens était sa seule collaboratrice. Elle ne travaillait qu'à mi-temps, mais Wicker savait que, si quelqu'un à Lejnice, ou en Europe, connaissait l'identité du mort de la plage, Selma serait capable de le repérer en quelques heures.

Le premier assassinat depuis seize ans et le journal local ne savait même pas qui était la victime ! Merde alors !

Il avala deux comprimés de bêtabloquants et se mit à chercher le numéro de son portable.

Eva Moreno dînait dans un restaurant qui s'appelait Chez Vladimir. C'était la première fois, mais ce serait aussi la dernière. Les trois autres clients avaient dû se dire la même chose. La tarte à la viande accompagnée d'une salade fut servie au bout d'une attente interminable et n'incitait pas à une seconde visite.

Pas plus que le vin, d'ailleurs, dont l'âpreté et l'aigreur étaient en harmonie avec la serveuse enrhumée. Moreno remercia sa bonne étoile de n'avoir commandé qu'un seul verre.

Était-ce également son dernier jour à Lejnice ? La question restait ouverte.

Ou peut-être pas si ouverte que ça. Était-ce bien elle, l'inspectrice judiciaire Eva Moreno, la première femme libre de l'histoire, qui envisageait de rentrer à la maison alors qu'il y avait deux disparitions et un assassinat non élucidés ? Elle s'efforça de terminer les dernières gouttes du liquide aigre.

Absurde ! Elle ne put s'empêcher de sourire en y pensant.

Je prendrai la décision demain, se dit-elle. Après un café bien fort dans ma chambre, ce soir. Puis je me masserai les tempes jusqu'à m'en user la peau ou jusqu'à ce que je trouve un résultat. Mais ça ne serait pas désagréable de pouvoir se glisser dans son propre lit un de ces soirs…

Elle commença par noter les noms impliqués dans l'affaire sur une page blanche de son calepin.

Winnie Maas
Arnold Maager
Mikaela Lijphart

Voilà qui ne faisait pas de doute. Elle réfléchit un moment avant d'en ajouter un.

Tim Van Rippe

Il ne semblait pas être concerné par cette histoire, mais il avait été assassiné. Puis elle en inscrivit encore deux.

Sigrid Maas
Vera Sauger

Elle laissa ses pensées vagabonder librement quelques minutes tout en mettant un point d'interrogation à côté des noms de Mikaela Lijphart et d'Arnold Maager et une croix à côté de celui de Tim Van Rippe et de Winnie Maas. À côté des deux derniers noms elle n'ajouta rien.

Brillante classification, Sherlock Holmes, constata-t-elle en se concentrant de nouveau. Elle but une gorgée du café que la propriétaire avait accepté de lui préparer à contrecœur et à un prix prohibitif. Ensuite !

Qu'est-ce que je sais ? Y a-t-il un rapport quelconque entre ces différents noms ? Entre tous ces noms ? Ou seulement entre quelques-uns ? Si oui, lequel ?

Vera Sauger n'avait bien entendu rien en commun avec les autres, morts ou disparus, elle était seulement un lien. Une informatrice présumée. Pas de mystère. Elle devait être traitée à part.

Soudain elle sut pourquoi le nom lui avait paru familier. Il avait figuré dans un des procès-verbaux de l'audition que Vegesack lui avait permis de consulter.

Mais oui, aucun doute possible. Elle ne se rappelait pas dans quel contexte, mais elle avait vu ce nom, elle en était convaincue, et pourtant elle ne s'était pas encore massé les tempes.

Dans le fond, ce n'était pas vraiment étonnant. Sigrid Maas avait dit à Mikaela Lijphart d'aller voir Vera Sauger, et si cette même Vera Sauger avait été interrogée lors des événements en 1983, cela confirmait qu'elle avait été proche de Winnie d'une manière ou d'une autre.

Et que Sigrid Maas avait dit la vérité. Au moins à ce sujet.

Elle retourna au premier trio : une morte, deux disparus.

La disparition de Mikaela Lijphart était toujours aussi incompréhensible. Avant d'émettre une hypothèse, Eva Moreno se concentra sur le père. Quels étaient les scénarios envisageables, quant à lui ?

Elle n'en voyait que deux.

Maager avait quitté le centre Sidonis volontairement. À supposer qu'il ait une volonté propre.

Ou alors, il y avait d'autres forces derrière son départ. Quelqu'un avait intérêt à ce qu'il disparaisse.

Pourquoi ? Pour quelle raison mystérieuse l'existence d'Arnold Maager pouvait-elle constituer une menace ?

Il y avait forcément un rapport avec le passé. C'était la seule explication possible. Maager pouvait très bien détenir des informations sur ce qui s'était réellement passé seize ans auparavant. Et ces informations pouvaient être dangereuses pour celui qui… qui, oui, qui, quoi ?

Quelqu'un qui était impliqué, de près ou de loin. Plutôt de près.

Stop ! Je brûle les étapes. Ce ne sont que des spéculations, se dit Moreno. Tout compte fait, il était plus vraisemblable que Maager soit parti par ses propres moyens. Vu qu'il avait fait sa valise, par exemple. Les raisons étaient aussi obscures que tout le reste, mais il devait y avoir un rapport avec sa fille, ça paraissait évident. Il n'y avait pas d'autres stimuli dans sa vie qui pouvaient le faire bouger.

Des conneries, tout ça ! Qu'est-ce que je sais sur le paysage intérieur d'Arnold Maager ? Sur les éventuels mobiles de quelqu'un ? Absolument rien.

Et pourtant ? Son intuition lui disait que ç'avait très bien pu se passer comme ça. Que Maager avait pu s'en aller par désespoir, pour retrouver sa fille... Tel un roi Lear dément et vieillissant à la recherche de sa Cordelia. Une possibilité envisageable, non ? Elle but une demi-tasse de café et se massa les tempes. Ça ne pouvait pas lui faire de mal, même si ça lui tirait un peu le cuir chevelu.

Faute d'autres idées sensées, elle tourna la feuille de son bloc-notes et inscrivit ses conclusions dans l'ordre. Cela demanda un certain temps. Peut-être ne pouvait-on d'ailleurs pas parler de « conclusions ». Plutôt de « thérapie ». De « gymnastique cérébrale pour une inspectrice judiciaire mentalement handicapée », se dit-elle. Pendant qu'elle écrivait, les premières gouttes de pluie tombèrent lourdement sur le rebord de la fenêtre et le jeune couple de la chambre d'à côté commença ses ébats amoureux.

Elle écouta une minute ou deux. Aussi bien la pluie que les ébats. Chaque chose en son temps, philosopha-t-elle avec un soupir. Elle alluma la radio pour ne pas se laisser distraire et se versa encore une tasse de café. Elle relut ce qu'elle avait écrit et constata que les problèmes restaient les mêmes.

Qu'était-il arrivé à Mikaela Lijphart ? Qu'était-il arrivé à son père ?

Le mort de la plage avait-il un rapport avec leur disparition ?

Demain soir je verrai Vera Sauger, se dit-elle. Ça me permettra d'avancer.

Et si Mikaela n'était pas allée la voir, quelle conclusion en tirer ? Que ferait-elle, dans ce cas ?

Et à quoi consacrerait-elle la journée du lendemain ? À un bain de soleil, à des baignades ?

Sous la pluie ? Relativement forte pour l'instant. En tout cas, une chose était certaine, elle ne pourrait pas embêter le pauvre Vegesack plus que ce qu'elle faisait déjà. Elle n'était arrivée à rien malgré les efforts du lieutenant stagiaire. Il y avait tout de même des limites. Mais, d'un autre côté, on pouvait se demander ce que foutait la police.

Alors quoi faire ? Fouiller dans le passé ? Retourner en 1983 ?

Et, dans ce cas, où commencer à creuser ? Qui interroger, cette fois ?

Une grosse vague de fatigue l'envahit, mais elle avala encore une demi-tasse de café pour résister. Alors ? Qui ? Où s'adresser ? Tous ceux qui avaient été là à cette époque détenaient forcément un certain nombre d'informations, et ce serait bien de pouvoir les regrouper.

Il ne lui fallut pas beaucoup de temps pour trouver à qui demander.

À la presse, évidemment. Au quotidien local. Le *Westerblatt*. Elle connaissait le nom et l'adresse de la rédaction, étant passée devant le bureau de nombreuses fois pour se rendre à la plage.

Satisfaite de cette décision, elle vida dans le lavabo le fond de café qui lui restait et alla se coucher. Il était minuit et quart, et Mikael Bau n'avait pas essayé de la contacter une seule fois de la soirée.

Tant mieux, se dit-elle en éteignant la lumière. Mais sa réaction ne manquait pas d'ambiguïté.

30

Le 21 juillet 1999

La rédaction locale du *Westerblatt* se composait de deux pièces exiguës en enfilade et se situait dans la rue Zeestraat. La première pièce constituait le véritable lieu de travail. La surface au sol était aux deux tiers occupée par deux grands bureaux tournés l'un vers l'autre et encombrés d'ordinateurs, d'imprimantes, de fax, de téléphones, de cafetières électriques et de monceaux de papiers, de stylos, de calepins et de tout un bric-à-brac journalistique. Des étagères ployant sous le poids de classeurs, de livres et de vieux journaux recouvraient les murs du sol au plafond. Un ventilateur américain qui avait cessé de fonctionner l'été 1977 surveillait le tout.

La deuxième pièce donnait sur la rue et était munie d'un comptoir où ceux qui le souhaitaient pouvaient déposer leurs petites annonces, payer leurs abonnements ou se plaindre de choses qu'ils avaient lues dans le journal.

Ou qu'ils n'avaient pas lues.

Lorsque Eva Moreno quitta la bruine dans la Zeestraat pour y entrer, il était dix heures vingt du matin. Une femme brune de son âge, à l'allure énergique, se tenait derrière le comptoir et était occupée à injurier quelqu'un au téléphone, qu'elle tenait coincé entre la joue et l'épaule, tout en prenant des notes et en feuilletant un journal.

Excellente capacité de coordination, constata Moreno. La

femme lui fit signe de prendre place sur une des deux chaises en plastique rouge. Eva Moreno suivit son conseil en attendant la fin. Au moins de la conversation téléphonique.

Qui eut lieu au bout d'une trentaine de secondes. Voyant l'aisance avec laquelle la femme terminait la communication, Moreno en déduisit qu'elle n'était aucunement gênée par la présence d'une auditrice extérieure.

– Un sale con, dit la femme après avoir raccroché. Excusez l'élégance de mon vocabulaire, que puis-je pour vous ?

Moreno ne savait pas encore comment présenter sa démarche, mais le regard clair et la vivacité de la femme la décidèrent à jouer cartes sur table. Il lui était également difficile de mentir à quelqu'un du même sexe et du même âge qu'elle. Un phénomène qu'elle avait déjà remarqué. Cette femme n'était pas du genre à gober n'importe quoi, et il serait certainement délicat de réparer une erreur initiale.

– Eva Moreno, inspectrice judiciaire, dit-elle. La raison de ma visite est un peu particulière. J'aimerais m'entretenir avec quelqu'un du journal qui connaîtrait l'affaire Winnie Maas datant de 1983… et qui aurait un moment à me consacrer.

La femme haussa un sourcil et se creusa les joues, signe d'une délibération intérieure rapide.

– Alors vous avez trouvé la bonne personne, déclara-t-elle. Selma Perhovens. Enchantée.

Elle tendit la main par-dessus le comptoir. Moreno la saisit.

– Vous avez bien dit « inspectrice » ?

– En vacances. Pas en service, précisa Moreno.

– Curieux, répondit Selma Perhovens. En fait, il se trouve que j'ai besoin d'une petite information. On pourrait peut-être faire un échange de bons procédés ?

– Pourquoi pas ? Que voulez-vous savoir ?

– Mon patron m'a chargée de me renseigner sur l'identité du cadavre retrouvé sur la plage, lundi dernier. Pourriez-vous m'aider ?

– Bien sûr.

Selma Perhovens resta un instant la bouche ouverte, mais la referma rapidement.

– Ça alors…

– Je connais son nom, expliqua Moreno. Je suis ici à titre privé, mais le hasard a voulu que je me trouve mêlée à plusieurs choses.

– Incroyable, fit Selma Perhovens en contournant rapidement le comptoir. Je vais fermer le bureau pendant un petit moment.

Elle descendit le store devant la porte vitrée, tourna la clé, saisit fermement le bras de Moreno et l'emmena dans la première pièce.

– Asseyez-vous, je vous en prie.

Moreno débarrassa la chaise d'une pile de journaux, d'une canette de Coca vide et d'un sachet de bonbons à moitié plein. Selma Perhovens s'installa en face et appuya son menton sur ses poings.

– Qu'est-ce qui me dit que vous n'êtes pas un faux flic?

Moreno lui montra sa plaque.

– OK. Il faut me pardonner ma méfiance envers mon prochain. C'est dû à mon métier. Je devrais faire un peu plus confiance à mon intuition.

Elle sourit. Moreno fit de même.

– La crédulité n'est plus une vertu de nos jours, dit-elle. Je vais d'abord vous expliquer pourquoi je suis là, je vous donnerai le nom après. OK?

– *Fair deal,* répondit Selma Perhovens. Un café?

– Volontiers.

Elle commença par le début – le voyage en train, sa rencontre avec une Mikaela Lijphart en pleurs – et termina par sa tentative infructueuse de faire une analyse de la situation, la veille, dans sa chambre chez Dombrowski. Elle parla de tout sauf de Franz Lampe-Leermann et de Mikael Bau, qui n'avaient rien à voir dans l'histoire, et encore moins l'un avec l'autre. Son récit demanda à peine un quart d'heure. Selma

Perhovens ne l'interrompit pas une seule fois. Pendant qu'elle l'écoutait, elle eut le temps de boire un peu plus de deux tasses de café et de noircir quatre pages de son carnet de notes.

– Merde alors, fit-elle quand Moreno eut terminé. Oui, vous êtes effectivement tombée sur la bonne personne. Hm. C'est au moment de l'affaire Maager que j'ai fait mon année d'apprentissage. Je n'avais que dix-sept ans à l'époque, mais j'ai assisté au procès durant toute la semaine. Ce n'est pas moi qui ai rédigé le compte rendu pour le journal, bien sûr. Wicker se l'est réservé personnellement, mais ce négrier ne s'est pas privé de me demander d'écrire un papier par jour, à l'essai. Oui, j'en ai des souvenirs relativement clairs. L'histoire n'était pas jolie, jolie.

– C'est bien ce que j'ai cru comprendre.

– En plus... poursuivit Selma Perhovens, qui semblait hésiter sur la manière de présenter la suite. J'avoue avoir des doutes sur certains points dans cette sale affaire. Le procès s'est passé comme une lettre à la poste et j'étais bien plus naïve à l'époque.

Moreno sentit un déclic au fond d'elle.

– Des doutes ? Quel genre de doutes ?

– Rien de très précis, mais j'avais l'impression d'assister à une représentation théâtrale. À un procès artificiel rédigé avant même d'avoir eu lieu. La fille était morte, on avait trouvé l'assassin tenant son corps sur les genoux. Dès le départ, il était considéré comme cinglé et condamné aux yeux des gens. Irrévocablement. Un prof met une élève enceinte et la tue ! Cet été-là, le journal n'a pas eu de problèmes de tirage.

– Comment a-t-il été défendu ? Son avocat a utilisé quels arguments ?

– La démence.

– La démence ?

– Oui. L'avocat, qui s'appelait Korring, l'a déclaré irresponsable. Il n'y avait pas d'autre stratégie possible. Maager n'a pratiquement pas ouvert la bouche au cours du procès, il a reconnu sa culpabilité à travers son avocat.

– Et qu'est-ce qui vous fait penser que les choses n'étaient pas aussi simples qu'elles en avaient l'air ?

Selma Perhovens haussa les épaules.

– Je n'en sais rien. C'est peut-être seulement mon esprit de révolte, propre à la jeunesse. À l'époque, je n'aimais pas le consensus et aujourd'hui je n'aime toujours pas ça. L'opposition est plus constructive. Mais tant pis. Qu'est-ce qui se cache derrière ce que vous venez de me raconter ? Qu'est-ce qui a bien pu arriver à la pauvre petite ?

– C'est justement pour ça que j'ai besoin de votre aide, soupira Moreno. J'y pense depuis plusieurs jours et je n'arrive pas à trouver quoi que ce soit. Il doit forcément y avoir un lien avec le passé. Il y a quelque chose de louche dans cette vieille histoire. Tout n'a pas été tiré au clair... Mikaela Lijphart voit son père pour la première fois depuis seize ans. Il est considéré comme l'assassin avec un grand A. Puis elle part à la recherche de certaines personnes – enfin, je crois qu'il y en a plusieurs –, ici, à Lejnice. Et elle disparaît.

– Tout comme le père. Je me demande bien pour quelle raison on n'a rien écrit là-dessus. Je sais que nous avons publié un avis de recherche concernant la fille, mais dans un autre contexte.

– Vous entretenez de bonnes relations avec la police ? s'informa Moreno prudemment.

Selma Perhovens éclata de rire.

– Bonnes ? On se livre à une guerre des tranchées bien plus violente que sur le front de l'Ouest.

– À cause de Vrommel ?

– Oui, à cause de Vrommel, confirma Selma Perhovens, une lueur d'impuissance dans le regard.

De petits coups prudents se firent entendre de l'autre côté de la porte vitrée, mais Selma Perhovens les ignora royalement. Moreno en profita pour changer de sujet.

– Maager avait-il un soutien quelconque ? Y avait-il d'autres suspects ?

Selma Perhovens mâchonna son stylo en réfléchissant.

– Non, finit-elle par dire. Autant que je m'en souvienne. Il avait chaque habitant de cette foutue ville contre lui. Et j'insiste bien sur « chaque ». Dans une autre société, on l'aurait lynché, j'en suis certaine.

– Je comprends, dit Eva Moreno.

Ce n'était pas la première fois qu'Eva Moreno entendait des commentaires de ce genre. Elle se demanda quelle attitude elle aurait adoptée elle-même, compte tenu de l'ambiance générale. Mais elle préférait ne pas pousser plus loin cette réflexion. C'était plus agréable de se dire qu'elle serait incapable de participer à un lynchage et qu'elle savait garder son discernement et son intégrité quelles que soient les circonstances.

– Vous insinuez que quelqu'un d'autre aurait commis le crime ? Voyons, c'est impossible ! dit Selma Perhovens au bout d'un instant de silence. N'oubliez pas qu'on l'a trouvé en larmes avec le cadavre dans les bras.

Moreno soupira.

– Elle n'a pas pu sauter ?

– Si ç'avait été le cas, pourquoi aurait-il avoué ?

La question est bonne mais elle n'est pas nouvelle, se dit Moreno.

– Qui était le médecin ? Qui a fait l'autopsie ? demanda-t-elle sans savoir pourquoi.

– DeHaavelaar. Le vieux deHaavelaar. À l'époque, c'est lui qui faisait tout. Les accouchements, les maladies et les autopsies. Je me demande s'il n'était pas un peu vétérinaire aussi. Oui, ses mots pesaient lourd. Aussi lourd qu'un amen à l'église. Mais il n'était pas présent au procès. Ça n'a pas été nécessaire.

– Pas nécessaire ? répéta Moreno, étonnée. Pourquoi ?

Selma Perhovens ouvrit les bras.

– Je n'en sais rien. Quelqu'un a lu son rapport à sa place. Le président du procès, il me semble. J'imagine que deHaavelaar avait d'autres chats à fouetter.

L'ombre d'un doute passa dans la tête de Moreno. De la

gauche vers la droite. C'est l'impression qu'elle en avait et c'est justement le fait qu'elle se soit formulé cette étrange remarque qui effaça la raison de ses doutes pour ne laisser que l'idée. Un signe qu'elle ne savait pas interpréter. Bizarre.

Immédiatement après surgit une image tout aussi fugace : celle du commissaire principal Van Veeteren assis derrière son bureau, le regard tourné vers elle. Enfin, la fixant du regard, plus exactement. Étrange. Je ne suis pas un peu jeune pour une hémorragie cérébrale ?

– Je comprends, dit-elle une nouvelle fois avant d'inspirer profondément. Il est encore là, ce médecin ?

– DeHaavelaar ? Oui. Il habite encore dans cette ville. Il doit approcher des quatre-vingts ans, sauf erreur de ma part, mais il continue à trottiner dans les rues et à semer des réflexions cyniques autour de lui. Pourquoi cette question ?

– Je ne sais pas, reconnut Moreno. C'est juste une idée qui m'est venue.

Selma Perhovens lui jeta un regard déconcerté, puis frappa sur son carnet de notes avec la paume de la main.

– Je vais faire un papier sur cette histoire, si vous n'y voyez pas d'inconvénient.

Moreno fit non de la tête.

– À ce propos, ajouta Selma Perhovens, il me semble que nous avions conclu un accord. L'homme de la plage, qui est-ce ?

– C'est vrai, dit Moreno. Il s'agit d'un certain Tim Van Rippe.

Selma Perhovens fronça de nouveau les sourcils.

– Van Rippe ? Ça me dit quelque chose. Non, je ne pense pas le connaître. Vous en êtes sûre ?

– Vous ne pensez quand même pas que je me permettrais de donner un faux nom de victime à une journaliste ?

– Désolée, dit Selma Perhovens. J'avais oublié que vous n'appartenez pas à la mafia de la police locale. Que diriez-vous d'un déjeuner ? Nous aurons peut-être des idées géniales si nous ingérons un peu de protéines.

Moreno regarda sa montre et acquiesça.

– Ça ne coûte rien d'essayer, dit-elle.

L'ancien médecin généraliste Emil deHaavelaar habitait une somptueuse demeure à Riipvej, dans les dunes, mais il refusa de recevoir Eva Moreno chez lui. Surtout si elle voulait le voir pour une raison sans importance, comme elle l'avait prétendu. Il pourrait éventuellement échanger quelques mots avec elle au café Thurm un peu plus tard dans l'après-midi, après son rendez-vous pour un détartrage chez son dentiste.

Vers quatre heures, si cela lui convenait. Moreno accepta, termina la conversation et retourna auprès de Selma Perhovens.

– Grincheux ? demanda-t-elle.

– Aristo, rectifia Selma Perhovens. Le dernier, d'après lui. Je l'ai interviewé il y a un an ou deux lors de la publication de son livre sur ses quatre décennies en tant que toubib dans cette ville. Le titre de son chef-d'œuvre était : *À travers la loupe d'Esculape*. Complètement nul, mais il a bien fallu que je le lise. Il frôlait la biologie des races. Enfin, il vit seul avec une bonne et deux lévriers. Douze pièces et un court de tennis. Non, ce n'est tout simplement pas mon genre d'homme. Tu comptes rester combien de temps, ici ? Jusqu'à ce que tu trouves une réponse à toutes tes questions ?

Moreno haussa les épaules.

– J'ai l'intention de rentrer demain. Ce soir, j'irai voir Vera Sauger. Si elle est revenue. En fait, je ne sais pas bien pourquoi je continue à m'occuper de cette histoire. Je ne vais pas pouvoir me permettre de louer une chambre pendant encore très longtemps. Même chez Dombrowski. Pas avec mon salaire de flic.

Selma remonta la commissure de ses lèvres en un sourire de clown triste.

– Ça ne m'étonne pas, dit-elle. C'est pareil pour moi. J'ai aussi un amour non partagé avec l'argent. Il me déçoit sans cesse, il n'est jamais là quand j'en ai besoin. Si jamais tu décides de rester quelques jours de plus, tu peux dormir chez moi.

J'ai une fille de onze ans mais pas d'homme encombrant et tu auras une chambre pour toi. Ma proposition est sincère.

– Merci. On verra comment la situation va évoluer.

Moreno ressentait une grande sympathie pour cette journaliste énergique.

Selma Perhovens lui donna sa carte et jeta un regard à sa montre.

– Merde ! Je suis en train de rater le prix de l'Étalon d'or à Moogensball. Faut que j'y aille !

Après le départ de Selma Perhovens, Moreno resta assise un moment à se demander si elle devait téléphoner à Vegesack ou non. Juste pour lui faire un compte rendu de la situation.

Après réflexion, elle décida de repousser son coup de fil à plus tard.

Le Dr deHaavelaar commanda un cognac et un verre de lait. Eva Moreno se contenta d'un cappuccino.

– C'est pour maintenir l'équilibre, expliqua le médecin au serveur qui apportait le plateau. L'équilibre corporel est la seule chose dont il faut se soucier, si on veut atteindre la centaine.

Elle ne doutait pas un instant qu'Emil deHaavelaar allait vivre jusqu'à cent ans. Il lui restait donc encore une bonne vingtaine d'années. Il avait le physique d'un grizzli étonnement élégant. Avec sa taille, ses épaules larges et son charisme, il ressemblait à une star de cinéma particulièrement gâtée par la nature. Ses cheveux blancs étaient épais et coiffés en arrière, sa moustache bien fournie était taillée avec adresse, la couleur de sa peau montrait qu'il avait passé suffisamment d'heures au soleil pour pouvoir affronter les hivers les plus rigoureux. Elle se rappela que Selma Perhovens avait dit qu'il « trottait » et se demanda pourquoi.

– Si ça vaut le coup de rester jusque-là dans ce monde médiocre, ajouta le médecin en faisant tourner le verre de cognac dans sa main.

– Ça peut se discuter, admit Moreno.

– Pourquoi vouliez-vous me voir ?

– C'est au sujet de Winnie Maas, répondit Moreno après un instant d'hésitation.

DeHaavelaar posa brutalement son verre sur la table. Mauvais début, constata Moreno. Dommage !

– Qui êtes-vous ? demanda-t-il.

– Comme je vous l'ai dit au téléphone, je m'appelle Eva Moreno. Inspectrice judiciaire.

– Montrez-moi votre plaque.

Moreno la lui tendit. Il chaussa ses lunettes à la monture très fine, probablement très chère, et l'observa méticuleusement. Il la lui rendit ensuite et retira ses lunettes.

– Le commissaire principal est au courant ?

Elle réfléchit une seconde.

– Non.

Il vida son verre de cognac d'un trait et se rinça ensuite la bouche avec quelques gorgées de lait. Moreno trempa ses lèvres dans le café et attendit.

– Et pour quelle raison venez-vous fourrer le nez dans une histoire vieille de vingt ans ?

– De seize ans, rectifia Moreno. Je voulais seulement vous poser quelques questions. Pourquoi êtes-vous aussi indigné ?

DeHaavelaar se pencha au-dessus de la table.

– Je ne suis pas indigné, fit-il, écumant de rage. Je suis furieux. Vous n'êtes pas de cette ville, vous ne savez rien au sujet de cette affaire et je n'ai pas l'intention de répondre à une seule de vos satanées questions. Par contre, je vais appeler le commissaire principal.

Il se leva, lissa rapidement sa moustache avec le pouce et l'index et quitta la salle.

Putain ! C'est bien « aristo » qu'elle a dit ? pensa Eva Moreno.

31

Au cours de l'après-midi et des premières heures de la soirée, le découragement l'envahit.

Peut-être fallait-il en chercher la raison dans les ondées du sud-ouest qui se succédaient sans interruption. Elle était allongée sur le lit défoncé de la pension de famille et essayait de lire, mais elle ne parvenait pas à penser à autre chose qu'à Mikaela Lijphart et aux gens qui avaient un rapport avec elle.

Ou avec elle-même.

Mais qu'est-ce que je fous ici ? Une inspectrice judiciaire en vacances ! Aucun réparateur de vélos n'aurait l'idée de passer ses vacances, durement méritées, à réparer des vélos à l'œil ? Je suis complètement folle.

Elle composa le numéro de Clara Mietens, mais son amie, le repère de sa vie, était encore absente. Elle appela alors le commissariat, mais le lieutenant Vegesack était en déplacement. Elle se tourna vers la messagerie automatique de la météo et apprit que d'autres ondées attendaient au-dessus de l'Atlantique.

C'est absolument parfait, se dit l'inspectrice Moreno. Et elle relut la même page pour la quatrième fois.

À dix-neuf heures, elle composa le numéro de Vera Sauger. Pas de réponse. Une demi-heure plus tard, elle essaya de nouveau et réitéra régulièrement ses tentatives tout au long de la soirée.

Après un nouvel échec à vingt heures trente, elle envisagea d'aller dîner mais décida d'y renoncer. La tarte qu'on lui avait servie la veille n'encourageait pas à une suite. À la place, elle fit deux cents abdos-fessiers et quarante pompes. Deux heures plus tard, sous la douche, elle se demanda ce qui avait bien pu rendre le Dr deHaavelaar aussi furieux.

Sans résultat. Pas très étonnant. Comment réussir à tirer des conclusions à partir de données qui étaient plus que faibles ? Aussi impossible que de trouver des traces de pas dans un marécage. C'était sans espoir. Ça devrait sauter aux yeux, même d'une inspectrice judiciaire à l'esprit embrouillé.

Et les gens de quatre-vingts ans n'étaient pas toujours logiques, même s'ils ressemblaient à des grizzlis bien conservés.

Une dernière tentative, se dit-elle peu après vingt-trois heures, quand elle composa le numéro de téléphone de Vera Sauger. Si elle ne répond pas, je laisse tomber.

Elle décrocha au bout de trois sonneries.

– Vera Sauger.

Merci d'avoir répondu ! s'exclama Eva Moreno intérieurement. S'il te plaît, laisse-moi te parler un instant. Même s'il est tard.

J'espère seulement que tu as des renseignements à me donner.

Elle avait l'âge de Moreno et était toujours célibataire.

Y aura-t-il encore des enfants en Europe dans dix ans ? Eva Moreno se fit cette réflexion au moment où elle pénétrait dans l'appartement à Lindenstraat. Les femmes auront peut-être renoncé à la procréation. Qu'avait dit Mikael Bau ? *Serrer dans sa main la pierre froide de la liberté ?*

Elle repoussa les différentes questions qui lui envahissaient le cerveau et s'installa devant la table de la cuisine, sur laquelle son hôtesse avait posé du thé et des petits gâteaux ronds qui faisaient penser à des mamelons. Se faire inviter chez Vera Sauger n'avait posé aucun problème, bien qu'il soit presque minuit et malgré le besoin de sommeil de celle-ci après cinq jours passés dans les îles. Dès que Moreno avait prononcé le nom de Mikaela Lijphart au téléphone, Vera Sauger l'avait interrompue et lui avait proposé de venir.

– Pour parler, j'ai besoin d'être en face de vous, avait-elle expliqué.

Moreno partageait son avis.

– Elle n'est donc toujours pas revenue ? demanda Vera après avoir versé du thé dans les tasses jaunes décorées de grands cœurs bleus.

Design suédois, supposa Moreno.

– Vous êtes au courant ?

Vera Sauger lui jeta un regard étonné.

– Bien sûr que je suis au courant. Pourquoi vous me demandez ça ? Qui êtes-vous, en fait ?

Moreno montra sa plaque de la police judiciaire en se demandant combien de fois elle l'avait sortie au cours de cette interminable journée. Trois fois, peut-être.

– Vous venez d'arriver à Lejnice ? demanda Vera Sauger. Je ne vous ai jamais vue. Non pas que j'aie l'habitude d'avoir affaire à la police, mais…

– Je viens de Maardam, je suis ici en vacances, expliqua Moreno. Mais j'ai rencontré Mikaela Lijphart avant sa disparition.

Vera Sauger aquiesça vaguement de la tête.

– Et vous n'êtes pas en relation avec le commissariat d'ici ?

– De temps à autre. Pourquoi me demandez-vous ça ?

D'un air encore plus dérouté, Vera Sauger remua lentement son thé avec sa cuillère.

– Parce que vous m'avez demandé si j'étais au courant de sa disparition.

– Oui ?

– Je suis évidemment au courant puisque je suis même passée au commissariat faire une déclaration avant de partir pour l'île de Werkeney.

Il y eut un blanc. Puis Moreno se rappela que Vegesack lui avait parlé d'une visite de ce genre, quelques jours auparavant. Il lui avait dit qu'une femme s'était présentée au commissariat après la publication du premier avis de recherche, mais que cela n'avait rien donné. C'était à peu près ça, non ?

Oui, autant qu'elle s'en souvienne. Une femme de Frigge et une de Lejnice (mais lui en avait-il parlé !). Celle de Lejnice serait donc cette Vera Sauger, assise en face d'elle en train de croquer dans un gâteau-mamelon ?

L'inspectrice Moreno eut soudain l'impression qu'un court-circuit avait dévasté les fonctions vitales de son cerveau. Elle était à peu près sûre d'une seule chose : il y avait forcément une erreur quelque part.

Et pas seulement à l'intérieur de sa tête.

– Ç'a… ç'a dû m'échapper, dit-elle avec un sourire gêné. Quel était le contenu exact de votre déclaration ?

Vera Sauger termina son gâteau et remit une mèche blonde derrière son oreille droite avant de répondre.

– Qu'elle était venue chez moi, bien entendu. Je trouve ça bizarre que vous ne soyez pas au courant.

– Vous avez déclaré que Mikaela Lijphart était venue vous voir ? insista Moreno. C'est bien ça ?

– Oui.

– Et aussi que vous lui aviez parlé le dimanche en question… il y a dix jours ?

– Oui.

Moreno resta silencieuse le temps que la question se cristallise dans sa tête. Ce qui demanda un moment.

– À qui avez-vous fait cette déclaration ?

– À qui ? Au commissaire principal. À Vrommel.

– Je vois.

Ce n'était pas tout à fait vrai mais tant pis. Pour l'instant, le plus important était d'avancer.

– Et quand Mikaela est venue ici, de quoi vous a-t-elle parlé ?

– De son père. De ce qui s'est passé il y a seize ans. Elle venait de l'apprendre.

– Oui, je sais, dit Moreno. Et qu'est-ce qu'elle vous a demandé ?

Vera Sauger hésita.

– Je ne sais pas très bien. Elle est restée un peu vague et on ne s'est pas parlé très longtemps. C'est la mère de Winnie qui lui avait donné mon nom. J'ai l'impression… Oui, j'ai l'impression qu'elle pensait que son père était innocent. Elle ne l'a pas dit, mais c'est la sensation que j'ai eue. Elle était allée le voir, la veille. Le samedi. Ça n'a pas dû être facile, ni pour elle ni pour lui.

– À votre avis, Arnold Maager aurait dit à sa fille qu'il n'était pas l'assassin de Winnie Maas ?

– Je n'en suis pas certaine. Elle l'a seulement insinué. Mais ça ne serait pas vraiment étonnant qu'il lui ait dit quelque chose du genre… pour améliorer son image aux yeux de sa fille. J'y ai pensé après.

Moreno médita les paroles de Vera Sauger.

– J'ai participé à cette maudite fête chez Gollumsen, poursuivit Vera Sauger. Et j'étais copine avec Winnie. Mais on n'était pas aussi proches que sa mère semble le croire. Quand on était plus jeunes, peut-être, mais pas au moment où ça s'est passé. On avait évolué différemment.

– Ce sont des choses qui arrivent, dit Moreno. Mikaela Lijphart n'a donc rien voulu savoir de particulier ? Elle a juste cherché à se faire une idée générale de ce qui s'était passé, c'est ça ?

Vera Sauger réfléchit et reprit un mamelon.

– Elle a posé des questions sur les copains de Winnie. Elle voulait savoir quels garçons elle avait fréquentés avant son histoire avec Maager.

– Pourquoi ?

– Aucune idée. On ne s'est vues qu'environ un quart d'heure, comme je viens de dire. J'étais un peu pressée.

– Vous aviez des noms à lui donner ?

– Oui, j'en connaissais deux.

– Lesquels ?

Vera Sauger réfléchit encore une fois.

– Claus Bitowski, dit-elle. Et Tim Van Rippe.

QUATRIÈME PARTIE

32

Audition de Markus Baarentz, le 22/7/1983.
Lieu : commissariat de Lejnice.
Personne chargée de l'audition : M. Vrommel, commissaire principal.
Présents : M. Walevski, inspecteur de police ; M. Mattloch, substitut du procureur.
Greffier : M. Walevski, inspecteur de police.
À l'attention de : M. Mattloch, substitut du procureur, M. Vrommel, commissaire principal.

Vrommel : Nom, âge, profession.

Baarentz : Markus Baarentz. J'ai quarante-neuf ans et je travaille comme comptable.

V : Ici, à Lejnice ?

B : Non, à Emsbaden. Mais j'habite à Lejnice. Au 4, Alexanderlaan.

V : Pouvez-vous me décrire la scène à laquelle vous avez assisté, cette nuit ?

B : Bien entendu. Nous étions partis pour Frigge et sommes revenus à Lejnice assez tard dans la nuit.

V : Un instant. Qu'entendez-vous par « nous » ?

B : Excusez-moi. Je joue au bridge. Avec mon partenaire, Otto Golnik, je participais à un tournoi à Frigge, qui a duré deux jours. Ça s'est prolongé et ça s'est terminé seulement vers onze heures du soir. On est arrivés troisièmes et on a dû rester jusqu'à la distribution des prix. Oui, et après ça, on est rentrés. On avait pris ma voiture, ce jour-là... On conduit à tour de rôle. J'ai d'abord ramené Otto chez lui. J'ai emprunté le chemin habituel pour rentrer chez moi et c'est quand je suis passé dans la Molnstraat, le long du chemin de fer, que je les ai vus.

V : Il était quelle heure à peu près ?

B : Deux heures du matin. Quelques minutes de plus, peut-être. Ça s'est passé juste après le viaduc, il y a un réverbère à cet endroit-là, impossible de ne pas le... les remarquer.

V : Qu'est-ce que vous avez vu ?

B : Maager. Arnold Maager assis près de la voie ferrée avec une fille dans les bras.

V : Comment savez-vous que c'était Maager ?

B : Je l'ai reconnu. Mon fils va au lycée Voeller. Je l'avais déjà vu à des réunions de parents d'élèves. Je l'ai immédiatement reconnu.

V : Très bien. Qu'avez-vous fait ?

B : Je me suis arrêté. J'ai tout de suite compris qu'il y avait un problème. Il n'y avait aucune raison qu'ils soient là, assis pratiquement sur les rails. Même s'il n'y a pas de trains la nuit, depuis qu'ils ont supprimé le trafic de marchandises. Il y avait aussi un problème avec la fille. Elle était allongée à côté de lui, la tête posée sur ses genoux. Quand je les ai vus, j'ai compris qu'il était arrivé un accident.

V : Il y avait d'autres personnes à proximité ?

B : Pas un chat. C'était en pleine nuit.

V : Vous vous êtes donc arrêté et vous êtes descendu de la voiture ?

B : Oui, mais j'ai d'abord baissé la vitre et j'ai appelé. J'ai demandé s'il y avait un problème, mais il n'a pas répondu. Alors je suis descendu. J'ai appelé une deuxième fois, sans qu'il réagisse. Et là, j'ai vraiment compris qu'il était arrivé quelque chose de grave. J'ai escaladé la barrière et je suis allé jusqu'à eux. Il n'a même pas levé la tête, alors qu'il m'avait forcément entendu. Il a continué à caresser les cheveux de la fille. L'air absent. Comme choqué. J'ai pensé qu'il était ivre, et la fille aussi, mais j'ai vite vu que ce n'était pas le cas. C'était bien pire. Elle était morte.

V : Comment avez-vous compris qu'elle était morte ?

B : Je ne sais pas très bien. Sa position, peut-être. Je lui ai posé la question aussi, bien sûr, mais je n'ai pas obtenu de réponse. Maager ne m'a même pas regardé. J'ai essayé d'entrer en contact avec lui, mais c'était impossible.

V : Vous n'avez pas remarqué si la fille était blessée, si elle avait des plaies ?

B : Non. C'était seulement sa position. Et son visage. Ses yeux n'étaient pas tout à fait fermés, sa bouche non plus. Et elle ne bougeait pas.

V : Et Arnold Maager ?

B : Il ne faisait que lui caresser les cheveux et le visage. Il était complètement absent, comme je l'ai dit. J'ai prononcé son nom. « Monsieur Maager, j'ai dit. Que s'est-il passé ? »

V : A-t-il répondu ?

B : Non. Je ne savais pas quoi faire. Je suis resté comme ça pendant dix, quinze secondes peut-être. J'ai répété ma question et il a fini par lever la tête. Il m'a regardé l'espace d'un instant, l'expression de ses yeux était bizarre, oui, tout son visage était bizarre.

V : Comment ça ?

B : Comme s'il était malade. Quand j'étais jeune, j'ai travaillé pendant plusieurs étés dans un hôpital psychiatrique et j'avais déjà vu ce genre de regard, là-bas. Ça m'a tout de suite frappé.

V : Qu'avez-vous fait ?

B : J'ai demandé ce qui était arrivé à la fille, mais il n'a toujours pas réagi. Je me suis penché pour la regarder de plus près, pour vérifier son pouls, je crois, mais il m'a repoussé.

V : Il vous a repoussé ? Comment ?

B : Il a repoussé ma main. Puis il a émis un bruit.

V : Un bruit ?

B : Oui, un bruit. On aurait cru un mugissement.

V : Vous dites que Maager a émis un mugissement ?

B : Oui, un cri qui n'avait rien d'humain. C'était plutôt un bruit. J'ai supposé qu'il était très choqué et que ça ne servirait à rien d'essayer de le faire parler.

V : Je comprends. Qu'avez-vous fait ensuite ?

B : J'ai décidé d'appeler la police et une ambulance. Le mieux aurait été d'arrêter une voiture ou de trouver quelqu'un pour m'aider, mais c'était en pleine nuit et il n'y avait personne. Je ne voulais pas non plus le laisser seul avec la fille sans avoir vérifié son état, et j'ai fini par réussir à lui prendre le pouls sans qu'il s'y oppose. Et effectivement elle n'en avait pas. Elle était morte.

V : À quel endroit lui avez-vous pris le pouls ?

B : Au poignet. Il n'a pas voulu que je touche son cou.

V : Avez-vous reconnu la fille ?

B : Non. J'ai su plus tard qui elle était, mais je ne connais pas sa famille.

V : Vous avez tout de même fini par aller chercher de l'aide ?

B : Oui. Je ne pouvais rien faire d'autre. Je suis remonté sur la route et je suis allé sonner à la première porte que j'ai trouvée. Mais d'abord j'ai éteint les phares de la voiture que j'avais laissés allumés. Il a fallu pas mal de temps pour qu'on vienne m'ouvrir, mais je pouvais voir Maager et la fille, et je savais qu'ils étaient toujours sur la voie ferrée. Il y avait seulement une trentaine de mètres de là à la maison. C'est Christina Deijkler qui a ouvert la porte. Je la connaissais vaguement, mais j'ignorais qu'elle habitait dans cette maison. Je lui ai expliqué la situation et elle a d'ailleurs pu voir par elle-même que je disais la vérité. Elle est rentrée téléphoner et moi je suis retourné sur place. La police est arrivée au bout de dix minutes environ. C'était Helme et Van Steugen, dans une seule voiture. L'ambulance est arrivée peu après.

V : Merci, monsieur Baarentz. Vous avez réagi de façon exemplaire. Juste quelques questions supplémentaires. Quand vous avez essayé d'entrer en contact avec Maager, avez-vous pu vous faire une idée de ce qui était arrivé ?

B : Non.

V : Il ne vous a donné aucune indication ? Avec des mots, avec des signes ou d'une autre manière ?

B : Non, rien du tout. À part ce bruit étrange.

V : Et vous n'avez tiré aucune conclusion ?

B : Pas à ce moment-là. J'ai appris aujourd'hui ce qui s'était passé. C'est épouvantable. Mais, à ce moment-là, je n'en avais aucune idée.

V : Qui vous a informé ?

B : Alexander. Mon fils. Il a appris la nouvelle en ville. Elle s'est vite répandue. Ça se comprend. Maager aurait eu une liaison avec la fille, c'était apparemment un fait plus ou moins connu au lycée. C'est scandaleux, bien sûr, je ne sais pas très bien quoi dire. Il paraît qu'il l'aurait poussée du pont, c'est ça ?

V : Il est trop tôt pour se prononcer sur la cause de la mort de Winnie Maas, mais nous n'excluons pas cette hypothèse. Vous êtes absolument certain de n'avoir vu personne d'autre à proximité du lieu de l'accident ?

B : Absolument certain.

V : Pas de voitures qui passaient ou que vous aviez croisées peu avant ?

B : Non. Je n'ai croisé qu'une seule voiture après avoir déposé Otto Golnik à Missenraade. Et aucune près du viaduc, ça, j'en suis sûr.

V : Vous semblez avoir un sens de l'observation particulièrement aiguisé, monsieur Baarentz.

B : C'est possible. Je suis quelqu'un d'assez méticuleux. C'est indispensable dans mon métier. Je pense que le bridge y est aussi pour quelque chose, il faut tout le temps être vigilant.

V : Je comprends. Merci, monsieur Baarentz. Vous nous avez été d'une aide extrêmement précieuse.

B : À votre service. J'ai seulement fait mon devoir.

33

Le 22 juillet 1999

Il fallut attendre le jeudi pour que l'avis de recherche d'Arnold Maager – un homme de quarante-quatre ans, mesurant un mètre soixante-seize, de constitution fluette, aux cheveux cendrés – soit diffusé. Lors de sa disparition, qui remontait à cinq jours, Maager était déprimé ou souffrait de confusion mentale, ou éventuellement des deux. Il avait été vu par un médecin pour la dernière fois le samedi de la semaine précédente au centre Sidonis, situé à l'extérieur de Lejnice, où il était soigné depuis une quinzaine d'années. Il était vraisemblablement vêtu d'un pantalon bleu ou marron en coton, d'un tee-shirt, d'un coupe-vent de couleur claire, et il portait des chaussures de sport de la marque Panther.

Dès l'aube ce jeudi-là, quatorze hommes de la police de Lejnice, de Wallburg et d'Emsbaden fouillèrent le terrain autour du centre Sidonis, mais, lorsqu'ils arrêtèrent leurs recherches à cinq heures de l'après-midi, aucun indice concernant le patient disparu de l'hôpital psychiatrique n'avait été trouvé.

Au moment où l'attention des médias se tournait vers la disparition de Maager, un deuxième avis de recherche fut diffusé pour sa fille, Mikaela Lijphart, cette fois sur le plan national. Mikaela avait disparu depuis onze jours. Ceux qui pensaient avoir vu la jeune fille pendant ce laps de temps ou qui détenaient des renseignements susceptibles de faire avancer l'enquête étaient priés de contacter sur-le-champ la police de Lejnice ou le commissariat le plus proche.

La seule personne qui répondit à l'appel fut la mère de la jeune fille, Sigrid Lijphart, non pas pour apporter des indications ou des renseignements mais pour demander, comme chaque fois, pour quelle putain de raison la police n'avait encore rien trouvé. Vrommel n'avait pas de réponse acceptable à lui fournir, comme chaque fois. Et Mme Lijphart menaçait, comme chaque fois, de porter l'affaire en haut lieu s'il n'arrivait pas immédiatement à un résultat.

Elle pourrait toujours l'accuser de négligence et de non-respect de son devoir de policier envers ses citoyens, dit-elle. Vrommel lui proposa poliment de lui faciliter la tâche en lui faisant parvenir deux formulaires : le n° B1 12-5GE pour la négligence et le n° B1 12-6C pour le non-respect. Mais elle refusa.

Quant à son ex-mari disparu, Mme Lijphart ne posa aucune question et n'exprima aucune exigence.

Le lieutenant Vegesack vivait avec Marlene dans un des immeubles récents de la Friedstraat, à un jet de pierre de la plage. Et c'est chez lui qu'ils décidèrent de se retrouver, sur sa proposition mais avec une certaine réticence. Vu les circonstances, la discrétion était d'une nécessité absolue. Le commissariat était donc exclu et trouver un autre local à la hâte n'était pas chose facile.

Un trois-pièces, constata Moreno lorsqu'elle entra dans l'appartement de Vegesack. Un grand balcon avec une belle vue sur la mer et le phare de Gordon. Pas mal ! Se rappelant que Marlene Urdis était architecte, elle se demanda si elle n'était pas aussi décoratrice. Ç'en avait tout l'air. Mais, comme elle était absente, Moreno ne trouva pas l'occasion de poser la question. La gamme de couleurs du mobilier était très étudiée. Aux murs, agréablement dépourvus de banalités, étaient accrochés quelques reproductions de Tiegermann et de Chagall, et deux autoportraits de Cézanne. Il y avait plusieurs étagères avec un certain nombre de livres, de grandes plantes vertes et un piano. Elle se demanda si c'était Vegesack ou sa fiancée qui en jouait. Ou les deux ? C'est bien, se dit-elle. Ça me donne confiance en lui.

Mais ce n'était pas pour évaluer l'ambiance qui régnait dans le foyer du lieutenant stagiaire qu'ils s'y étaient retrouvés. La mine sinistre des inspecteurs Kohler et Baasteuwel, installés dans des fauteuils retapés des années 1950, ne laissait aucun doute à ce sujet.

– Allons-y, déclara Baasteuwel. De quoi est-il question, bordel ?

Vegesack alla chercher quatre bières et Moreno prit place sur le canapé.

– Il y a anguille sous roche, dit-elle.

– Et cette anguille s'appellerait éventuellement Vrommel ? s'enquit Kohler.

– En tout cas, le commissaire principal ne doit pas se trouver bien loin de la roche. Je crois qu'il serait préférable qu'on vous mette au parfum, dit Moreno. Par où voulez-vous qu'on commence ? Par le présent ou par le passé ?

– Par le passé, trancha Baasteuwel. Nom de Dieu, quand ils ont fait appel à Kohler et à moi, ils ont dit qu'on en aurait pour trois jours. Mes vacances devaient commencer aujourd'hui. Mais ce n'est pas la première fois que ça m'arrive.

– Ni la dernière, fit remarquer Kohler d'un ton sec. Donnez-nous donc quelques explications.

Moreno jeta un œil interrogateur à Vegesack, mais celui-ci lui fit signe de prendre la parole. Elle sortit son carnet de notes de son sac.

– OK, dit-elle. Dans l'ordre. Il y a seize ans, presque jour pour jour, il est arrivé une chose dans cette ville qui a… laissé des traces à jamais. Un prof du lycée, Arnold Maager, a eu une liaison avec une de ses élèves, une certaine Winnie Maas. Elle est tombée enceinte et il l'a assassinée. Du moins selon la version officielle. Il l'aurait poussée d'un viaduc de chemin de fer et elle se serait écrasée contre les rails. On l'a retrouvé assis sur la voie ferrée avec la fille dans ses bras. En pleine nuit. Après cette histoire, il a perdu la raison, et depuis il est interné dans un hôpital psychiatrique, au centre Sidonis, qui se trouve à proximité d'ici. Il a été déclaré coupable de meurtre, mais il n'a pas vraiment avoué, n'ayant pas toute sa tête lors du procès. Maager était marié et avait une petite fille quand tout ça est arrivé. Sa femme l'a immédiatement quitté et il n'a plus jamais revu ni son épouse ni sa fille. L'automne suivant, elles ont déménagé et quitté Lejnice. Voilà en gros ce qui s'est passé. Avez-vous des questions ?

Elle lança un regard autour de la table.

– Belle histoire, dit Baasteuwel avant de boire une gorgée de bière.

– Très, répondit Moreno. Mais venons-en au présent. Quand j'ai pris le train pour Lejnice il y a... (Elle fit un calcul rapide.) ... douze jours, j'ai rencontré une jeune fille qui s'est révélée être la fille de Maager. Nous avons commencé à discuter. Elle venait de fêter son dix-huitième anniversaire et allait rendre visite à son père au centre Sidonis pour la première fois. Elle ne l'avait pas vu depuis qu'elle avait deux ans. En fait, elle ne connaissait même pas son existence. Sa mère lui avait appris son identité seulement la veille, le jour de son anniversaire, et la fille appréhendait cette rencontre.

– Pas étonnant, dit Kohler.

– C'est vrai. Bon, quelques jours plus tard, sa mère – c'est-à-dire l'ex-femme de Maager – arrive ici, à Lejnice, et nous informe que sa fille n'est pas rentrée. Qu'elle a disparu.

– Disparu ? dit Baasteuwel. Comment ça ?

– Nous savons qu'elle est allée voir son père le samedi, poursuivit Moreno, et qu'elle a passé une nuit à l'auberge de jeunesse de Missenraade, mais personne ne l'a revue à partir du dimanche. Et c'est là que commencent les bizarreries.

– Commencent ? dit Kohler. C'est là qu'elles *commencent* ?

Moreno haussa les épaules.

– Ou qu'elles continuent. En fait, je suis ici en vacances mais, les premiers jours, on m'avait chargée d'une mission. Au commissariat. Et puisque j'avais rencontré la fille, je…

– Comment s'appelle-t-elle ? l'interrompit Baasteuwel.

– Mikaela. Mikaela Lijphart. Je l'avais rencontrée, donc, et quelques jours plus tard, je rencontre aussi sa mère. Elle était très inquiète, pour des raisons évidentes. Le commissaire Vrommel a fini par accepter de lancer un avis de recherche, mais il n'a donné aucune priorité à cette disparition. Personne ne pourra prétendre le contraire. Il s'agissait donc de savoir si quelqu'un avait vu Mikaela le dimanche… ou plus tard dans la semaine. D'après ce que nous savons, deux personnes se sont manifestées… Au moins deux. L'une était une femme habitant à Frigge, qui disait avoir vu la fille à la gare de son village, l'autre était une certaine Vera Sauger, avec qui je me suis entretenue hier soir. C'est justement à la suite de cet entretien que nous avons décidé d'organiser cette réunion, le lieutenant Vegesack et moi.

– Très bien, dit Baasteuwel en se penchant en avant. Et ensuite ?

– Vrommel a reçu ces deux femmes mais, d'après lui, rien d'important n'est ressorti de leurs déclarations. Cependant, hier soir, Vera Sauger m'a appris qu'elle avait eu la visite de Mikaela le dimanche en question et qu'elle avait parlé avec elle. Mikaela était à la recherche de personnes qui, d'une manière ou d'une autre, avaient été mêlées aux événements de 1983 et qui connaissaient son père ou Winnie Maas. Nous ignorons la raison de sa démarche, mais il n'est pas impossible que son père lui ait appris certaines choses au cours de sa visite au centre Sidonis. Ce n'est qu'une hypothèse, bien entendu, mais il y a forcément une raison pour qu'elle ait commencé à faire des recherches. À moins que ce ne soit par simple curiosité. Toujours est-il qu'elle est également allée voir la mère de Winnie. Je l'ai rencontrée, elle aussi. Mais ni elle ni Vera Sauger n'ont pu aider Mikaela dans sa démarche, à en croire ce qu'elles m'ont dit. Mme Maas est alcoolique, du reste. Pour l'instant, nous ignorons si la fille a rencontré d'autres personnes.

Elle marqua une pause.

– J'ai cru comprendre qu'il y avait un rapport avec notre affaire, dit Kohler.

Moreno s'éclaircit la voix.

– C'est exact. Vera Sauger a conseillé à Mikaela Lijphart de s'adresser à deux hommes dont elle lui a fourni les noms, si elle voulait continuer son enquête. Vera Sauger a aussi donné ces noms à Vrommel. Un des deux étant justement Tim Van Rippe.

– Le gars dans le sable, constata Kohler.

– Putain ! s'exclama Baasteuwel.

Le silence s'abattit sur le groupe autour de la table.

– Et ce n'est pas tout, poursuivit Moreno quand Vegesack revint de la cuisine, muni de quatre bières supplémentaires. Une semaine après la visite de Mikaela à son père, celui-ci disparaît du centre… le samedi après-midi, pour être exacte. Personne ne sait où il est. Vegesack était allé le voir quelques jours avant, mais il n'a apparemment pas réussi à tirer grand-chose de lui.

– Pas un mot, précisa Vegesack.

Baasteuwel se passa les mains dans sa chevelure pas très réglementaire et foudroya Moreno du regard. Mais c'est Kohler qui prit la parole.

– Tim Van Rippe, dit-il, notre cadavre de la plage, quel rôle aurait-il joué dans cette vieille histoire ?

Moreno tourna quelques pages dans son carnet pour vérifier l'information qu'elle avait obtenue.

– D'après Vera Sauger, il connaissait assez bien Winnie Maas. Il est possible qu'ils aient eu une liaison, eux aussi… avant qu'elle couche avec le professeur Maager. Mais je ne pense pas que ce soit très important. En revanche, il est évident qu'il existe un lien ici. Mikaela Lijphart apprend son nom – en même temps qu'un autre que je n'ai pas encore eu le temps de vérifier – et il est tout à fait probable qu'elle soit allée le voir le dimanche. Une semaine plus tard, on le retrouve assassiné et enfoui dans le sable. Qu'on ait découvert son cadavre tient évidemment du hasard, mais, d'un autre côté, l'assassin aurait pu être plus soigneux et creuser un trou plus profond. Qu'en dites-vous ?

Kohler acquiesça.

– Effectivement. La tête se trouvait assez près de la surface et elle serait apparue, tôt ou tard, grâce au vent ou aux piétinements des touristes.

Baasteuwel se leva.

– Et le commissaire principal a donc caché le fait que… que Vera Sauger était venue le voir ? De quoi est-il question, nom de Dieu ? À part que Vrommel est un type pourri. J'ai besoin d'une cigarette. C'est là-bas que ça se passe ?

Vegesack acquiesça et Baasteuwel sortit sur le balcon.

– Quelle que soit la raison, Vrommel cache quelque chose, c'est certain, affirma Moreno. Il ne veut pas qu'on fouille dans cette vieille affaire. Il ne veut pas qu'on établisse de liens entre l'affaire Maager et le cadavre de la plage. J'ignore pourquoi, mais il semble indiscutable que ç'a un rapport avec ce qui s'est passé il y a seize ans. Corrigez-moi si j'ai tort.

– Il y a autre chose ? demanda Kohler. D'autres irrégularités ?

Moreno réfléchit.

– Sans doute. Mais nous ignorons encore lesquelles. J'ai aussi parlé avec le médecin généraliste qui, à l'époque, a fait l'autopsie du corps de Winnie Maas, et je dois dire qu'il a réagi avec une violence surprenante. Pour une raison qui m'échappe. Il était très indigné, comme si j'avais mis en doute son honneur et le sérieux de son travail. Je voulais juste lui poser quelques questions, mais je n'ai pas eu le temps d'en formuler une seule avant qu'il explose.

– On dirait qu'il y a une putain de conspiration derrière tout ça, dit Kohler. Du moins, une occultation. Quelqu'un a jeté un œil sur les comptes rendus du procès ? Y a-t-il des choses pas nettes ?

– Je n'en suis pas encore là, soupira Moreno. Il ne faut pas oublier que je suis en vacances.

– Hm, fit Kohler en se fendant d'un semblant de sourire mélancolique.

Baasteuwel revint de sa pause-cigarette. Pendant un instant, il promena son regard entre Moreno et Vegesack.

– Vous imaginez quoi, en fait ? Personnellement, j'ai réfléchi le temps d'une cigarette et je dois dire que je ne comprends rien à tout ça, ce qui est extrêmement rare... La dernière remarque est destinée à ceux qui ne me connaissent pas encore.

Il fit une grimace et s'affala dans le fauteuil. Moreno hésita avant de répondre.

– Je pense... fit-elle en s'efforçant de ne pas trop en dire. Je pense que ce n'est pas aussi simple qu'on l'a prétendu en 1983. Et que le commissaire principal Vrommel – ainsi que d'autres personnes, probablement – avait des raisons d'étouffer certaines choses. J'ignore quoi et pourquoi. Je pense aussi qu'il y a des gens dans cette ville qui cachent des renseignements depuis seize ans et que Tim Van Rippe était de ceux-là. Et que quelqu'un l'a tué pour l'empêcher de parler. Oui, voilà en gros ce que je pense.

– Oui, bougonna Baasteuwel. Et ce quelqu'un, comment aurait-il pu savoir que la fille de Maager avait l'intention d'aller voir Van Rippe justement ce jour-là ?

– Aucune idée, admit Moreno. Mais Mikaela Lijphart a dû remuer pas mal de choses avant de disparaître. Elle a rencontré la mère de Winnie Maas et Vera Sauger. Peut-être aussi d'autres personnes, mais, étant donné que « certains » n'ont pas jugé bon de se renseigner, nous ne savons pas qui. Vera m'a donné un autre nom, en plus de celui de Tim Van Rippe.

Claus Bitowski. J'ai essayé de l'appeler plusieurs fois ce matin, mais je n'ai pas réussi à l'avoir.

– Tu veux donc dire… ? fit Baasteuwel. (Il s'interrompit un instant.) Tu veux donc dire qu'il n'est pas impossible qu'il ait subi le même sort ? Elle est là, l'hypothèse qu'il faut lire entre les lignes ?

Moreno hésita, regarda les trois hommes autour de la table.

– Je n'ai pas d'hypothèse. Mais ça ne devrait pas être très difficile à vérifier. Et s'il est en vie, on devrait pouvoir le retrouver – d'une manière ou d'une autre.

– Oui, admit Baasteuwel. Et Mikaela ? Que penser de la petite Mlle Lijphart ? J'imagine que c'est un problème bien plus difficile à résoudre. Quel salaud, ce Vrommel ! Qu'est-ce qui peut bien se cacher derrière tout ça ?

Personne ne trouva de réponse à cette question et le silence s'installa de nouveau. Moreno avait l'impression de voir un nuage formé par leurs réflexions intenses flotter au-dessus de la table. Tant mieux ! se dit-elle. C'est rassurant de savoir que quelques cerveaux de plus travaillent. Enfin…

– Bon, à en juger par vos mines réjouies, finit par dire Baasteuwel, je suppose qu'il va falloir tenir compte de la possibilité que la petite soit enfouie dans le sable, elle aussi.

– Rien ne l'indique, se hâta de faire remarquer Moreno.

– Mais le meurtrier savait qu'elle refusait de voir la réalité en face.

Kohler soupira.

– On a intérêt à retourner toute la plage, dit-il. Ça ne devrait pas être difficile. Juste quelques mois de travail pour quelques centaines d'hommes. Pourquoi ne pas faire appel à l'armée ? Généralement les militaires aiment bien ce genre d'occupations.

– Faute de guerres, ajouta Baasteuwel.

– Je propose que nous attendions quelques jours, dit Moreno. Il y a quand même d'autres angles d'approche. Que donne l'enquête sur Van Rippe, par exemple ?

Baasteuwel émit un bruit qui fit penser à une tondeuse à gazon qui refusait de démarrer. Ou à une Trabant.

– Laborieux, dit-il. Ça n'avance pas beaucoup. Mais c'est peut-être voulu.

– Raconte quand même, dit Moreno avec optimisme.

Vegesack, qui jusque-là avait surtout écouté, décida de prendre la parole.

– Non, en effet nous n'avons pas beaucoup avancé, confirma-t-il. L'autopsie est terminée, les résultats sont arrivés hier. L'heure du décès est impossible à déterminer avec précision. Il y a une marge de vingt-quatre heures : la mort est survenue entre le dimanche 11 à midi et le lundi 12 à la même heure. La cause est claire : un objet pointu a traversé l'œil gauche et pénétré dans le cerveau. Aucun signe d'autre blessure, aucun signe de lutte... Il manque juste des poils et des fragments de peau à certains endroits. C'est étrange que quelqu'un ait pu lui planter cet objet dans l'œil comme ça. La victime a dû être surprise. Elle dormait peut-être... ou prenait un bain de soleil.

Vegesack attendit des commentaires de Kohler ou de Baasteuwel, mais aucun des deux ne semblait avoir d'objections à faire. Il but une gorgée de bière et reprit :

– Nous avons interrogé des gens qui connaissaient Van Rippe, mais personne n'a rien apporté d'intéressant. Il avait projeté de partir quelques jours avec une amie, Damita Fuchsbein. C'est elle qui nous a annoncé sa disparition et c'est aussi elle qui a identifié le corps. Le dernier à l'avoir vu, d'après ce que nous savons, est un de ses voisins. Il s'appelle Eskil Pudecka et dit avoir parlé avec Van Rippe peu après treize heures, le dimanche... ce qui signifie un léger rétrécissement des vingt-quatre heures, mais ça n'a pas une grande importance. Nous avons également appris que la mère et le frère de Van Rippe constituent sa famille proche, et qu'ils n'en savent pas plus que les autres.

– Arrête-toi un instant, l'interrompit Baasteuwel. Qui a interrogé tous ces gens ? Kohler et moi avons vu quatre ou cinq personnes, grand maximum. Alors, qui d'entre vous s'est occupé de la copine, par exemple ? Et de la famille ?

– C'est moi qui ai interrogé Damita Fuchsbein, dit Vegesack. Ce n'était pas sa copine, du reste. Vrommel, lui, s'est chargé de la mère et du frère… Il a vu la mère pas plus tard qu'hier, je crois. Elle revenait d'un voyage.

Baasteuwel frappa du poing sur la table.

– Merde ! C'est Vrommel qui se charge de la vieille ! C'est Vrommel qui se charge du frangin ! C'est Vrommel qui se charge de chaque putain de personne censée savoir quelque chose… Nom de Dieu, il mène cette affaire exactement comme il veut, ce salopard ! As-tu vu les comptes rendus des interrogatoires ?

Vegesack eut l'air embarrassé.

– Non, dit-il. Non. Je crois qu'il ne s'est pas encore occupé de la transcription.

– Et toi, tu as vu quelque chose ? demanda Baasteuwel en se tournant vers son collègue.

Kohler fit non de la tête.

– Doucement, dit-il. Ne t'emballe pas.

Baasteuwel ouvrit les bras dans un geste d'impuissance et se cala contre le dossier du fauteuil. Moreno se demanda s'il avait l'habitude de s'emballer et, si oui, où ça menait généralement. En tout cas, à en juger par l'absence de protestation de la part de Baasteuwel, l'insinuation de Kohler avait un certain effet.

– Il va falloir regarder ça de plus près, reprit Kohler. Évidemment. Mais je propose qu'on le fasse avec discrétion. Pensez-vous qu'on y gagnerait à mettre Vrommel au pied du mur tout de suite ?

Moreno réfléchit. Vegesack et Baasteuwel aussi. D'après leur expression, aucun des deux ne voyait d'inconvénient à brandir une lampe de cinq cents watts en pleine figure du commissaire principal et à lui mettre une pile d'accusations sous le nez.

Moreno non plus, d'ailleurs, mais cela ne signifiait nullement que la ligne proposée par Kohler n'était pas la bonne.

Il a raison, pensa-t-elle. Vrommel n'est pas un imbécile, même si c'est un vrai salopard. Et alternativement un putois. Mieux valait faire preuve de patience pour qu'ils puissent vérifier certains points obscurs.

Elle ignorait lesquels au juste, mais dans cette affaire ce n'étaient pas les points obscurs qui manquaient.

Baasteuwel mit ses réflexions en paroles.

– OK, dit-il. On va accorder encore quelques jours à ce saligaud. Ça va être rigolo de l'observer avec cette idée derrière la tête.

Vegesack approuva. Tout comme Moreno et Kohler.

– OK pour tout ça, résuma Kohler. Et maintenant ? C'est le moment de commencer à mettre notre jeu en place.

– Absolument, dit Baasteuwel. On s'y prend comment ? Je propose que ceux d'entre nous qui sont en vacances soient autorisés à aller s'acheter une glace à la place.

34

Dans l'après-midi, elle s'installa chez Selma Perhovens. Une promesse était une promesse. Et sa chambre chez Dombrowski attendait d'autres clients le soir même, lui avait annoncé la propriétaire avec fermeté.

Selma Perhovens n'avait pas donné l'impression d'avoir changé d'avis quand Moreno l'avait eue au téléphone dans la matinée. Bien au contraire. Entre femmes on doit se tenir les coudes, avait-elle dit, et c'est la moindre des choses de proposer un toit quand la nécessité se fait sentir. D'autant plus qu'elles avaient un tas de choses à se dire, toutes les deux.

C'était aussi l'avis d'Eva Moreno. Par conséquent, ce fut sans trop de scrupules qu'elle prit possession du Foutoir, comme l'appelait Selma Perhovens. La chambre réservée aussi bien aux amis qu'à tout son bordel. L'appartement situé dans la Zinderslaan était spacieux, vieux et marqué par la présence de la journaliste. C'était un quatre-pièces, haut de plafond – beaucoup trop grand pour une mère plutôt petite avec sa fille maigrichonne, mais elle l'avait gagné lors de son divorce. Et cela méritait bien quelques concessions, merde !

La fille, qui s'appelait Drusilla, avait onze ans, bientôt douze, et semblait avoir deux fois plus d'énergie que sa mère. Ce qui était assez impressionnant. Quand Eva Moreno franchit le seuil de la maison, Drusilla la toisa d'abord de la tête aux pieds puis elle lui fit un large sourire.

– Elle va habiter ici ? Cool !

Moreno en déduisit qu'elle n'était pas la première résidente de passage dans le Foutoir. Pendant une ondée qui dura deux heures, elle joua aux cartes, regarda la télé et lut des bandes dessinées avec Drusilla. Pas l'un après l'autre mais tout en même temps ! Regarder la télé sans rien faire d'autre était ennuyeux, selon Drusilla. Pareil pour les cartes.

Pendant ce temps-là, Selma Perhovens écrivait dans sa chambre. Elle avait deux articles à terminer pour seize heures trente et elle demanda à Eva Moreno de bien vouloir l'excuser d'être aussi impolie, mais bon, qu'est-ce que tu veux !

Elle craignait que la soirée ne soit également surchargée. Malheureusement. À dix-sept heures, elle sortit avec Drusilla et laissa Moreno à ses occupations. Elles pensaient être de retour vers vingt-trois heures.

À moins que ce ne soit plus tôt. Ou plus tard.

– Il faut que tu restes plusieurs jours, déclara Drusilla avant de partir. Je ne vais pas chez mes cousins avant la semaine prochaine et mon copain est à Ibiza. Et ma mère n'est vraiment pas marrante quand elle travaille.

– On verra, dit Moreno.

Une fois seule, elle se fit couler un bain. Par chance, elle avait pris son portable avec elle car, alors qu'elle était allongée dans la mousse à la fleur de tilleul, elle reçut pas moins de trois appels.

Le premier venait de son amie, le repère de sa vie, qui avait enfin écouté son répondeur téléphonique. Elle était partie en voyage d'affaires en Italie (Clara Mietens possédait une boutique dans la Kellnerstraat au centre de Maardam, où elle vendait des vêtements qui n'étaient ni du prêt-à-porter ni fabriqués par des enfants), et là-bas, elle avait fait la connaissance d'un homme qui s'était finalement révélé sans intérêt. Elle n'avait donc rien contre une randonnée à vélo autour de Sorbinowo. La semaine d'après, lundi ou mardi, peut-être. Elle avait besoin d'un peu de temps pour parler à sa remplaçante. Et aussi pour vérifier si elle possédait bien un vélo.

Sans entrer dans les détails, Moreno expliqua qu'elle avait, elle aussi, quelques obligations avant de partir, et elles décidèrent de se contacter de nouveau le dimanche.

Clara Mietens demanda si le farniente au bord de la mer était tonifiant.

Moreno assura que c'était le cas et elle raccrocha.

La communication suivante venait de Baasteuwel.

– Il faut qu'on se parle entre quat'z'yeux, lui dit-il.

Vu l'évolution des événements, Kohler et lui avaient pris une chambre à Kongershuus et il avait la soirée de libre.

Un verre de vin et quelque chose à manger, peut-être ? Et une conversation approfondie sur ce qui se passait dans ce trou oublié des dieux et sur ce foutu commissaire principal ?

Moreno accepta sa proposition sans se donner le temps de réfléchir. Chez Werder à vingt heures.

Deux minutes plus tard, ce fut au tour de Mikael Bau d'appeler. Lui aussi avait la soirée de libre et un certain besoin de lui parler. Pour tirer certaines choses au clair, *no hard feelings*, mais ça devrait être possible de prendre un verre de vin et de manger quelque chose ensemble, comme des gens civilisés, non ?

Elle répondit que, malheureusement, elle était prise, mais qu'elle le rencontrerait volontiers le lendemain, à condition qu'elle ne soit pas repartie. Après un silence assez chargé, il accepta. Il lui demanda ensuite si elle avait l'habitude de dire à tous les hommes d'aller se faire foutre et de décamper comme une femelle ensanglantée chaque fois qu'elle avait ses règles.

Elle lui répondit en riant qu'il n'avait pas à se soucier de ce genre de chose. Ses règles étaient terminées, elle était maintenant allongée dans une baignoire avec des pattes de lion remplie d'un bain moussant à la fleur de tilleul et elle se préparait pour de nouvelles aventures.

Que voulait-elle dire par là, merde ? Ne le sachant pas elle-même, elle proposa que leur conversation s'arrête là et ils se mirent à moitié d'accord pour un rendez-vous le lendemain.

L'inspecteur Baasteuwel avait repéré une table derrière deux gros ficus en plastique, où il l'attendait avec une bière brune.

– Pourquoi es-tu devenue flic ? demanda-t-il quand ils eurent passé leur commande. Je ne suis pas un imbécile, mais je ne peux pas m'empêcher de poser cette question quand je rencontre un frère d'infortune. Ou une sœur.

Moreno avait sept réponses en stock et en choisit une.

– Parce que je pensais que je serais douée pour ça.

– Bien répondu. Tu ne dois pas être une imbécile, toi non plus.

Elle s'aperçut qu'il lui plaisait bien. Elle avait eu l'esprit trop occupé pour s'en rendre compte au cours de la réunion improvisée chez Vegesack, mais de toute évidence c'était quelqu'un qui inspirait confiance. Un homme qui tenait debout tout seul.

Négligé et mal élevé, certes... Enfin... pas vraiment négligé, mais il se moquait visiblement des conventions. Quelles qu'elles soient. Une barbe de trois, quatre jours et des cheveux poivre et sel qui n'avaient pas dû voir des ciseaux depuis au moins six mois. Il avait les tempes dégarnies en V, des yeux profonds et sombres, et un nez de traviole et trop grand. Sa bouche était large, avec des dents irrégulières. Il est laid comme un pou, se dit Moreno. Décidément il me plaît.

Mais ce n'était pas pour se dire des amabilités qu'ils étaient là.

– Il y a eu du nouveau, cet après-midi ? demanda-t-elle.

– Oui, j'ai l'impression que ça commence à bouger. C'est un peu délicat de prendre des dispositions sans que Vrommel s'en aperçoive, mais on va y arriver. Il est grand temps qu'on se mette à agir. Ces premiers jours ont plus ressemblé à une veillée mortuaire qu'à une enquête sur un assassinat. Mais on sait pourquoi, maintenant. D'ailleurs, tu étais au courant que Vegesack l'appelle le Putois ?

Moreno sourit et répondit qu'elle avait entendu ça, oui.

– J'ai bien peur que, pour l'instant, on soit réduits à poser des appâts, poursuivit Baasteuwel. Les résultats viendront après. Crois-moi, si Vrommel a des cadavres dans son placard, je saurai les trouver. J'ai parlé avec Mme Van Rippe, mais seulement au téléphone. Kohler, lui, a eu le frère. D'après ce qu'il m'a dit, ça n'a rien donné : le frère a six ans de plus et ne sait pas ce que faisait Tim quand il était ado – il avait déjà déménagé en 1983.

– Et Bitowski ? Le deuxième nom que Vera Sauger a fourni à Mikaela Lijphart, vous l'avez retrouvé ?

– Non, hélas. À cause de ces foutues vacances. Il serait dans les îles avec des copains, mais ça n'a pas encore été confirmé. Un voisin pense qu'il est parti dimanche dernier. Justement ce dimanche, donc. En plus, il vit seul. Il doit donc être en train de picoler là-bas. Ou alors il est enfoui sous le sable, lui aussi. Demain, on essaiera d'en savoir plus auprès de sa famille et de ses connaissances.

– Vous savez quel genre d'homme c'est ? S'il a réellement rencontré Mikaela Lijphart, il aurait dû réagir en entendant l'avis de recherche, non ?

– Pas s'il est affalé dans un transat avec une bière tiédasse dans la main, fit remarquer Baasteuwel. Ni s'il est enterré non plus, d'ailleurs...

Il enfourna un morceau de viande et mâcha, l'air de réfléchir. Moreno fit de même et attendit la suite.

– Bon, reprit Baasteuwel, en tout cas j'ai demandé à avoir des extraits du procès de Maager. Je les récupère demain. Ainsi qu'une liste des élèves du lycée. J'imagine qu'il va falloir que je me déplace pour aller la chercher moi-même, il n'y a pas beaucoup de personnel, à cette époque de l'année.

Quelle efficacité, constata Moreno. On ne peut pas dire qu'il passe son temps à se rouler les pouces. Pour la première fois au cours de ces semaines, elle sentit qu'elle pouvait déléguer certaines choses et qu'elle n'était plus la seule responsable. L'affaire se trouvait maintenant dans des mains compétentes. Une libération. Indiscutablement.

Très bien. Enfin quelqu'un qui comprend quelque chose.

C'était peut-être injuste envers Vegesack, mais Baasteuwel

et Kohler étaient d'un autre calibre. D'un calibre nécessaire pour mettre de l'ordre dans cet imbroglio de cafouillages et de contrevérités. Qui cachaient Dieu sait quoi.

Ils vont élucider l'affaire, se dit-elle. Je vais enfin pouvoir me retirer de ce merdier.

– Au fait, j'oubliais ! s'exclama Baasteuwel, une gorgée de vin à peine avalée. Maager ! Il a effectivement reçu un coup de fil, samedi... Les gens du centre ont fini par le découvrir et ils m'ont appelé pour me le faire savoir. C'est apparemment un remplaçant qui a décroché et qui est allé chercher Maager. Vers midi. Oui, le jour de sa disparition, donc. Samedi. Qu'est-ce que tu penses de ça ?

Moreno réfléchit un bon moment avant de répondre.

– En fait, ça ne m'étonne pas, dit-elle. Et je suppose qu'ils ne savent pas qui l'a appelé ?

– Non, seulement que c'était une femme. Ils ne savent plus si elle s'est présentée. C'était qui, à ton avis ?

Moreno but une gorgée de vin et prit le temps de réfléchir de nouveau.

– Sigrid Lijphart, dit-elle. Son ex-femme. Je ne vois pas qui d'autre, puisqu'il ne connaît pratiquement personne.

– Hm, bougonna Baasteuwel, qui visiblement n'avait pas envisagé cette possibilité. Et quelle aurait été la raison de son appel ?

– Sans doute pour parler de choses et d'autres, ça n'a pas besoin d'être plus compliqué que ça. Ils ont tout de même été mariés pendant six ans. Ils n'ont pas échangé un mot depuis seize ans et ils ont une fille en commun qui a disparu. Ils avaient de bonnes raisons de se parler.

– Possible. Mais ce coup de fil... à supposer que c'était elle... quel rapport aurait-il avec sa disparition ?

– Aucune idée, dit Moreno en haussant les épaules. Ils ont peut-être décidé de se voir. Maager n'est pas très loquace et ça ne doit pas être plus simple au téléphone. Oui, il se pourrait bien qu'elle lui ait donné rendez-vous.

Sans rien dire, Baasteuwel haussa un sourcil sceptique tout en semblant évaluer cette éventualité. Au bout de cinq secondes, il le baissa. Il aurait besoin d'un bon débroussaillage, nota Moreno.

– Et pourquoi elle ne l'a pas mentionné, elle qui harcèle la police ? demanda-t-il. Elle appelle le commissariat au moins deux fois par jour, selon Vegesack. Épuisante, comme bonne femme ! J'ai eu l'occasion d'écouter ses tirades.

– Je n'en sais rien. Je suis en vacances. Mais il faut essayer de la comprendre. N'oublie pas que sa fille a disparu.

– Oui, c'est vrai.

Ils terminèrent le plat principal et commandèrent du café. Baasteuwel alluma une cigarette et se pencha au-dessus de la table, appuyé sur ses coudes. L'espace de quelques secondes il eut l'air insondable, puis il fit un large sourire.

– Tu ne te demandes pas comment je compte m'y prendre avec M. le commissaire principal ?

– Si.

– De la manière suivante, répondit Baasteuwel, presque enthousiaste. Puisque je n'ai pas le droit de lui taper dessus et qu'il ne semble pas être possible de rencontrer les gens sans qu'il soit au courant, j'ai décidé de m'adresser à la presse.

– À la presse ?

– La presse régionale. À Aaron Wicker, le rédacteur en chef du *Westerblatt*. Ce sont des ennemis mortels, lui et Vrommel, si j'ai bien interprété les signes. Et l'homme est suffisamment âgé pour avoir connu l'affaire Maager. Il m'a dit avoir écrit des dizaines de kilomètres de texte là-dessus. J'ai rendez-vous avec lui demain soir, il est malheureusement en reportage toute la journée… mais le soir, nom de Dieu, on va clarifier toute cette soupe !

– Parfait, dit Moreno. Au cas où tu passerais à côté de quelque chose, sache que je loge chez sa collaboratrice.

Baasteuwel fut sidéré.

– Eh ben ! Décidément, tu ne suis pas les mêmes chemins

que tout le monde ! Tu passes toujours tes vacances comme ça ?

– Faut me voir quand je suis en service ! répliqua Moreno.

– J'ai un peu réfléchi, moi aussi, annonça Baasteuwel quand le café fut servi. Je n'ai pas seulement passé mon temps à faire le con en m'appliquant à jouer au bon flic.

– Ah oui ? Et tu as réfléchi à quoi ?

– À l'assassinat. Celui de Van Rippe. Mais quasiment sans résultat.

– Ça m'arrive à moi aussi, le rassura Moreno. Une fois par an, à peu près. Alors raconte !

Baasteuwel fit un grand sourire en montrant ses dents irrégulières.

– Tu es une flic bien, dit-il. Tu es mariée ?

– Qu'est-ce que ça vient foutre là-dedans ?

Baasteuwel se pencha en avant.

– Je tiens à éviter que tu me dragues, expliqua-t-il. J'ai une femme et quatre gosses. Répandre mes gènes est pour moi un devoir envers l'humanité.

Moreno éclata de rire et Baasteuwel montra de nouveau ses dents.

– Mais revenons à ce qui nous intéresse, dit-il. Je ne peux pas m'empêcher de me demander ce qui est arrivé à ce pauvre Van Rippe. C'est plutôt rare d'assassiner quelqu'un en lui enfonçant un objet dans l'œil. Difficile à atteindre, je veux dire… À moins que la victime ne soit endormie, bien sûr. Mais pourquoi Van Rippe dormirait-il sur la plage ?

– On a pu déplacer le corps, fit remarquer Moreno.

– Oui, c'est sans doute ce qui s'est passé, admit Baasteuwel. Personne ne dort sur la plage la nuit et tuer quelqu'un qui se fait bronzer exige un certain sang-froid. D'après ce que j'ai cru comprendre, la plage n'est pas franchement dépeuplée dans la journée… Mes obligations professionnelles m'ont cependant empêché de le vérifier. Par conséquent, le corps a été déplacé après l'assassinat.

Eva Moreno médita sa conclusion.

– Ça ne colle pas, dit-elle.

– Je sais. Mais explique-moi pourquoi.

Moreno se dit qu'elle aurait bien aimé travailler avec Baasteuwel de façon quotidienne. Il était particulièrement vif et sa manière sarcastique de discuter et de bousculer les idées poussait le raisonnement plus loin. On pouvait même dire qu'il était créatif.

– Selon toute vraissemblance, le corps a été caché à la hâte, dit-elle. Si l'auteur du crime avait eu le temps de le déplacer, il aurait aussi dû avoir le temps de le dissimuler un peu mieux. Du moins, de creuser un trou plus profond. Et pourquoi choisir un endroit qui grouille de monde ? Il doit exister des centaines de lieux où le cadavre ne risquait pas d'être découvert. Dans les dunes, par exemple. Non, je crois, malgré tout, que ça s'est fait dans l'urgence. Le meurtrier était pressé. Il s'est débarrassé du corps le plus vite possible avant de partir.

– Pas vraiment prémédité, autrement dit ?

– Probablement pas.

– Et le meurtre a eu lieu à cet endroit ?

– Probablement.

Baasteuwel alluma encore une cigarette et poussa un soupir.

– Finalement, on ferait peut-être mieux d'appliquer l'idée de Kohler.

– Laquelle ?

– De demander à l'armée de retourner le sable.

– Les environs les plus proches ont déjà été ratissés, fit remarquer Moreno. L'équipe technique n'a rien trouvé ?

– Une chaussure. La bonne pointure. Il peut s'agir de celle de Van Rippe, mais ce n'est pas absolument sûr. Elle traînait à environ dix mètres du corps.

– Bon indice.

– Excellent. Vrommel la garde sur son bureau, il est en

train de l'analyser. Il ne faut pas que j'oublie de veiller à ce qu'il ne la fasse pas disparaître. Elle aurait dû être transmise à l'institut médicolégal, mais ça n'a pas été fait... Enfin, voilà...

Il se mit soudain à bâiller, Moreno eut envie de faire de même.

– Alors arrange-toi pour être vigilant, dit-elle tout en regardant sa montre. Occupe-toi de la chaussure et vérifie ce que fait Vrommel. On paie ? À moins que tu n'aies autre chose à me dire? Tu as une journée de travail demain aussi, si je ne me trompe.

– Hrrm, grogna Baasteuwel. Oui, bien sûr. Mais je ne déteste pas avoir plein de boulot. Rester inactif et m'encroûter ne correspond pas à ma nature.

Moreno se rappela la première question qu'il lui avait posée.

– C'est donc pour ça que tu es devenu flic ? Pour ne pas risquer de t'encroûter dans l'inaction?

Baasteuwel prit un air pensif.

– En fait, non. Si je suis devenu flic, c'est parce que j'adore coincer les salauds. Je n'aurai jamais le temps de tous les choper, c'est vrai, ils sont beaucoup trop nombreux, mais pour chaque salopard que j'arrive à arrêter je me sens mieux. Ma femme trouve que je suis pervers.

Il sourit, cette fois sans montrer ses dents.

– Il existe des raisons moins bonnes pour devenir flic, dit Moreno.

– C'est vrai. En tout cas, je te donne de mes nouvelles demain soir. Si tu es toujours là.

Moreno hocha la tête.

– Jusqu'à samedi, au moins. Demain j'ai rendez-vous avec une jeune demoiselle.

La jeune demoiselle était au lit quand elle revint à la Zinderslaan, mais sa mère était encore dans la cuisine, occupée à corriger des épreuves.

– Je me sens comme une bohémienne, dit Eva Moreno. Je

papillonne d'un endroit à l'autre et change de domicile plusieurs fois par semaine.

– Les manouches sont des gens sympas, répondit Selma Perhovens. Tu veux du thé ?

Eva Moreno en voulait bien. Il était plus de vingt-trois heures trente, mais, si elles souhaitaient échanger quelques mots, il valait mieux en profiter quand Drusilla était hors jeu.

– Tim Van Rippe. Demain on publie son nom, dit Selma Perhovens. J'espère que tu n'as rien contre ?

– Rien du tout. Les proches ont été prévenus.

– Parfait. J'aimerais bien qu'on parle de l'affaire Maager. Je pense que c'est aussi le moment de faire un papier dessus. Qu'est-ce que t'en dis ? Quelques petites vérifications, peut-être. La semaine prochaine ? Tu veux quoi, comme thé ? J'ai soixante-deux sortes différentes.

– Une qui soit forte, répondit Moreno.

35

Le 23 juillet 1999

Le vendredi, l'anticyclone fut de retour. Les pluies du sud-ouest étaient passées et la chaleur s'intensifia à une vitesse vertigineuse. Déjà à sept heures du matin, le grand thermomètre sur le mur de la société d'informatique Xerxes indiquait vingt-cinq degrés à l'ombre et il allait faire bien plus chaud.

L'inspectrice judiciaire Eva Moreno ne faisait pas partie de ceux qui s'étaient levés à sept heures du matin pour vérifier la température. Elle fut réveillée à neuf heures par Drusilla Perhovens, qui la mit immédiatement au courant.

– Le ciel est bleu comme une fleur de lin et le soleil brille comme un putain de projecteur.

– Pas de gros mots, Drusilla, la gronda sa mère, qui se brossait les cheveux dans l'embrasure de la porte.

– Parfois il faut en rajouter. C'est toi qui m'as appris ça, répliqua Drusilla avant de s'adresser de nouveau à Eva Moreno : Si tu veux, tu peux venir à la plage avec moi. On pourrait emmener un copain à moi, comme ça t'auras pas à t'occuper de moi.

Moreno accepta après deux secondes de réflexion.

Il ne se révéla cependant pas si simple de profiter de l'anticyclone sur la plage. Même si Drusilla tint sa promesse et passa le plus clair de son temps avec un jeune garçon du nom de Helmer. Ils se baignèrent, construisirent des châteaux de sable, se baignèrent, jouèrent au foot, se baignèrent, mangèrent des glaces, se baignèrent et lurent des bandes dessinées. Moreno, elle, essayait tant bien que mal de varier les plaisirs en se tournant tantôt sur le ventre tantôt sur le dos, mais, quelle que soit sa position, elle n'arrivait pas à éloigner ses pensées de ce qui avait été découvert sous ce sable chaud et doux moins d'une semaine auparavant.

Et de ce qui s'y cachait peut-être encore.

Il se peut que je sois allongée sur un cadavre, pensa-t-elle, et elle ferma les yeux pour ne pas être éblouie par le soleil. Helmer et Drusilla ne vont sûrement pas tarder à venir m'annoncer qu'ils ont déterré une tête.

Il était temps de s'en aller. Temps de quitter aussi bien Lejnice que la plage et de retourner à Maardam. L'affaire Mikaela Lijphart ne la concernait plus. Pas plus que l'affaire Arnold Maager et l'affaire Tim Van Rippe. À vrai dire, aucune ne l'avait jamais vraiment concernée, mais bon… Au moins, elle les savait à présent dans des mains compétentes. Dans celles de Kohler et de Baasteuwel et, au cas où celles-là ne suffiraient pas, dans celles du corps journalistique local. Qui se composait de Selma Perhovens et du rédacteur en chef Wicker. Elle n'avait donc plus aucune raison de s'en soucier. Plus aucune. Elle en avait déjà beaucoup fait et, si elle voulait retourner travailler en août sans que ses batteries soient totalement à plat, il était grand temps qu'elle prenne quelques jours de vacances. Pour faire du vélo et du camping dans la région sauvage de Sorbinowo, par exemple. Pour passer des soirées agréables autour d'un feu de camp avec du poisson grillé, un bon vin et des discussions existentielles. Pour nager la nuit dans l'eau sombre.

Si jamais ils avaient réellement l'intention de demander à l'armée de fouiller cette plage grouillante de monde, elle ne voulait pas y assister. Non, surtout pas.

Pourtant, quand elle finit par s'assoupir, ce fut justement l'objet de son rêve. Des hordes de militaires munis de pioches et de pelles travaillaient sous les ordres d'officiers chauves qui ressemblaient à s'y méprendre à Vrommel, mais affublés d'une moustache hitlérienne à la place de celle, bien taillée, du commissaire principal. Ils n'arrêtaient pas de sortir des cadavres du sable et les empilaient selon le sexe et l'âge. Et tout cela sous sa propre surveillance et celle de Vegesack. Baasteuwel, quant à lui, s'affairait avec une brosse pour enlever le sable de leurs corps et de leurs visages. Effrayée, elle les voyait apparaître, les uns après les autres : Mikaela Lijphart, Winnie Maas, Arnold Maager (qu'elle n'avait vu que sur une mauvaise photo mais qu'elle reconnut immédiatement), Sigrid Lijphart, Vera Sauger, Mikael Bau, Franz Lampe-Leermann… Elle avait du mal à comprendre la raison de la présence des deux derniers dans ce contexte, mais elle accepta ce fait comme une des expressions de la folie immanente de la vie. Et lorsque Drusilla Perhovens lui montra Maud, sa propre sœur – non pas adulte mais adolescente, telle qu'elle la gardait dans sa mémoire –, Eva Moreno en eut assez de ce spectacle terrifiant et se réveilla.

Elle avait l'impression que sa tête allait exploser. Il ne faut pas s'endormir au soleil ! C'est une règle que sa mère s'était efforcée de lui inculquer quand elle était petite. Moreno lui donnait raison sur ce point. Elle se leva sur des jambes chancelantes et alla piquer une tête.

– Baasteuwel, inspecteur judiciaire, se présenta Baasteuwel.

Pas un bruit à l'autre bout du fil.

– C'est bien au Dr deHaavelaar que j'ai l'honneur de parler ?

– Qu'est-ce que vous voulez ?

– Juste vous poser quelques questions. J'interviens dans l'affaire Van Rippe, dont vous avez sans doute entendu parler dans les journaux. Elle semble avoir un lien avec une autre affaire qui remonte à quelques années : l'assassinat de Winnie Maas. Vous vous en souvenez ?

– Si je veux, répliqua deHaavelaar.

– C'est vous qui l'avez examinée ?

– Je n'ai rien à ajouter.

– Je cherche seulement à éclaircir certains points.

– Il n'y a rien à éclaircir. Le commissaire principal a-t-il validé cette conversation ? C'est bien lui qui dirige l'enquête, non ?

Baasteuwel fit une courte pause avant de répondre.

– Puis-je me permettre de vous demander pour quelle raison vous refusez de vous prononcer à ce sujet ?

Un grognement agacé se fit entendre à l'autre bout.

– J'ai des choses plus importantes à faire. Il y a déjà un policier qui est venu m'importuner, l'autre jour. Une femme, du reste.

– L'inspectrice Moreno.

– C'est ça. J'aurais dû le signaler à Vrommel, mais j'ai privilégié la miséricorde à la justice.

– Je vois. Je vais vous donner le choix : soit vous acceptez de répondre à mes questions au téléphone, soit nous venons vous chercher en voiture de police. À vous de décider.

Un silence s'ensuivit. Baasteuwel alluma une cigarette et attendit.

– Que voulez-vous savoir, bon sang ?

– Juste quelques détails. J'ai devant moi un procès-verbal. Celui concernant Arnold Maager. Il y a un point qui me trouble.

– Ah bon ?

– Vous n'avez jamais témoigné ?

– Non.

– Pourquoi ? C'est bien vous, en tant que médecin, qui avez suivi l'enquête ?

– Ça n'a pas été nécessaire. Habituellement ça se fait, mais il n'y a rien d'obligatoire. La culpabilité était claire comme de l'eau de roche et j'avais d'autres obligations.

– Vous avez pourtant signé le rapport médical qui, par la suite, a été lu au tribunal ?

– Oui. Qu'est-ce que vous cherchez à me faire dire ?

– Il est écrit que vous avez examiné la jeune Winnie Maas

avec un médecin légiste du nom de Kornitz et que vous avez constaté qu'elle était enceinte. C'est exact?

– Bien sûr.

– Mais rien n'indique le stade de la grossesse.

– Ah bon?

– Non.

– Étrange. Ça devrait pourtant figurer. Je ne me souviens plus très bien, mais ce n'était pas très avancé... Cinq ou six semaines.

– Vous en êtes certain?

– Absolument.

– Il ne pouvait pas s'agir d'un peu plus? Dix, douze semaines, par exemple?

– Bien sûr que non, répliqua deHaavelaar. Qu'est-ce que vous insinuez?

– Rien. Je voulais seulement vérifier avec vous puisque l'information manque.

DeHaavelaar n'avait aucun commentaire à faire et il y eut de nouveau quelques secondes de silence.

– Autre chose?

– Pas pour l'instant, dit Baasteuwel. Je vous remercie pour votre coopération.

– À votre service, dit le Dr deHaavelaar avant de raccrocher.

Et voilà, se dit Baasteuwel en adressant un sourire sinistre au téléphone. Il ment, l'enfoiré.

Et il a entièrement raison de le faire, constata-t-il. Il n'avait pas l'ombre d'une chance de le coincer. D'autant plus que le médecin légiste Kornitz était décédé depuis trois ans.

En revanche, il serait intéressant de savoir pourquoi il avait menti.

Eva Moreno n'avait pas apporté son téléphone à la plage. Lorsqu'elle revint dans l'appartement avec Drusilla vers quatre heures et demie, elle avait deux messages sur son répondeur.

Le premier était de Münster. D'humeur inhabituellement sombre, il lui demandait de rappeler dès que possible.

Elle se rendit compte qu'elle était encore une fois parvenue à effacer de sa conscience aussi bien Lampe-Leermann que son accusation de pédophilie (même si le tas d'immondices avait fait une brève apparition dans son rêve à la plage). Lorsque tout ça lui revint en mémoire, elle eut la sensation que la laisse se resserrait autour de son cou.

Mon Dieu, se dit-elle. Pourvu que ce ne soit pas vrai.

Elle rappela immédiatement, mais Münster ne répondit pas. Ni au commissariat ni à son domicile. Elle laissa un message sur son répondeur en expliquant qu'elle avait essayé de le joindre.

C'est l'illustration parfaite de notre existence actuelle, se dit-elle, résignée, quand elle eut raccroché. Nous vivons dans un monde de communication tronquée. Le téléphone ne nous sert plus qu'à expliquer que nous avons essayé d'établir le contact mais sans y parvenir. Pas très joyeux, en effet.

Le deuxième message ne lui demandait pas de rappeler. Il venait de son ex-petit ami (amant ? homme ? fiancé ?), qui expliquait qu'il l'attendait chez Werder à vingt heures.

Le même endroit que la veille, donc, et à la même heure.

Mais pas avec le même homme. Le personnel se poserait peut-être des questions. Et tirerait des conclusions pas très flatteuses. Une chance qu'elle rentre le lendemain.

Quoi qu'il en soit, elle décida d'y aller. Mais elle n'avait pas l'intention de rester très longtemps. Elle se sentait aussi fatiguée que Selma Perhovens quand celle-ci rentra, peu après dix-sept heures.

– Pas de prolongation ce soir, annonça-t-elle.

– Absolument d'accord, répondit Eva Moreno.

La veille, elles étaient restées jusqu'à deux heures du matin à réexaminer l'affaire Maager-Lijphart, à discuter des relations, des hommes, des enfants, de leurs métiers respectifs, de livres, de la situation en ex-Yougoslavie et aussi de ce qu'impliquait le fait d'être la première femme libre de l'histoire. Des conversations existentielles, en somme. Enrichissantes.

Mais pas ce soir.

– Merci de t'être occupée de ma fille, dit Selma Perhovens.

– Elle ne s'est pas du tout occupée de moi, dit aussitôt Drusilla. Helmer et moi, on s'est occupés de nous-mêmes toute la journée.

– Exact, dit Moreno. De toute manière je rentre demain. Et ce soir, je dîne en ville. Mais ne crois pas que ce soit devenu une habitude.

– Ça ne serait pas une mauvaise habitude, dit Selma Perhovens. Et toi, mon cœur adoré, avec quoi aimerais-tu te remplir le ventre, ce soir ?

– Avec du filet de bœuf fourré au gorgonzola et des pommes au four, répondit le cœur adoré. Il y a trop longtemps que je n'en ai pas mangé.

– Ça sera des pâtes et des saucisses, décida sa mère.

Au moment où Eva Moreno s'apprêtait à partir, le téléphone sonna de nouveau.

Cette fois-ci, c'était Baasteuwel.

– Merci pour hier soir, dit-il. Tu veux que je te fasse un compte rendu ?

– Merci à toi. Oui, je veux bien.

– Je te dis seulement l'essentiel, je suis un peu pressé. D'accord ?

– D'accord.

– Le médecin ment.

– DeHaavelaar ?

– Oui. Winnie Maas était bien enceinte quand elle est morte, mais je ne pense pas qu'Arnold Maager était le père.

Moreno s'efforça de digérer l'information.

– Ça alors ! Tu es sûr ?

– Pas du tout, dit Baasteuwel, mais je sens que c'est ça et mon intuition est toujours bonne. En plus il est revenu.

– Revenu ?

– Oui.

– Qui ?

– Arnold Maager. Il est revenu au centre Sidonis, cet après-midi.

Eva Moreno devint muette pendant quelques secondes.

– Revenu ? Tu veux dire qu'il est tout simplement revenu ? Comme ça… ?

– Oui.

– Et il était où ?

– Il ne l'a pas dit. Du reste, il ne dit rien du tout. Il paraît qu'il est couché sur son lit, tourné vers le mur. Il a passé près d'une semaine sans médicaments. Des antidépresseurs, je suppose. Ils sont assez inquiets pour lui.

– Comment est-il revenu ?

– Tranquillement, à pied. Vers dix-sept heures. Vrommel est parti là-bas pour leur parler.

– Vrommel ? Il aurait mieux valu que ce soit quelqu'un d'autre.

Baasteuwel poussa un soupir.

– On ne peut pas tout lui enlever sans qu'il se doute de quelque chose. Vegesack l'a accompagné pour le surveiller et, si Maager est effectivement autiste, ça ne doit pas avoir d'importance.

– Espérons-le. Tout ça me dépasse. Autre chose ?

– Oui, encore un peu. Mais il faut que je parte pour des interviews. Tu restes jusqu'à quelle heure, demain ?

Moreno hésita. Elle n'avait pas encore pris de décision quant à l'heure de son départ. Il n'y avait pas de raison que ce soit dès l'aube, en tout cas. Elle voulait prendre le temps d'acheter un cadeau pour Selma Perhovens. Et pour Drusilla.

– Il y a un train à seize heures. Ça me semble pas mal.

– Alors on peut déjeuner ensemble.

Sur ce, il raccrocha. Eva Moreno resta un moment le combiné dans la main. Ça alors ! Maager ne serait pas le père de l'enfant ! Quelles conclusions tirer de ça ?

Difficile à dire. Il avait forcément cru que c'était lui, le père. Et dans le fond, c'était ça l'essentiel, non ?

Les questions se remirent à affluer dans sa tête. L'essentiel pour qui ?

Pour Winnie Maas, bien entendu. Et certainement pour une autre personne aussi...

Car l'Immaculée Conception était plutôt inhabituelle de nos jours, comme l'avait fait remarquer Mikaela Lijphart dans le train, deux semaines auparavant.

Eva Moreno s'allongea sur le lit, les yeux rivés au plafond.

Qu'est-ce qui avait bien pu arriver à Mikaela Lijphart ?

Qu'avait fabriqué Arnold Maager pendant tout ce temps ? Pour quelle raison Tim Van Rippe était-il mort ?

Il y avait encore trop de points obscurs. Beaucoup trop de points obscurs.

Et où en étaient-ils concernant l'attitude à adopter envers le commissaire principal ? Elle avait oublié de poser la question à Baasteuwel.

Mais bon, ça pouvait attendre le lendemain.

À chaque jour suffit sa peine.

36

Le 24 juillet 1999

L'inspecteur Baasteuwel observait une mouette à l'ombre d'un hangar.

Et la mouette observait Baasteuwel. C'est à peu près tout ce qui se passait. Le soleil brillait. La mer était d'huile.

Il regarda sa montre. Seulement dix heures et quart du matin, mais il était certain que la température approchait des trente degrés. Si elle ne les avait pas déjà dépassés. La canicule se maintenait, donc, et le ciel était tellement dégagé qu'il donnait mal à la tête. Ce samedi aurait dû être son troisième jour de vacances. Merde! Mais c'était ainsi. Il alluma une cigarette. La quatrième de la journée. Ou la cinquième.

Le bac contourna enfin la jetée et se dirigea vers le quai. Il semblait à moitié vide. Pour ne pas dire entièrement vide. Il n'y avait bien sûr aucune raison de revenir des îles un jour pareil. Au contraire. Les gens qui attendaient d'embarquer étaient serrés comme des harengs de Westwerding et la chaîne derrière la dernière voiture du bateau de onze heures était accrochée depuis déjà dix minutes. On pouvait d'ailleurs se demander à quoi servait une voiture sur les îles.

Baasteuwel quitta la fraîcheur toute relative derrière le hangar et alla se poster derrière la grille par laquelle sortaient les arrivants. Il ouvrit le parapluie.

Il regrettait d'avoir accepté ce parapluie. C'est sa femme

qui le lui avait mis dans ses bagages dans un accès d'humour féminin, mais bon… Il fallait un signe de reconnaissance pour Bitowski, et un parapluie jaune et bleu avec une pub pour les capotes Nixon ferait bien l'affaire.

Surtout vu le temps. Même en cherchant bien, il ne voyait aucun autre parapluie faisant la pub pour des préservatifs.

Claus Bitowski ne risquait pas de le rater.

Et il ne le rata pas. Parmi les premiers passagers à débarquer se trouvait un homme grassouillet d'une trentaine d'années. Un peu plus, peut-être. Il portait des lunettes de soleil et une casquette de baseball tournée à l'envers. Dans une main, il tenait un sac de sport jaune sale en toile cirée, dans l'autre une bouteille de bière à moitié vide. Son tee-shirt avec l'inscription *We are the Fuckin' Champs* ne parvenait pas à maintenir en place ses bourrelets au-dessus de la ceinture de son jean.

– C'est toi, le flic? demanda-t-il sans détour.

Baasteuwel referma son parapluie. Les parents de ce type auraient peut-être dû utiliser des Nixon, se dit-il.

– Exact. Et vous, vous êtes Claus Bitowski ?

Bitowski confirma d'un hochement de tête. Termina sa bouteille de bière et chercha une poubelle des yeux. N'en trouvant pas, il la balança par-dessus le bord du quai. Baasteuwel détourna le regard.

– Je sais rien, déclara Bitowski.

– Qu'est-ce que vous voulez dire par là ? Je ne vous ai encore rien demandé.

– Je sais rien sur Van Rippe.

– On va voir ça, dit Baasteuwel. En tout cas, c'est bien que vous soyez venu. On va s'asseoir quelque part ?

Bitowski alluma une cigarette.

– Je n'ai rien à dire.

Super, pensa Baasteuwel. Un bébé de trente-deux ans. Il va falloir être un peu pédagogue.

– La Terrasse de la Plage et une bière ? suggéra-t-il.

Bitowski tira une bouffée sur sa cigarette tout en considérant la proposition.

– OK, finit-il par dire.

Ils traversèrent la Zuiderslaan et s'installèrent à une table sous un parasol. Baasteuwel fit signe à la serveuse et commanda deux bières.

– Vous savez que Tim Van Rippe a été assassiné ? demanda-t-il quand on leur eut apporté les deux verres.

– C'est horrible, dit Bitowski.

– Vous le connaissiez ?

– Oui. Dans le temps.

Baasteuwel sortit un carnet et commença à noter.

– En 1983, par exemple ?

– Quoi ?

– 1983. C'est une date.

– J'sais bien. Oui, je connaissais Van Rippe quand on était au bahut.

– Vous connaissiez Winnie Maas aussi ?

– Winnie ? Qu'est-ce qu'elle a à foutre dans cette histoire ?

– Vous la connaissiez bien ? insista Baasteuwel.

– Oui… oui, putain. Bien sûr que je connaissais Winnie Maas. Un peu. J'étais à son enterrement. On était dans le même bahut.

– Dans la même classe ?

– Ben non, putain. J'avais un an de plus. Pourquoi vous me demandez tout ça ? J'vous ai déjà dit que j'savais rien.

– Nous sommes en train d'enquêter sur l'assassinat de Van Rippe, expliqua Baasteuwel. Vous trouvez quand même qu'il faut arrêter celui qui l'a tué, non ?

– Oui, mais j'sais rien, moi.

C'est sans doute vrai, et ça de façon générale, pensa Baasteuwel en buvant une gorgée de bière.

– Quand êtes-vous parti pour les îles ?

– Il y a deux semaines.

– Quel jour ?

Bitowski réfléchit.

– Dimanche. Oui, on est partis l'après-midi.

– On ?

– Oui, moi et un copain.

– Je vois. Vous et un copain. Et avant de partir, est-ce que vous avez eu la visite d'une jeune demoiselle du nom de Mikaela Lijphart ?

– Quoi ? Mikaela... ?

– Lijphart, répéta Baasteuwel. Est-ce que vous avez parlé avec elle, ce dimanche en question ?

– Putain, non. J'ai jamais entendu ce nom.

– Vous connaissiez bien Tim Van Rippe, quand vous étiez plus jeunes ?

– Comme ça.

– Est-ce qu'il est sorti avec Winnie Maas ?

Bitowski haussa les épaules.

– Je crois, oui. Elle est sortie avec beaucoup de types.

– Vous vous rappelez quand elle était avec Van Rippe ?

– Non. Comment voulez-vous que je me rappelle ?

– Est-ce que c'était juste avant sa mort, par exemple ?

– Non, putain, protesta Bitowski. C'était bien avant. Elle baisait à droite et à gauche.

– À droite et à gauche ?

– Oui, elle était comme ça.

– Vous aussi, vous avez été avec Winnie Maas ?

Bitowski vida son verre et lâcha un rot.

– Possible.

– Possible ? Vous avez couché avec elle, oui ou non ?

Bitowski regarda son verre vide et Baasteuwel en commanda un autre.

– Une fois, admit Bitowski.

– Quand ? La dernière année du lycée ?

– Non. Plus tôt, je crois...

– Seulement une fois ?

– Que j'l'ai baisée ? Oui.

Baasteuwel scruta un instant son visage empâté.

– Vous êtes certain qu'elle n'était pas avec Tim Van Rippe en mai, juin 1983 ?

Bitowski trempa les lèvres dans le deuxième verre qu'on venait de lui apporter.

– Certain ? Comment est-ce qu'on peut être certain ? murmura-t-il. En tout cas, elle aurait pas dû. Elle m'a sucé début mai.

– Elle vous a sucé ?

– Oui. C'était à une fête, putain. J'me rappelle plus bien.

Baasteuwel refoula l'envie d'enfoncer son Nixon dans le gras du ventre de Claus Bitowski.

Il ne se rappelle pas ! pensa-t-il. Dans dix ans, tu ne te rappelleras plus ni comment tu t'appelles ni où tu as mis ta bite.

– Pouvez-vous me donner les noms d'autres garçons avec qui Winnie Maas est sortie au printemps 1983 ?

– Non. J'crois pas qu'elle avait quelqu'un de particulier. En fait, j'la connaissais pas. J'vous ai déjà dit que j'savais rien de tout ça.

– Est-ce qu'on vous a interrogé après la mort de Winnie ?

– Interrogé ? Pourquoi on m'aurait interrogé ? D'ailleurs, j'comprends pas non plus pourquoi vous m'interrogez maintenant.

– Personne de la police n'est venu vous poser de questions ?

– Non.

Baasteuwel sentit soudain qu'il n'avait plus de questions à poser lui non plus. Enfin, ça serait éventuellement pour lui demander s'il connaissait le nom du président des États-Unis. Ou celui d'une ville française. Ou s'il savait combien font 11 fois 8.

– On s'arrête là. Merci pour la bière.

– Comment ? Quoi, merde ?

– Petite plaisanterie, expliqua Baasteuwel.

L'agent Vegesack ne se sentait pas bien.

Cela n'avait rien à voir avec le fait qu'il soit obligé d'agir derrière le dos du patron. Pas du tout. Mais il trouvait pénible de devoir jouer la comédie devant d'autres personnes. Désagréable. Surtout s'agissant de quelqu'un comme Mme Van Rippe : son fils avait été assassiné et il était obligé de lui mentir en pleine figure. C'était répugnant, hypocrite. Même si les mensonges qu'il lui servait n'avaient rien de monstrueux. Il devait faire semblant. Ne pas lui dire la vérité.

Raconter des bobards, comme on dit. Mais c'était vraiment désagréable.

– Je n'arrive pas à comprendre pourquoi vous voulez encore me parler, dit-elle quand elle monta dans la voiture. Il y a du nouveau ?

– Pas exactement. Mais nous avons besoin de quelques renseignements supplémentaires.

– Et ça vous oblige à m'emmener à Lejnice ?

– Cela nous a semblé préférable.

Il y avait une bonne heure de route entre Karpatz et Lejnice, mais par chance elle opta pour le silence durant pratiquement tout le voyage. Vegesack l'observait discrètement du coin de l'œil. Elle était assise à côté de lui, un mouchoir serré entre ses mains posées sur les genoux. La soixantaine, usée par la vie, un fils mort. De temps à autre, elle se mouchait. Peut-être souffrait-elle d'une allergie ? À moins que ce ne soit le chagrin qui ait choisi cette voie-là pour s'échapper ? Ça devait être un moment difficile pour elle. La semaine suivante, son fils serait inhumé. Jeudi, à moins d'une erreur de sa part. Pour des raisons dues à l'enquête, la crémation était exclue. Ça devait être tout simplement épouvantable pour elle. Comme si sa propre vie s'arrêtait aussi.

Mais il avait du mal à se mettre à sa place.

Il était soulagé de ne pas avoir à parler.

Mal à l'aise de devoir lui mentir.

– Vous connaissiez Tim ? demanda-t-elle.

– Non. Il avait quelques années de plus que moi. J'habite à Lejnice seulement depuis 1993. Je suis en fait de Linzhuisen.

– Ah bon. Je crois que Tim n'avait pas beaucoup d'amis.

– Ah oui ? s'étonna Vegesack.

– Il était un peu seul.

Vegesack ne savait pas quoi ajouter et elle ne chercha pas à développer le sujet. Elle soupira et chaussa ses lunettes.

– Il fait beau, dit-elle, comme si elle venait tout juste de s'en apercevoir.

– En effet. C'est agréable.

C'est à peu près les seuls mots qu'ils échangèrent au cours du voyage. À midi cinquante-cinq, ils arrivèrent à Lejnice et il gara sa voiture dans la Zeestraat, devant le bureau du *Westerblatt.*

Elle lui jeta un regard surpris.

– Le journal ? Qu'est-ce qu'on vient faire ici ?

Vegesack se racla la gorge.

– Il n'y a pas beaucoup de place au commissariat, alors ils nous ont prêté un bureau dans leurs locaux.

Le croyait-elle ? Il n'arriva pas à savoir.

Eva Moreno acheta une bouteille de porto pour remercier Selma Perhovens de sa générosité. Elle eut un moment d'inquiétude quand elle dut choisir un cadeau pour Drusilla. Elle finit par lui prendre un livre et une boîte de chocolats. Elle avait remarqué que Drusilla avait une bibliothèque assez bien fournie et elle aimerait à coup sûr se goinfrer de chocolats.

La mère comme la fille semblaient satisfaites des cadeaux et Eva Moreno quitta la maison après des marques d'affection réciproques et des promesses de retrouvailles. Elle mit sa valise à la consigne de la gare, prit un dernier bain de soleil à la plage et retrouva l'inspecteur Baasteuwel à quatorze heures, chez Darm, pour déjeuner. Comme prévu.

– Les nuages se dissipent, annonça Baasteuwel quand les salades composées furent servies, même si le ciel n'est pas encore parfaitement bleu.

– Est-ce que ça signifie que tu n'as pas encore d'explication à me donner ? demanda Moreno.

– Hélas. Nous n'avons pas tout élucidé et je n'arrive pas à comprendre ce qui se cache dans ce merdier.

Eva Moreno attendait.

– Ni ce qui est arrivé à Mikaela Lijphart, poursuivit-il. Et pas une seule réponse au dernier avis de recherche. Même pas de la part des toqués habituels qui appellent chaque fois que quelqu'un a disparu pour raconter ce qu'ils ont vu, entendu et Dieu sait quoi. Un peu étonnant, mais en tout cas on surveille Vrommel de près, il ne pourra rien nous cacher.

– Et Maager ? Vous avez parlé avec Sigrid Lijphart de son coup de fil au centre Sidonis ?

– Oui, oui. Elle nie catégoriquement. Elle prétend ne pas lui avoir parlé depuis seize ans et ne pas avoir l'intention de le faire pendant les seize ans à venir. Femme chaleureuse au grand cœur, c'est indiscutable. Mais elle doit avoir ses raisons.

– Peut-être qu'elle ment.

– Possible. Ce n'est pas moi qui lui ai parlé. C'est Kohler qui s'est occupé d'elle. En tout cas, Maager n'a pas bougé de son lit et il continue de fixer le même point sur le mur. Quand il a les yeux ouverts. Il paraît qu'ils ont dû le bourrer de toutes sortes de substances pour qu'il puisse dormir. En revanche, concernant Winnie Maas il y a des choses intéressantes… Tu veux entendre ?

– Je suis tout ouïe, assura Moreno.

Baasteuwel but un demi-verre d'eau minérale et piqua deux fois avec sa fourchette dans la salade avant de poursuivre.

– Elle ne semble pas avoir été une enfant de chœur, si on peut dire.

– C'est ce que j'avais cru comprendre.

– Ils ne sont pas nombreux à assumer le fait de l'avoir connue. Ceux que j'ai rencontrés restent discrets quand je pose des questions. Ils ne veulent pas parler d'elle, tout simplement. Ils savent généralement qui elle était mais personne ne veut admettre avoir entretenu des liens d'amitié avec elle. Autrement dit, je commence à me faire une idée assez précise à son sujet. C'était une espèce de femme fatale ado, une petite dévergondée. Cet enfoiré de Bitowski a quand même reconnu avoir couché avec elle une fois, mais il y en a eu combien comme lui ? Pourtant, elle n'avait que seize ans quand elle est morte. Et de tous les gens que j'ai interrogés, personne ne semble mettre en doute le fait que c'est Maager qui l'a poussée du viaduc. Personne.

Moreno réfléchit.

– Donc, même s'il n'était pas le père de l'enfant, ce serait lui qui aurait commis le meurtre ?

– J'en ai bien l'impression. Ce qui compte, c'est qu'il a cru, lui, l'avoir mise enceinte. Elle a voulu en profiter et il l'en a empêchée. Simple comme bonjour.

– Et Vrommel ? Et le médecin ?

Baasteuwel soupira.

– J'en sais foutrement rien. Même si deHaavelaar a occulté certaines données, ce n'est pas sûr que ç'aurait changé grand-chose.

– Si, rétorqua Moreno, s'il les a occultées, c'est qu'il avait ses raisons. Et Vrommel a dû avoir ses raisons, lui aussi, pour ne rien dire sur Vera Sauger. C'est une logique toute simple.

– Hm, grommela Baasteuwel. Mais oui, putain. J'ai bien dit que les nuages commençaient à se dissiper. On finira par démêler tout ce merdier, ne serait-ce que pour pouvoir donner une bonne leçon à ce salopard de commissaire principal. S'il a quelque chose sur la conscience, je vais l'obliger à se livrer. Je te promets de t'informer de l'heure et de la date de l'exécution… de tout le reste aussi, au cas où ça t'intéresserait.

– Oui, surtout concernant la fille, dit Moreno. J'espère que Mikaela Lijphart n'a pas eu d'ennuis, mais je crains que… enfin, tu sais quoi.

– Oui. Bien sûr que je sais. On en a vu d'autres, toi et moi. Mais, jusqu'à preuve du contraire, autant rester optimistes. C'est un principe que je m'efforce d'appliquer. On va d'ailleurs s'occuper de la mère, aujourd'hui. De la mère de Van Rippe. Avec l'aide du rédacteur en chef Wicker… À l'heure qu'il est, ils doivent tous se trouver au journal. Il devrait y avoir des résultats, vu que Wicker connaît ce bled comme sa poche. Bon, voilà en gros la situation.

– Vrommel ne se doute de rien ?

– Pas pour l'instant, mais il se demande pourquoi Kohler et moi continuons à traîner ici, répondit Baasteuwel en montrant les dents.

– Et qu'est-ce que vous lui avez donné comme explication ?

– On lui a dit qu'on aimait bien cette ville et que nos deux couples battaient de l'aile, répondit Baasteuwel en souriant. Et cet imbécile nous croit. Il n'a jamais été marié et il imagine qu'il a tiré le gros lot.

Moreno n'avait pas de commentaires à faire à ce sujet.

– Si on mangeait ? se contenta-t-elle de dire.

37

L'inspecteur Kohler se présenta et pria Mme Van Rippe de s'asseoir.

– Je présume que vous connaissez le rédacteur en chef Wicker, du *Westerblatt* ?

Mme Van Rippe prit place et promena un regard étonné entre Kohler et Wicker.

– Oui… oui, bien entendu. Mais où est le commissaire principal ? Je croyais que c'était lui qui s'occupait de cette affaire.

– Il est très pris en ce moment, expliqua Kohler. Il a beaucoup à faire, comme vous pouvez vous en douter. On m'a fait venir de Wallburg en raison de l'assassinat de votre fils.

– Un peu de café et un sandwich ? proposa Aaron Wicker.

L'espace d'un instant, Vegesack eut l'impression qu'Edita Van Rippe allait se lever et refuser, mais elle serra fortement les lèvres tout en fixant le sol.

– Oui, merci, finit-elle par dire. Mais je ne comprends toujours pas pourquoi je suis ici.

– Nous faisons de notre mieux pour essayer de comprendre ce qui s'est passé, dit Kohler. Plus nous aurons de renseignements, plus nous aurons de chances d'y arriver. De trouver le coupable. Nous avons quelques questions à vous poser… pour nous permettre de nous faire une idée plus précise du passé de votre fils.

Wicker servit le café et présenta un plat avec des sandwichs de la boulangerie Doover, la voisine immédiate de la rédaction du journal.

– Si je suis avec vous, c'est simplement parce que je connais bien les lieux, expliqua-t-il. Servez-vous, madame Van Rippe, je vous en prie.

Elle prit un sandwich au jambon et le regarda avec méfiance.

– J'aimerais être de retour chez moi pour quatre heures.

– Pas de problème, assura Kohler. Le lieutenant Vegesack vous ramènera chez vous dès que nous aurons terminé. Pouvez-vous nous parler un peu de votre vie ?

– De ma vie ?

Edita Van Rippe regarda l'inspecteur en écarquillant les yeux, comme si elle n'avait pas compris la question. Ou comme si elle n'avait pas eu de vie.

– S'il vous plaît. Juste les grandes lignes.

– Que… que voulez-vous savoir ? J'ai passé mon enfance à Lejnice… Quand j'ai rencontré Walter, mon second mari, j'ai déménagé pour Karpatz. Il y a à peu près dix ans de ça. Je ne comprends pas ce que vous cherchez à savoir.

– Nous avons besoin de connaître les antécédents, répéta Kohler. Vous avez donc encore un fils, en plus de Tim ? Un peu plus âgé, je crois ?

– Oui.

Elle hésita. Mordit dans le sandwich et mastiqua lentement. But une gorgée de café. Kohler attendait.

– Oui, Jakob… reprit-elle. Oui, j'ai Jakob aussi. Il a six ans de plus que Tim. Je l'ai eu jeune. À dix-neuf ans. C'est comme ça. Mais vous le saviez déjà, j'en suis sûre. Au moins M. Wicker…

– Bien entendu, l'interrompit Kohler. Nous savons aussi que vous avez épousé Henrik Van Rippe la même année. Très jeune, donc. Vous êtes restée mariée combien de temps ?

Vegesack vit le visage de Mme Van Rippe se tendre et il se dit qu'elle n'allait pas tarder à refuser de parler.

– Il m'a abandonnée en 1975, expliqua-t-elle avec une certaine dureté dans la voix. Jakob avait quinze ans, Tim neuf.

– Il vous a abandonnée ?

– Oui, pour une autre. Mais ça ne regarde personne.

Kohler acquiesça d'un mouvement de tête.

– Excusez-moi. Bien sûr, oui. Comment était-il quand il était petit, Tim ?

– Pourquoi me demandez-vous ça ?

– Je vous serais reconnaissant de bien vouloir répondre, madame Van Rippe, ça nous aiderait beaucoup. Et pourquoi n'avez-vous pas pris le nom de votre second mari ?

– On n'est pas mariés. J'avais l'intention de reprendre mon nom de jeune fille, mais je m'étais habituée à Van Rippe.

– Je vois. Et il était comment, quand il était petit, Tim ? répéta-t-il.

Elle haussa les épaules.

– On ne l'entendait pas beaucoup.

– Ah bon ?

– Il était sage. Tim ne posait jamais de problème, il faisait ce qu'il devait faire et jouait souvent seul. Jakob, lui, était différent.

– De quelle manière ?

– Plus extraverti. Il avait toujours des copains à la maison. Alors que Tim préférait s'occuper tout seul.

Le lieutenant Vegesack lorgna sa montre. Qu'est-ce qu'ils foutaient, nom de Dieu ? S'ils n'étaient pas plus rapides que ça, il serait obligé de rouler comme un fou pour ramener Mme Van Rippe chez elle avant seize heures. Kohler lui avait expressément demandé de ne pas intervenir au cours de l'entretien, à moins qu'on ne s'adresse directement à lui. Visiblement, c'était aussi le cas pour Aaron Wicker, qui mâchouillait son stylo, l'air de lutter contre le sommeil.

– Vous avez rencontré votre compagnon actuel en 1988 ? demanda Kohler. C'est bien ça ?

Mme Van Rippe hocha la tête.

– Walter Krummnagel ?

Pas étonnant qu'elle n'ait pas voulu changer de nom, pensa Vegesack.

– Oui.

– Et vous avez déménagé pour Karpatz la même année ?

– Oui.

– Avez-vous vécu seule entre... (Kohler chaussa ses lunettes et consulta son bloc-notes.) ... entre 1975 et 1988 ?

Le visage de Mme Van Rippe se figea de nouveau.

– Oui.

– Vous n'avez pas eu de liaison pendant cette période-là ?

– Non.

– Une belle femme comme vous ?

Pas de réponse. Vegesack ne parvint pas à voir si elle rougissait. Kohler fit une brève pause.

– Pourquoi ?

– Que voulez-vous dire ?

– Pourquoi avez-vous vécu seule ?

– Parce que je ne voulais pas d'un homme.

– Mais vous avez dû avoir au moins un petit flirt, non ? Ça ne devait pas être facile de vivre seule comme ça ? Vos enfants n'étaient plus tout petits, et...

– J'ai fait ce choix, l'interrompit Mme Van Rippe. On a bien le droit de vivre comme on l'entend.

Kohler ôta ses lunettes et les glissa dans la poche de sa chemise. Il fit un signe imperceptible à Wicker.

– Bon, madame Van Rippe, fit Kohler en s'approchant d'elle. Je crois que vous mentez.

Elle serra les accoudoirs de son fauteuil, probablement dans l'intention de se lever, mais elle se laissa retomber.

– Je mens ? Pourquoi je mentirais ?

Elle regarda Kohler, qui avait baissé la tête et qui fixait sa tasse de café. Bien joué, pensa Vegesack. Un silence de cinq secondes s'ensuivit. Wicker prit la parole.

– Madame Van Rippe, dit-il tout en croisant lentement les bras. N'auriez-vous pas eu une liaison avec une certaine personne dans cette ville... au début des années 1980 ? Suis-je mal informé ? Vers 1982, 1983 ?

– Non... non, avec qui ?

Sa voix n'était plus très assurée. Elle lâcha les accoudoirs.

– Avec qui ? reprit Wicker avec un étonnement feint. C'est vous qui devriez le savoir, madame Van Rippe. Je ne vois pas de honte à ça. Pourquoi le cacher ? Nous ne sommes que des êtres humains.

– Je ne comprends pas de quoi vous parlez, dit Mme Van Rippe.

Sa voix n'était plus qu'un chuchotement.

Encore quelques secondes s'écoulèrent.

– Je parle de Vrommel, précisa Wicker en se calant contre le dossier de sa chaise. Le commissaire principal Victor Vrommel.

Edita Van Rippe ne répondit pas. Elle se pencha lentement au-dessus de la table et mit ses bras sur sa tête.

Kohler défit le nœud de sa cravate et alla aux toilettes.

Moreno médita la réplique de Baasteuwel en attendant le train.

Il n'a jamais été marié et il imagine qu'il a tiré le gros lot. Selon Vrommel !

Célibataire comme Vrommel ! Ce n'était pas une idée très réjouissante. Elle avait intérêt à se trouver un homme de toute urgence.

Éventuellement accepter la proposition discrète de Mikael Bau de se remettre ensemble en août, par exemple ? Le dîner de la veille s'était passé sans problème majeur, il fallait l'admettre. Mikael Bau avait de mauvais côtés, mais au moins il n'était pas rancunier. Qu'il soit question d'une Trabant en panne ou d'une inspectrice *workalcoholic*. Il fallait au moins lui reconnaître ça.

Alors peut-être un nouveau départ en août ?

Elle décida de repousser sa décision. Des vacances tonifiantes à vélo l'aideraient sans doute à y voir plus clair, et pour l'instant elle avait trop de préoccupations.

En revanche, elle prit une autre décision.

Elle appela Münster.

Il décrocha. Malheureusement. Elle avait espéré qu'il ne serait pas là.

– Alors ? demanda-t-elle en retenant sa respiration.

– Je crains que Lampe-Leermann n'ait raison.

Ils se turent pendant au moins dix secondes.

– Tu es toujours là ?

– Oui, je suis toujours là. Et tu sais de qui il s'agit ?

– Nous avons un nom, mais je n'ai pas l'intention de le divulguer avant d'être sûr à cent pour cent. Même pas à toi.

– Ça me donne la nausée. Putain, ne dis rien !

– Tout ça n'est pas drôle, admit Münster.

Un nouveau silence.

– Comment as-tu fait ? s'enquit Moreno.

– Hm. Je ne savais pas très bien par quel bout commencer. J'ai finalement décidé de contacter le *commissaire*. Van Veeteren.

– J'aurais sans doute fait pareil, dit Moreno après un moment de réflexion. Si ça m'était venu à l'esprit. Vous vous êtes donc occupés du journaliste ensemble ?

– Ça oui ! (Münster eut un éclat de rire mais s'interrompit aussitôt.) V.V. lui a fait tellement peur qu'il a même payé nos bières. Tout seul, je n'y serais pas arrivé.

– Il a donné un nom ?

– En effet.

– Et ce n'est pas du bluff ?

– Ça n'en a pas l'air. Mais on n'a pas encore interrogé la personne en question. Elle est en vacances et j'attends son retour. Ça me semble préférable. Le *commissaire* est de mon avis.

Moreno commença à passer en revue ses collègues qui, comme elle, avaient pris leurs vacances en juillet, mais elle s'interrompit.

Je ne veux pas savoir, se dit-elle. Pas tant que je peux l'éviter.

– Voilà la situation, conclut Münster. Je voulais juste te tenir au courant.

– OK, dit Moreno. À bientôt.

– À bientôt.

Cette fois, elle prit le train direct. En s'installant côté fenêtre, elle constata qu'il n'y avait pas plus de monde qu'à l'aller.

Et effectivement, pourquoi quitter la côte un samedi caniculaire comme celui-ci ?

Exactement deux semaines se sont écoulées et je rentre chez moi, pensa Eva Moreno. On ne peut pas dire que j'aie passé quinze jours à lézarder au bord de l'eau. Ni que je sois reposée. Mais qu'est-ce que j'ai foutu, merde ?

Rien ne s'était passé comme prévu. Elle avait envoyé son petit ami (homme ? amant ? mâle ?) se faire voir ailleurs et elle avait joué au détective vingt-quatre heures sur vingt-quatre sans obtenir aucun résultat.

Pas un seul.

Elle ne savait pas ce qui était arrivé à la fille en pleurs.

Elle ne savait pas qui avait assassiné Winnie Maas.

Elle ne savait pas qui avait assassiné Tim Van Rippe.

Et il y avait un pédophile au commissariat de Maardam.

Le bilan est excellent, se dit-elle.

CINQUIÈME PARTIE

38

Le 21 juillet 1983

En repassant devant le lycée, il sentit une petite brise remonter de la mer et il s'arrêta de nouveau.

S'était-il immobilisé à cause de la brise ou du plan de l'établissement ? Il observa le tableau éclairé où le nom du lycée et la position des différents bâtiments étaient indiqués de façon pédagogique et il éprouva un émoi particulier. Une sorte de sentiment de sécurité diffus, peut-être. Transmis par son lieu de travail. Totalement désert à une heure et demie du matin. Mais quand même ?

Il s'assit sur un des bancs de pierre disposés le long du gymnase, les coudes sur les genoux, la tête dans les mains.

Qu'est-ce que je vais faire ? se dit-il. Qu'est-ce qui va se passer, maintenant ? Qu'est-ce que je fous ici ? Merde, merde, merde…

Il fut submergé par un torrent de mots. Mais aucune pensée. Aucun plan d'action. Seulement un flot d'interrogations vides de sens et des cris désespérés qui semblaient planer au-dessus d'un gouffre, dans lequel il fallait à tout prix éviter de regarder – ces mots tourbillonnants dont la seule fonction était de maintenir tout le reste à distance. À distance. Loin. C'était ainsi. Il sentit qu'il était en train de devenir fou.

À la maison ? pensa-t-il. Auprès de Mikaela ? Mais pourquoi ? Pourquoi je me suis arrêté ici ? Pourquoi je ne fonce pas au viaduc pour m'expliquer avec elle, les yeux dans les yeux ? De qui ? Je parle de qui ? De Winnie ? De Sigrid ? J'ai tout perdu. Je ne pourrai jamais revenir… ni auprès de Mikaela, ni auprès de Sigrid, ni dans ce lycée. J'ai perdu. À présent, j'ai tout perdu… Je suis sur ce putain de banc devant ce putain de gymnase et j'ai tout perdu. Je le savais. Je le sais depuis cette maudite soirée. Pourquoi je n'ai pas essayé d'empêcher ça ? Qu'est-ce que je vais faire, maintenant qu'il est trop tard pour tout ? Merde. Trop tard. Merde. C'est déjà trop tard…

Il se mit debout. Taisez-vous ! dit-il à ses pensées. Vos gueules ! Il inspira profondément et s'efforça de se concentrer une dernière fois. Une dernière fois ? Comment ça, une dernière fois ?

Il se remit à marcher en direction du viaduc. Est-ce qu'elle est encore là ? Est-ce qu'elles sont encore là ? C'est bien là qu'est partie Sigrid ? C'est au viaduc qu'elle est allée ? Il doit y avoir une demi-heure de ça, maintenant.

Il accéléra. Il croisa la Birkenstraat à la hauteur du cimetière et s'engagea dans l'Emserweg. Et c'est alors, juste au moment où il allait tourner à l'angle de la papeterie Dorff avant de sortir dans la Dorfflenerstraat, qu'il l'aperçut.

Elle passa devant l'entrée éclairée du stade, de l'autre côté de la rue, elle marchait vite. D'un pas énergique et résolu. Sigrid, sa femme. Elle ne le voyait pas. Il réprima une impulsion de l'appeler. Mais s'arrêta sous le store de la librairie et y resta jusqu'à ce qu'elle soit hors de sa vue. Elle y est allée, se dit-il. Elle y est allée et elle a rencontré Winnie.

Il traversa à toutes jambes la Dorfflenerstraat, passa devant le stade et parvint à la voie ferrée. Après avoir contourné la brasserie, le viaduc apparut dans son champ de vision.

À distance. Il ne pouvait pas encore voir s'il y avait quelqu'un là-haut. Quelqu'un qui l'attendait. Il ralentit le pas. Que pourrait-il lui dire, nom de Dieu ? Et que pourrait-il faire ? Qu'attendait-elle de lui ? Elle qui avait ruiné sa vie. Qui l'avait brisée en mettant sa femme au courant il y avait de ça… il regarda sa montre… trente-cinq minutes. Un peu plus d'une demi-heure s'était écoulée depuis le coup de fil. Qu'est-ce qu'elle pouvait bien lui vouloir, maintenant ?

Enceinte ? Elle attendait un enfant, son enfant. Il se rappela ce qu'elle lui avait dit, cette nuit-là. Venez, professeur... Venez, je prends la pilule !

Elle avait dit *professeur*. Au cours de l'acte, pendant qu'ils baisaient, elle avait utilisé ce mot.

La pilule ? Elle ne la prenait pas, cette putain de pilule.

Il commença à monter le long virage tout en se posant une question ridicule : allait-elle encore lui demander de coucher avec elle ? Une idée sale qui montrait bien qui il était. Dans le fond. Et également qu'il était en train de devenir fou. Je suis un salaud, se dit-il. Un salaud, un salaud, un salaud ! Il lui semblait entendre Sigrid prononcer le mot... Coucher encore une fois avec Winnie Maas ? Encore une fois ? La laisser le chevaucher, enfoncer son sexe en elle jusqu'à ce qu'elle gémisse de plaisir, la laisser le sucer et frotter son clitoris jusqu'à ce qu'elle hurle... Mais qu'est-ce que c'était que ce délire ? Son cerveau s'emballait comme un moteur qui tournait trop vite. Qu'est-ce qui arrive à ma tête ? se dit-il. La fille n'est pas là-haut.

La fille n'y était pas.

Il n'y avait personne là-haut. Personne. Pas la moindre Winnie Maas. Et personne d'autre non plus. Il s'arrêta et regarda autour de lui. Vers le nord, vers le sud. La vue était bonne de cet endroit. On voyait toute la ville, les rues, les places, les deux églises, la plage, le port avec le brise-lames en béton, le chenal abrité. La partie boisée et, au-delà, les terrains de foot. La jetée de Frieder et le phare de Gordon à l'extrémité sud... tout enveloppé dans la pâle obscurité de la nuit d'été.

Il baissa le regard. Suivit les rails des yeux en partant de la gare. Il y avait quelque chose en bas. Juste à côté du rail droit, juste au-dessous de l'endroit où il se trouvait. L'obscurité n'était pas compacte et un réverbère éclairait de sa lumière glauque la rue et le remblai.

Oui, il y avait quelque chose. Quelque chose de blanc, de bleu. De pâle…

Il lui fallut une seconde pour comprendre ce que c'était.

Et encore une pour comprendre qui c'était.

39

Le 5 août 1999

Le lieutenant stagiaire Vegesack fit le signe de croix et entra.

Le commissaire principal Vrommel était couché par terre devant sa table de travail, occupé à faire des exercices pour se muscler l'abdomen.

– Un instant, dit-il.

Vegesack s'assit sur la chaise des visiteurs et regarda son patron. Vrommel soufflait comme un bœuf, les exercices demandaient visiblement de gros efforts. Son crâne chauve était rouge comme un feu de circulation. Le travail terminé, il resta allongé un moment par terre pour récupérer. Puis il se leva et alla reprendre sa place derrière son bureau.

– Tu es donc en vacances à partir de demain ?

Vegesack opina de la tête.

– Oui, demain.

– Pas terrible comme temps.

– Non, fit Vegesack.

– Il faisait plus beau, la semaine dernière.

– Oui.

Vrommel ouvrit un des tiroirs du bureau. Attrapa un mouchoir et s'essuya le front et le crâne.

– Pour l'affaire Van Rippe, il est temps de faire un petit résumé.

– On va vers un non-lieu ? s'informa Vegesack.

– Non, pas un non-lieu, dit Vrommel. On n'abandonne pas une action judiciaire comme ça quand il est question d'un assassinat. J'ai dit un résumé. Pas facile. On n'est arrivé à rien, n'est-ce pas ?

– En effet.

– Il va falloir réduire les effectifs. Trois semaines se sont écoulées. Enquête de routine à partir de maintenant.

– Je vois.

– Il va falloir écrire un rapport. Une sorte de compte rendu de ce que nous avons fait jusqu'à présent. Je pensais organiser une conférence de presse demain matin. Il faut faire une présentation pour le haut du panier aussi. Les petits scouts de Wallburg n'ont pas été d'une grande utilité.

– Pas vraiment.

Vrommel se racla la gorge.

– Alors, tu rédigeras ce rapport et tu le mettras sur mon bureau avant de partir. Tu as la journée devant toi.

Vegesack acquiesça.

– Pas trop long. Seulement les faits. C'est dans la brièveté qu'on reconnaît le maître.

Vegesack se prépara à se lever.

– Autre chose ? demanda-t-il.

– Je te l'aurais dit. Sur mon bureau, donc. Bonnes vacances et maintiens-toi en forme.

– Merci, dit le lieutenant Vegesack avant de sortir du bureau.

Eva Moreno se réveilla et regarda sa montre.

Midi moins dix.

Elle s'aperçut qu'elle était couchée dans son propre lit et qu'elle n'avait dormi que neuf heures, malgré tout. Elle essaya de vérifier si elle avait un seul muscle qui n'était pas douloureux, mais n'en trouva pas.

J'ai l'impression d'avoir quatre-vingt-dix ans, pensa-t-elle. Et on dit que c'est bon pour la santé !

Elle s'était couchée peu avant trois heures du matin. Elle

était rentrée chez elle à deux heures pétantes mais avait eu la bonne idée de prendre un bain chaud avant d'aller au lit. Sans ça, elle aurait sans doute été incapable de bouger. Clara Mietens et elle avaient fait la dernière étape de leur randonnée à vélo, soixante-quinze kilomètres, contre le vent, les derniers trente kilomètres sous la pluie. Elles étaient parties un peu plus tard que prévu et elles avaient pensé revenir à Maardam en pédalant vers le soleil couchant, un agréable vent d'est dans le dos. Mais la réalité avait été tout autre.

Un vent d'est! se dit Moreno en s'asseyant prudemment sur le bord du lit. Y avait-il déjà eu un vent d'est dans cette ville? Quand elles s'étaient séparées à deux heures moins le quart du côté de Zwille, Clara Mietens avait fait la promesse solennelle d'attacher un poids à sa saleté de vélo à six vitesses, dont quatre étaient en panne, et de le balancer dans le Langgraacht en chantant un chant funèbre, si jamais elle avait la force de se relever un jour.

Mais, à part ça, leur voyage s'était bien passé. Jusqu'à l'apothéose finale, donc. Huit jours dorés, remplis à ras bord de vie en plein air, de baignades, de conversations, de balades à vélo (jamais contre le vent, ni sous la pluie), de farniente dans la belle région de Sorbinowo. La tente récemment acquise de Clara s'était révélée pratique et facile à monter. Le temps avait été radieux. Jusqu'à la veille.

Eva Moreno alla dans la salle de bains prendre une douche. Dix minutes plus tard, son corps commença à se comporter comme s'il était encore le sien. Parallèlement, ses pensées prirent une autre direction.

C'était inévitable. Il était temps de revenir à la réalité. Grand temps.

Elle enfila sa robe de chambre et s'attaqua au courrier. Des factures, de la pub, quatre cartes postales et un bulletin de salaire. Passionnant.

Puis elle écouta son répondeur téléphonique. Après mûre réflexion, elle avait décidé de laisser son portable à la maison pendant leur tour de Sorbinowo. Il devait y avoir un nombre conséquent de messages stockés.

Et c'était le cas. Il y avait un peu de tout : deux messages joyeux de Mikael Bau, par exemple, et un de sa mère où celle-ci expliquait qu'ils s'apprêtaient (en compagnie de son père, à moins qu'il n'y ait eu un changement stupéfiant pendant son absence) à partir à l'aéroport afin de prendre l'avion pour la Floride et qu'ils seraient de retour seulement fin août.

Il ne fallait pas qu'elle s'inquiète, si jamais elle essayait de les appeler.

Onze messages, annonça la voix féminine sur la bande.

Mais rien de Baasteuwel.

Rien de Vegesack ni de Kohler. Ni de Münster.

Rien non plus de Selma Perhovens.

Ne crois surtout pas que tu es quelqu'un d'important, se dit Eva Moreno avant de descendre s'acheter de quoi déjeuner.

Il était six heures et demie du soir quand elle eut enfin l'inspecteur Baasteuwel au téléphone.

– Ah, tu es enfin chez toi ? constata-t-il.

– Depuis hier. J'attendais de tes nouvelles.

– J'ai failli en laisser sur ton répondeur, mais je n'aime pas parler pour ne rien dire.

– Ah oui ? Alors ?

Baasteuwel marqua une pause.

– On a laissé tomber.

– Laissé tomber ?

– Oui, c'était préférable. On s'est mis d'accord là dessus, Kohler et moi. Je suis enfin en vacances.

Un frissonnement d'incompréhension traversa la conscience d'Eva Moreno.

– Qu'est-ce que tu racontes, merde ? Et Vrommel ? Tu m'as dit que c'était juste une question de temps.

Elle entendit Baasteuwel allumer une cigarette.

– Écoute-moi bien, dit-il. Il faut que tu me croies. Ça n'a pas été possible de coincer ce salopard. On a décidé d'arrêter l'enquête, Kohler et moi. Vegesack aussi. Il n'y a rien eu de tangible et donc aucune raison de poursuivre. Vu la tournure que ç'a pris.

– La tournure ? Qu'est-ce que tu veux dire ? Je ne comprends pas.

– Tant pis, dit Baasteuwel, je ne peux pourtant pas être plus clair. Et tu serais d'accord avec moi si tu connaissais les détails.

– Les détails ? Quels détails ?

– Il y en a pas mal. Je peux te garantir que la meilleure solution était de tout arrêter. Voilà, c'est comme ça. Ça arrive pour certaines affaires. Tu devrais le savoir.

Les pensées se bousculaient dans la tête de Moreno et elle se pinça le bras deux fois pour s'assurer qu'elle était bien réveillée.

– Tu m'avais juré de coincer Vrommel, lui rappela-t-elle, furieuse. Une fille innocente a disparu et un homme a été assassiné. Et toi, tu es devenu policier pour pouvoir dénoncer les salauds, et voilà que tu...

– Cette fois ça n'a pas marché.

– Et Van Rippe ?

– L'affaire se trouve entre les mains du commissaire principal. On avait fait appel à Kohler et à moi pour intervenir seulement au début de l'enquête, n'oublie pas ça. Notre travail est terminé.

Moreno ôta le combiné de son oreille et le regarda quelques secondes avec méfiance.

– Vous êtes bien l'inspecteur Baasteuwel de la police de Wallburg ? demanda-t-elle.

Baasteuwel lâcha un petit rire.

– En personne, assura-t-il. Mais il me semble déceler une certaine impatience dans votre voix, mademoiselle l'inspectrice. J'ai l'impression que vous vous posez quelques questions.

– Exact. C'est tout à fait ça. Je ne comprends même pas quelle langue tu parles. Tu abandonnes un assassinat et une fille disparue pour prendre des vacances. L'hémorragie se situe de quel côté de ton cerveau ?

– Au milieu, répondit Baasteuwel d'un ton aimable. Les vacances commencent à me ramollir et je sens que je ne suis pas d'une grande clarté, mais, au cas où tu souhaiterais en savoir un peu plus sur les événements à Lejnice, je m'efforcerai de me ressaisir et d'accéder à tes désirs…

– C'est ton devoir, rappela Moreno. Où et quand ?

– Demain ?

– Le plus tôt sera le mieux.

– À Maardam, peut-être ? proposa Baasteuwel. Comme ça tu joueras à domicile.

– Volontiers.

– Le vieux Vlissingen existe toujours ?

– Plus que jamais.

– Dans ce cas, demain à dix-neuf heures, ça te va ? Je réserve une table, promit Baasteuwel.

– C'est parfait.

Eva Moreno raccrocha et regarda la fenêtre qui était de nouveau fouettée par une pluie venue de l'ouest.

Je ne comprends rien, se dit-elle. Je ne comprends absolument rien.

40

Le 6 août 1999

Il y avait plein de monde au restaurant Vlissingen. Comme chaque fois. Eva Moreno était un peu en retard et elle passa devant la fille assise seule dans un coin de la salle sans la remarquer. Elle l'aperçut seulement après avoir fait le tour et constaté avec agacement que l'inspecteur Baasteuwel n'était pas encore là.

Il fallut ensuite un certain temps pour que son cerveau interprète l'information visuelle. Elle ferma les yeux, s'efforça de rétablir la réalité puis avança jusqu'à sa table. La fille s'apprêtait à se lever, mais elle se ravisa et se rassit. Elle esquissa un sourire hésitant.

– Mikaela ? dit l'inspectrice Moreno. Mikaela Lijphart ? C'est bien toi ?

– Oui, répondit la jeune fille avec un petit rire nerveux.

Moreno remarqua que sa lèvre inférieure tremblait.

– L'inspecteur Baas... ? commença-t-elle.

Mais elle comprit qu'il n'y aurait pas d'inspecteur Baasteuwel au restaurant Vlissingen, ce soir-là. Selon le plan qu'il avait mis au point. Et cela expliquait pourquoi ses propos au téléphone, la veille, avaient sonné si faux.

Bien sûr, se dit-elle, j'aurais dû comprendre ! Puis elle adressa un grand sourire à la jeune fille en lui disant de se lever pour pouvoir la prendre dans ses bras.

– Je… je suis tellement heureuse de te voir.

– Moi aussi, chuchota Mikaela Lijphart. C'est… l'inspecteur Baasteuwel… qui m'a dit que vous vouliez probablement me rencontrer. Il m'a demandé de vous attendre ici… Il m'a donné de l'argent aussi pour que je puisse vous inviter à dîner.

Si Moreno n'avait pas senti l'angoisse dans la voix de la jeune fille, elle aurait éclaté de rire, mais Mikaela était tout sauf à l'aise. Elles s'assirent et Moreno posa sa main sur le bras de la jeune fille.

– Tu es inquiète.

– Oui. C'est affreux. Je n'arrive plus à dormir.

– J'imagine que tu comprends que… que j'aimerais savoir ce qui s'est passé ?

– Oui...

Mikaela baissa les yeux.

– Je sais qu'il faut que je vous raconte. Tout d'abord merci d'avoir été si gentille avec moi dans le train et je sais que vous avez fait plein d'efforts pour moi aussi après.

Moreno fit de nouveau un sourire, non sans mal, qu'elle voulait encourageant.

– Ce n'est rien. Si on en profitait pour dîner ?

– Oui. Je me rends compte que j'ai faim, répondit Mikaela Lijphart.

Elles mirent un certain temps à passer la commande. Moreno chercha à se rappeler si elle avait déjà connu ce genre de situation auparavant. Probablement pas. En fait, en quoi consistait-elle, cette « situation » ? Elle ne parvenait pas à la définir. Cela faisait des jours, des nuits et des semaines qu'elle essayait de comprendre ce qui était arrivé à cette fille qui avait disparu sans laisser de traces et qui soudain, sans le moindre avertissement, resurgissait dans un restaurant. Sacré Baasteuwel ! Non, elle n'avait jamais connu de situation semblable.

Mikaela Lijphart ne semblait pas en forme. Elle était pâle et tremblante. Il serait absurde de commencer par lui parler de banalités – du temps, du dernier film qu'elle avait vu –, totalement absurde.

– Allons-y, Mikaela, dit-elle. Quand il faut il faut. Il me semble que c'est ce que tu m'as dit quand on s'est vues dans le train.

– Non, c'est vous qui me l'avez dit, corrigea Mikaela. Je commence par quoi ?

– Par le début. Quand nous nous sommes quittées devant la gare de Lejnice.

Mikaela leva la tête et regarda Eva Moreno droit dans les yeux. Puis elle inspira profondément et se mit à raconter.

– Oui, tout d'abord, les choses se sont passées exactement comme j'avais prévu. (Elle joignit lentement les mains sur la table, comme si c'était un geste qu'elle venait d'apprendre et qu'elle ne maîtrisait pas encore très bien.) Je suis allée dans ce centre et j'ai rencontré mon père. C'était… très bizarre d'entrer dans cette chambre et de voir un homme totalement inconnu qui, pourtant, était mon père. Je m'y étais préparée, bien sûr, et j'avais essayé de l'imaginer, mais c'était encore plus bizarre que je ne l'avais cru. Il était si petit, il me semblait si étranger, et si… malade. Il ressemblait à un oiseau. Mon papa-oiseau, je me suis dit. J'ai immédiatement su que c'était lui. Dès que je l'ai vu. C'était une évidence, je n'arrive pas à expliquer pourquoi.

Moreno nota que sa voix était moins chevrotante maintenant qu'elle avait commencé son récit.

– Continue, l'encouragea-t-elle.

– Vous êtes au courant de… de son histoire ?

Moreno acquiesça.

– Dans le train, il y a certaines choses que je ne vous ai pas dites. C'est pour ça que j'avais un peu honte. En fait, mon père a eu une liaison avec une lycéenne qui n'avait que seize ans… quand moi j'en avais deux. C'est comme ça. On n'y peut rien. La fille est morte et il a été condamné pour meurtre. Mais il est innocent. Ça ne s'est pas passé comme on a dit.

Pendant notre rencontre, mon père m'a appris que ce n'était pas lui qui avait poussé Winnie Maas sur la voie ferrée… Il lui a fallu deux heures pour me le dire. Il m'a aussi donné une lettre qu'il m'avait écrite où il expliquait la même chose. C'est vrai qu'il avait couché avec la fille, mais il ne l'avait pas tuée… Il avait terriblement honte et ne voulait pas en parler, mais je l'ai forcé. Il n'est pas très solide, mon père, il est comme un oiseau. Un petit oiseau malade. Il me fait tellement de peine…

Elle fit une pause et jeta un regard interrogateur à Moreno, qui lui fit signe de poursuivre.

– J'ai pleuré quand je suis repartie. Après, j'ai failli ne pas avoir de place à l'auberge de jeunesse, mais ça s'est s'arrangé. J'ai cru mon père, je savais qu'il disait la vérité, qu'il était innocent, mais je ne savais pas très bien quoi faire. Après avoir réfléchi un peu, j'ai décidé de retrouver sa mère, la mère de la fille… si elle était encore à Lejnice, pour le lui dire. Et aussi pour lui poser quelques questions. La rencontre s'est passée sans problème. Nous nous sommes vues le dimanche, elle n'était pas très agréable, un peu alcoolique, je crois, elle m'a même montré qu'elle avait un revolver pour se défendre… mais je ne sais pas contre quoi. Je ne pense pas qu'elle ait cru à l'innocence de mon père. Elle disait qu'il avait détruit sa vie et le traitait de dégueulasse, d'assassin et d'un tas de choses épouvantables. Elle m'a fait de la peine, elle aussi… Je comprends combien ça doit être terrible quand son enfant meurt de façon aussi affreuse…

Le repas fut servi, mais Mikaela ne voulait pas s'interrompre dans son élan.

– Quand j'étais dans l'appartement infect de Mme Maas, je me suis dit qu'il fallait que je comprenne ce qui s'était réellement passé avant la mort de sa fille. Mon père m'avait seulement dit que ce n'était pas lui qui l'avait tuée. Mais, puisque j'étais là, je voulais en profiter pour parler avec d'autres personnes. Et je regrette vraiment d'avoir eu cette idée !

– Tu n'as jamais pensé que la fille aurait pu sauter elle-même du viaduc ? demanda Moreno.

Mikaela Lijphart fit non de la tête.

– J'y ai pensé, mais mon père n'y croyait pas, et Mme Maas non plus.

– Je vois. Alors, qu'est-ce que tu as fait ?

– Mme Maas m'a indiqué quelques personnes qui, d'après elle, avaient bien connu sa fille. En fait, je ne comprends pas pourquoi elle m'a donné leurs noms puisqu'elle a surtout passé son temps à me dire que j'étais une sale gosse d'assassin, que je devrais avoir honte de me montrer et un tas de choses du genre.

– Ça ne m'étonne pas d'elle, dit Moreno. Je l'ai rencontrée, moi aussi.

– Ah oui ?

Mikaela Lijphart eut l'air fautive. Moreno lui fit signe de continuer.

– En tout cas, reprit-elle, je suis allée voir une femme qui s'appelle Vera Quelque chose…

– Sauger ?

– Oui, c'est ça. Vera Sauger. Elle avait connu Winnie et, si j'ai bien compris, elle avait eu mon père comme prof. Je lui ai dit que je croyais que mon père était innocent, et alors… elle s'est tue. J'ai cru… Non, je ne sais pas…

– Si, dit Moreno.

– J'ai cru qu'elle avait toujours su qu'il était innocent. Non, je ne veux pas dire qu'elle l'avait vraiment su, mais c'est ce que j'ai pensé à ce moment-là, quand j'étais chez elle. Vous comprenez ?

Moreno opina.

– Oui, et cette Vera Sauger m'a donné d'autres noms… de gens avec qui je pourrais parler. Il y en avait un dont j'ai oublié le nom et puis il y avait ce Tim Van Rippe. J'aurais tellement aimé qu'on ne m'ait jamais parlé de lui !

– Je comprends.

Eva Moreno commençait effectivement à comprendre. Enfin.

– Et ensuite, qu'est-ce qui s'est passé ? demanda-t-elle.

Mikaela Lijphart inspira de nouveau profondément. Saisit sa fourchette et son couteau, mais les reposa sur la table.

– C'était affreux, dit-elle. Tellement affreux que je ne pourrai jamais l'oublier... jamais, jamais. J'en rêve toutes les nuits. Plusieurs fois par nuit, dès que je m'endors... Tout le temps.

L'espace d'un instant, la jeune fille donna l'impression d'être sur le point de fondre en larmes, mais elle serra les dents et reprit son récit.

– J'ai appelé ce Tim Van Rippe. Je lui ai expliqué qui j'étais et je lui ai demandé s'il avait le temps de parler un instant avec moi. Il a semblé bizarre, mais je n'y ai pas attaché d'importance... Il m'a répondu qu'il ne pouvait pas me voir avant le soir et il m'a proposé de le retrouver à la plage à neuf heures.

– À neuf heures du soir ?

– Oui. J'ai demandé si ça ne pouvait pas être plus tôt, mais il n'a pas voulu. Alors j'ai accepté. J'ai vérifié les horaires et, comme il y avait un train à vingt-deux heures cinquante, je me suis dit que j'aurais le temps de le prendre pour rentrer. Puis j'ai essayé de contacter l'autre homme... Son nom me revient, maintenant, il s'appelait Bitowski... mais je n'ai pas réussi à le joindre. J'ai donc passé l'après-midi à la plage. Il faisait si beau.

Avec une pointe de remords, Moreno se rappela avoir passé le même après-midi à la même plage. Quelques kilomètres plus au nord. Ce premier dimanche... avec une légère gueule de bois mais libre et heureuse.

– Le soir, je l'ai attendu à partir de huit heures et demie. À l'endroit convenu... tout près de la jetée, la jetée de Frieder, je crois. Il n'y avait plus beaucoup de monde, mais il ne faisait pas encore nuit. Il est arrivé à neuf heures moins dix et on a commencé à marcher lentement le long de la plage... vers le nord. J'ai parlé et il m'a écoutée sans rien dire. Au bout d'un moment, on s'est assis, mon sac à dos était lourd et je n'avais plus envie de marcher. Je l'ai enlevé de mon dos parce qu'il y avait un problème. Une des tiges métalliques, qui consolidaient le sac, était en train de se défaire. Je l'ai détachée complètement pour pouvoir mieux la refixer. Ou pour la jeter, je ne sais plus… J'avais presque terminé mon histoire mais je n'avais pas encore évoqué l'innocence de mon père. C'est à ce moment-là que j'en ai parlé et c'est alors que c'est arrivé…

Elle se mordit la lèvre. Moreno attendit.

– J'ai dit : « Je sais que mon père n'a pas tué Winnie Maas. » C'est exactement ça que j'ai dit. Il était debout et moi assise à m'occuper de mon sac. Quand j'ai levé la tête, j'ai compris. Immédiatement. C'est lui qui l'avait tuée. C'est Tim Van Rippe qui avait tué Winnie Maas. Je l'ai compris et il a dû voir que j'avais compris. J'y ai repensé des milliers de fois depuis. Ç'a dû être ça. Il a sans doute cru que je l'accusais en affirmant que mon père n'était pas le coupable. Il a cru que je l'accusais… et j'ai vu qu'il avait l'intention de faire la même chose avec moi. Il s'est avancé, il a levé les bras et j'ai vu sur son visage qu'il allait me tuer, moi aussi. Il allait me tuer là, sur la plage…

Sa voix se brisa, enfin. Eva Moreno s'y attendait. Elle avait remarqué que le débit de la jeune fille s'accélérait. Elle contourna rapidement la table et mit son bras autour des épaules tremblantes de Mikaela Lijphart, approcha une chaise et serra la jeune fille contre elle. Du coin de l'œil, elle vit que le jeune couple à la table voisine leur jetait des regards.

– Pardon, dit Mikaela Lijphart, une fois son calme recouvré. Je ne suis pas sûre d'arriver à raconter la suite.

– Je te comprends, la rassura Eva Moreno, mais je pense que ce serait bien que tu essaies quand même. Il paraît que c'est la meilleure manière d'arriver à supporter les événements difficiles. Il faut les revivre.

– Je sais. Vous pouvez retourner à votre place, je vais continuer.

Elle fit un sourire plein de courage à Eva Moreno, qui se rassit sur sa chaise.

– Je vous ai déjà dit que je faisais de l'escrime ?

– Non. Je ne crois pas.

– De l'épée et du fleuret. Je me débrouille plutôt bien. Sans fausse modestie… Alors quand il s'est jeté sur moi, je lui ai enfoncé la tige dans l'œil.

– Quoi ? La tige ?

– Oui, la tige du sac à dos. Jusque-là, à peu près…

Elle montra avec ses mains. Moreno déglutit.

– … trente à quarante centimètres. Je l'avais dans la main. J'ai agi machinalement. Sans réfléchir. J'ai juste avancé mon bras et je l'ai touché en plein dans l'œil. Il est tombé… sur moi, ce n'était pas voulu, c'était un réflexe. J'ai tué Tim Van Rippe là, sur la plage, en moins d'une seconde.

Sa voix tremblait mais elle ne se brisa pas. Moreno sentit ses poils se dresser sur ses bras.

– Et là, j'ai paniqué… vraiment paniqué. J'ai tout de suite compris qu'il était mort. Il ne faisait pas encore très sombre. Il y avait des gens qui se promenaient à une centaine de mètres de nous, mais personne n'avait rien remarqué. Les gens devaient juste penser qu'on était restés sur la plage pour s'amuser un peu. Je l'ai enterré sur place, ça m'a demandé presque une heure. Il faisait de plus en plus sombre et il n'y avait plus personne. Quand je l'ai traîné dans le trou, il a perdu ses chaussures, je les ai lancées au loin. J'ai pris son portefeuille et sa montre, je ne sais pas pourquoi… Je les ai jetés aussi. Après, je suis partie.

– Après tu es partie, répéta Moreno. Mon Dieu, Mikaela, tu as dû avoir peur.

– Oui, j'ai eu peur. Tellement peur que je ne savais pas ce que je faisais. J'avais l'impression de ne plus être moi-même… J'ai marché toute la nuit.

– Tu as marché ?

– Oui. Vers le nord. À sept heures du matin, je suis arrivée à un restaurant de routiers à Langhuijs. Là, j'ai fait du stop jusqu'à Frigge. J'ai petit-déjeuné et j'ai dormi quelques heures dans un parc. J'ai rêvé en boucle que j'enfonçais la tige dans l'œil de Tim Van Rippe. Et que j'enfouissais son corps dans le sable. Quand je me suis réveillée, j'ai d'abord pensé aller à la police, mais je n'ai pas osé. À la place, j'ai vidé mon compte en banque, j'avais un peu plus de mille guldens, et j'ai acheté un billet de train pour Copenhague. J'avais aussi pris trente guldens dans le portefeuille de Tim Van Rippe avant de m'en débarrasser.

– Pour Copenhague ? Pourquoi ?

Moreno se demanda aussitôt si quelqu'un avait pensé à vérifier les banques. Probablement pas. Quelle bourde ! Pister le retrait n'aurait pas posé de problème.

– Je ne sais pas, répondit Mikaela. J'y étais allée en voyage scolaire et j'avais aimé cette ville. Et il fallait bien que je me cache quelque part, non ?

Moreno ne dit rien.

– Je l'avais tué. Je l'avais assassiné et j'avais enterré le corps. Il fallait que je m'enfuie…

Moreno hocha la tête et chercha à adopter une expression neutre et bienveillante.

– Tu as donc pris le train pour Copenhague ?

– Oui. Un train de nuit. Je suis arrivée le matin et je suis descendue dans un hôtel, l'hôtel Excelsior, derrière la gare. Il était assez miteux, mais c'est le premier que j'ai trouvé. Je me suis baladée dans la ville et après je suis restée allongée dans ma chambre. J'ai senti que j'étais en train de devenir folle, alors j'ai appelé ma mère. Je ne savais pas depuis combien de jours j'étais là et je n'avais pratiquement pas mangé… J'ai dit à ma mère que j'étais en vie mais plus pour très longtemps et qu'il fallait qu'elle vienne me chercher avec mon père – le vrai. Je l'ai menacée, oui, on peut dire ça, mais j'étais tellement mal, ce n'était pas un mensonge… et ils sont venus.

– Ta mère et ton père sont venus te chercher à Copenhague ?

– Oui. Je ne sais pas quel jour c'était. Mais je pense que plus d'une semaine s'était écoulée depuis que j'avais tué Tim Van Rippe sur la plage. Et je le tuais encore et encore chaque nuit, dès que j'arrivais enfin à m'endormir. Oui, pendant ces quelques jours, j'étais à moitié folle. Mais, après l'arrivée de maman et papa, ç'a été un peu mieux. Et je les ai obligés à se parler. On a passé quatre ou cinq jours ensemble, mais mon père avait besoin de ses médicaments, alors on est repartis. Ma mère téléphonait tous les jours à Lejnice et posait des questions sur la progression de l'enquête pour que personne ne comprenne qu'on était ensemble tous les trois… et, maman et moi, on a décidé de garder le secret aussi après. Papa n'a jamais vraiment su ce qui s'était passé, à part qu'on savait qu'il n'était pas coupable de l'assassinat de Winnie Maas. Ce n'était pas facile de parler avec lui, et puis Baasteuwel m'a raconté cette horreur, rien que l'idée me détruit. C'est tellement injuste…

– Un instant, l'interrompit Eva Moreno. Je ne te suis plus. Il arrive comment dans cette histoire, l'inspecteur Baasteuwel ?

Mikaela Lijphart se moucha dans sa serviette avant de reprendre.

– On est rentrés de Copenhague. On a déposé papa près du centre et maman et moi, on est parties pour Aarlach. On a passé quelques jours chez tante Vanja, qui n'était pas chez elle, mais maman avait les clés de son appartement. On a discuté pour savoir quelle attitude adopter. Comment faire avec Helmut, par exemple ? Est-ce qu'il fallait le mettre au courant ou pas ? Finalement on a décidé de ne rien dire à personne. Parce que c'était impossible, tout simplement… et puis on est rentrées, un lundi soir, et le lendemain matin, Baasteuwel a sonné à notre porte. Helmut n'était pas à la maison, heureusement, car au bout d'une heure l'inspecteur avait réussi à nous extirper toute l'histoire… et il nous a expliqué cette chose horrible.

– Quelle chose horrible ?

– Qu'il avait parlé avec papa au centre Sidonis… pendant que maman et moi, on était à Aarlach. Je ne sais pas comment il s'y est pris pour le faire parler, mais vu qu'il avait réussi avec nous… je suppose qu'il est fort pour ce genre de chose.

– Il est connu pour ça, admit Eva Moreno. Qu'est-ce qu'il a dit, ton père ?

Mikaela Lijphart serra les dents et cligna des yeux pour retenir ses larmes.

Qu'il pensait que c'était maman qui avait tué Winnie Maas et que c'était pour ça qu'il n'avait rien dit. Pour nous protéger.

Elle se tut. Moreno sentit ses paupières la brûler et elle but une gorgée d'eau minérale pour essayer de maîtriser son émotion. Est-ce possible ? se dit-elle.

Mais elle savait que c'était bien le cas.

Pas seulement possible. C'était logique et ça tenait la route.

Et c'est pour ça qu'il a perdu la raison, ajouta Mikaela. Ça l'a rendu fou. Il a cru que c'était maman. Tout le temps. C'est elle qui a décroché quand Winnie a téléphoné, cette nuit-là... Maman était hors d'elle et elle a quitté la maison pour aller la voir. Quand papa a trouvé Winnie sur la voie ferrée, il a cru que... Oui, vous comprenez, n'est-ce pas ?

Oui. Je comprends.

Et Tim Van Rippe avait été protégé par le commissaire principal parce que celui-ci avait une liaison avec sa mère.

Cette dernière information lui avait été rapportée dans l'après-midi par Selma Perhovens. Qui lui avait dit aussi que l'enquête était désormais en suspens.

« Pour certaines raisons. »

« Quelles raisons ? » avait-elle demandé. Mais Selma Perhovens n'en savait pas plus.

À présent, les choses étaient claires. Claires comme de l'eau de roche. L'équation était enfin résolue. L'équation de Baasteuwel.

Le Putois était libre.

Et l'assassin de Winnie Maas avait eu son châtiment.

Eva Moreno s'aperçut qu'elle avait gardé la bouche ouverte et qu'elle avait mal aux poings à force de les serrer. Elle essaya de se détendre.

Quelle sale histoire ! pensa-t-elle. Les dieux ont-ils enfin arrêté leur jeu pervers ? Oui, c'est ainsi qu'elle ressentait les choses. Le résultat final ressemblait au pat dans une partie d'échecs. C'est l'expression qu'aurait utilisée Van Veeteren, elle en était convaincue... Une partie nulle, un jugement de Salomon. Elle fut interrompue dans ses pensées par Mikaela.

– J'ai l'intention de remettre mon père sur pied, déclara-t-elle. Enfin, je vais essayer.

– Tu as raison. Mais veille à te remettre d'abord sur pied, toi. C'est difficile de porter toute seule des événements aussi douloureux. Tu aurais besoin d'aide pour arriver à vivre avec ces souvenirs… mais je ne sais pas comment.

– C'est déjà arrangé, fut la réponse surprenante de Mikaela. Je vais aller voir un prêtre une fois par semaine à Maardam. C'est le frère de l'inspecteur Baasteuwel.

Moreno regarda la jeune fille.

– Tu veux dire qu'il y a un prêtre à Maardam qui s'appelle Baasteuwel ?

– Non, dit Mikaela avec un petit sourire las, il a changé de nom. Il a dû trouver que Baasteuwel n'allait pas très bien avec son métier. À présent, il s'appelle Friedmann, ça lui va beaucoup mieux.

– Indiscutablement, admit Moreno. Hm. Tu veux qu'on leur demande de réchauffer nos plats ? C'est un peu froid, maintenant.

Mikaela Lijphart fit un grand sourire.

– Oh, j'ai oublié que j'avais faim.

Mikaela Lijphart fut récupérée par sa mère et son beau-père devant le restaurant Vlissingen. Comme convenu. C'est sans doute par mesure de sécurité que Helmut Lijphart les accompagnait. Pour éviter que la mère de Mikaela n'ait à répondre à des questions gênantes, se dit Eva Moreno. Oui, c'était certainement la raison.

Car il restait au moins un point obscur.

Celui qui concernait la route empruntée par Sigrid Lijphart, la nuit fatale.

Était-elle montée sur le viaduc, ou non ? Avait-elle vu la fille sur la voie ferrée avant son mari ?

Si c'était le cas, savait-elle qui était l'assassin ? L'avait-elle protégé par son long mutisme ?

Et éventuellement... oui, éventuellement, connaissait-elle depuis le début les conclusions erronées qu'avait tirées Arnold Maager ?

Oui, cette question restait en suspens.

Progressivement, Eva Moreno prit conscience de toute son étendue et elle en eut la nausée.

Le jour viendrait où elle pourrait s'y atteler, mais il n'y avait aucune raison de le faire en présence de la jeune fille. Aucune. Mikaela Lijphart avait déjà frôlé le cœur des ténèbres.

On aura bien une autre occasion de se rencontrer, se contenta de dire Eva Moreno. Et alors, ce sera à moi de vous inviter.

Après leur avoir dit au revoir, Moreno fit une longue promenade pour réfléchir. Il était vingt-trois heures vingt lorsqu'elle rentra chez elle. Elle hésita un moment avant de se décider à appeler l'inspecteur Baasteuwel.

– Félicitations, dit-elle. Et je suis sincère.

Merci, répondit Baasteuwel. Et je suis sincère.

Le jugement de Salomon. C'est toi qui as demandé à la fille de se taire ou c'est la mère ?

Hm, c'est surtout Mikaela. Pourquoi ?

Je ne suis pas sûre que ce soit une bonne chose.

Moi non plus, convint Baasteuwel. Quand j'ai appris la vérité, je leur ai dit que je n'étais plus chargé de l'affaire et que si je venais les voir c'était par curiosité personnelle. Je leur ai laissé le soin de prendre la décision tout en proposant mon aide, au cas où le silence se révélerait trop difficile à porter et où Mikaela préférerait dévoiler la vérité.

Ton aide ? Mais comment ? s'enquit Moreno.

Je n'en sais rien. Je compte sur le temps pour m'apporter la réponse. Mais maintenant je trouve que ce serait stupide que Mikaela parle, vu la tournure que cette histoire a prise. Elle a tout arrangé, merde ! L'assassin est mort, la paix règne dans la tombe. On s'occupera de Vrommel plus tard.

– Aucune hésitation sur la culpabilité de Van Rippe ?

– Aucune. Le brouillard a été complètement dissipé par sa mère. Elle connaissait son fils et, à cette époque, elle avait une liaison avec Vrommel, et… celui-ci s'est arrangé pour que l'histoire devienne celle que nous connaissons. Il avait aussi un vieux compte à régler avec le médecin, mais nous avons renoncé à y fourrer notre nez. Oui, c'est bien Tim Van Rippe qui a tué Winnie Maas. Mais ça signifie que ce n'est pas si simple pour Mikaela d'affirmer qu'elle a agi par légitime défense. La vengeance constituerait un mobile évident et elle s'est tue un peu trop longtemps.

– Et pourquoi Van Rippe a-t-il été obligé de supprimer Winnie Maas ?

– Obligé, obligé… La nécessité est discutable, mais c'est lui qui était à l'origine de sa grossesse, ça, c'est à peu près certain. De même qu'il a délibérément essayé de – et réussi à – rejeter la culpabilité sur Arnold Maager. Et, circonstance assez étonnante : il était présent le soir où Winnie Maas a séduit son professeur… Si tu me demandes d'émettre une hypothèse, je dirais qu'il était consentant, et que c'était même calculé de sa part. Il avait prévu que Maager serait obligé d'endosser la paternité. On peut dire ce qu'on veut sur Winnie Maas, mais ce n'était certainement pas une lumière. Enfin, ce n'est là qu'une hypothèse, comme je viens de le dire.

– Et que s'est-il réellement passé en haut du viaduc ?

– Il l'a poussée. Je suis prêt à parier mon honneur là-dessus. Reste à savoir à quel point c'était prémédité… et aussi pourquoi elle a téléphoné et qui en a eu l'idée. Une variante plausible serait que la fille voulait se retirer et que Van Rippe a choisi cette solution quand il l'a compris. Il a eu une sacrée veine de s'en tirer. Il pouvait difficilement prévoir que Maager allait se murer dans son silence. Quoi qu'il en soit, il n'y a plus de raisons de continuer notre enquête… Vous avez d'autres questions, inspectrice ?

– Encore une petite. C'était vraiment indispensable

d'apprendre à Mikaela que son père pensait que c'était sa mère qui avait commis l'assassinat ?

– Oui. Et là je suis sûr de moi. Je trouve qu'il a le droit à un bonus, ce pauvre homme. Il n'est plus qu'une ombre. Le fait qu'il ait protégé sa famille prouve tout de même sa grandeur d'âme. Et les jeunes filles aiment la grandeur d'âme. J'avoue avoir cru, moi aussi, que son épouse était coupable. Mais seulement pendant quelques jours. Maager, lui, l'a cru pendant seize ans.

– Et elle n'a rien fait pour le détromper ?

Baasteuwel mit cinq secondes à répondre. Eva Moreno l'entendit tirer sur sa cigarette.

– Tu y as donc pensé, toi aussi ?

Moreno garda le silence un moment. Elle avait besoin d'un peu de temps pour porter un jugement sur les considérations de Baasteuwel. Ils auraient sans doute l'occasion d'en reparler, mais pour l'instant elle ne voyait pas d'autre point important à relever.

– Je suis heureuse de t'avoir rencontré, finit-elle par dire. Ton frère le curé est aussi malin que toi ?

– C'est *lui,* la tête de la famille, affirma Baasteuwel. Et il a un putain de cœur. Surtout pour un prêtre. Tu n'as pas à t'inquiéter.

– Parfait, dit Eva Moreno. Alors, je n'ai pas d'autre question. Bonne nuit, inspecteur.

– À toi aussi, répliqua Baasteuwel. Que les anges te bercent avec leurs chants.

41

Le 7 août 1999

L'inspectrice Eva Moreno n'avait jamais mis les pieds dans les locaux du Cercle à Weivers Steeg – la Venelle du Dépeceur, dans le langage populaire –, mais le lieu ne lui était pas inconnu. C'était de notoriété publique que le *commissaire* avait l'habitude de s'y rendre une ou deux fois par semaine pour jouer aux échecs et boire une bière. C'était ainsi quand il était encore le patron du commissariat de Maardam et il y avait toutes les raisons de penser qu'il avait gardé cette habitude après s'être reconverti en bouquiniste, depuis bientôt trois ans.

Cela faisait plus de six mois qu'elle n'avait pas vu Van Veeteren. Depuis l'histoire tragique de son fils. C'est donc avec des sentiments mitigés qu'elle descendit le demi-étage pour entrer au Cercle. Dans des circonstances normales, elle aurait trouvé sympathique de le rencontrer. Elle avait entendu dire qu'il était en train d'écrire un livre et elle aurait pu vérifier si c'était bien le cas, par exemple, mais la raison de leur rendez-vous, par cette douce soirée d'août, était suffisamment désagréable pour garder à distance – à des années-lumière de distance – toute forme d'enthousiasme.

Le local était spacieux, nota-t-elle quand ses yeux se furent habitués à la semi-obscurité. Bas de plafond. Les poutres foncées et les murs blanchis, les piliers, les coins et les recoins rendaient difficile l'estimation du nombre de clients présents et de la taille réelle des lieux. Les tables en pin sombre étaient isolées les unes des autres par des cloisons. Le bar se situait juste en face de l'entrée et ressemblait à tous les bars du monde. Une ardoise annonçait le plat du jour : de l'agneau au romarin accompagné de pommes de terre sautées.

Elle aperçut la tête et la main levée de Münster dans un des enclos du fond et s'avança. Van Veeteren se leva pour la saluer et elle prit place. Elle trouvait le *commissaire* rajeuni depuis leur dernière rencontre. Plus alerte, en meilleure forme. Sa haute stature dégageait une énergie qu'elle lui avait connue plusieurs années auparavant mais qu'il avait perdue à la fin de sa vie professionnelle. Il avait eu soixante ans, elle le savait, mais aujourd'hui elle lui en aurait donné plutôt cinquante-cinq.

On vieillit plus vite à la police qu'ailleurs, se dit-elle. Ce n'était pas une constatation nouvelle.

– Ravi de vous revoir, inspectrice, dit Van Veeteren. Dommage que ce soit dans des circonstances aussi tristes.

Moreno opina.

– Comment s'y est-il pris ? demanda-t-elle.

– Une corde, répondit Münster.

– Ah… une corde, reprit Moreno.

– Oui, il s'est pendu. On pourrait se demander pourquoi il n'a pas utilisé son arme de service, mais il a dû avoir une espèce de respect, un frein intérieur… Oui, c'est une sale histoire.

– Il a laissé un message ?

– Non. Rien. Mais on sait pourquoi il l'a fait. Ou plutôt *nous* le savons. Nous trois, plus ce maudit journaliste. Et il ne dira rien. N'est-ce pas ?

Münster lança un regard à la dérobée à Van Veeteren, qui était occupé à rouler une cigarette avec sa machine encombrante.

– Selon toute vraisemblance, il ne dira rien, confirma le *commissaire* en promenant son regard entre ses deux anciens collègues. On aurait pu souhaiter qu'il écrive quelques lignes, mais c'est facile à dire. Il avait malgré tout une ex-femme et une fille. Je ne dis pas qu'il aurait dû donner la vraie raison de son acte mais, sans rien d'écrit, on laisse le champ libre à des spéculations. J'imagine qu'aucun d'entre nous ne trouve important d'étaler toute cette merde au grand jour. Ne serait-ce que par égard pour sa fille.

– Non, confirma Münster après avoir échangé un regard avec Moreno. Pas moi, du moins.

Il sortit une enveloppe grise et la plaça au milieu de la table.

– Peut-être aimerais-tu voir les preuves avant qu'on les brûle ?

Mais il ne toucha pas l'enveloppe. Van Veeteren non plus. Moreno hésita un instant, puis elle l'ouvrit et en sortit une photo. Un agrandissement, noir et blanc, de 20 × 30 centimètres.

Une table à l'extérieur d'un bar. Le soir ou la nuit. Le photographe avait dû utiliser un flash, le fond était d'un noir compact. Seulement deux personnes au centre, quelque chose de flou en bas à droite, dans l'angle, qui pouvait être une chaussure ou une partie de pantalon appartenant à quelqu'un d'autre. Sur la table – apparemment en rotin –, deux verres dont un avec une paille et un petit parasol en papier ; l'autre était un verre de bière ordinaire, presque vide. Rien d'autre, du moins sur la moitié visible de la table.

Deux chaises. Sur l'une, l'inspecteur deBries. Calé contre son dossier, vêtu d'une chemisette blanche et d'un short blanc. Bronzé. Sur l'autre, une petite fille au physique asiatique. Frêle. Brune. D'une dizaine d'années.

Elle regardait droit vers l'appareil photo, les yeux un peu écarquillés. Le rouge à lèvres et le maquillage ne parvenaient pas à cacher son jeune âge. L'homme entourait ses épaules de son bras et la regardait de côté. Un sourire aux lèvres. Elle portait une robe claire avec de petites fleurs, très courte. Sa main droite était posée sur la cuisse gauche de l'inspecteur deBries. Assez haut. Les jambes de celui-ci étaient légèrement écartées, son short était large et la main de la petite fille disparaissait dans l'obscurité.

La photo ne permettait aucune erreur d'interprétation.

– La Thaïlande ? s'enquit Moreno.

Münster confirma d'un signe de tête.

– Phuket en janvier de cette année. Il y était déjà allé une fois.

Moreno s'en souvint. Oui, c'était exact.

– Le photographe ?

– Un free-lance. Il a dû le reconnaître. Il a utilisé un téléobjectif, deBries ne s'est aperçu de rien. D'autant plus qu'il était un peu occupé...

– Sa fille a quel âge ? demanda Moreno en remettant la photo dans l'enveloppe.

Van Veeteren s'éclaircit la gorge.

– Douze. À peu près le même âge, dit-il en faisant un geste vers l'enveloppe.

– Ils ne se voyaient pas beaucoup, dit Münster. J'ai parlé avec Maria... son ex-femme. D'après elle, il s'était beaucoup laissé aller depuis leur divorce. Et, sincèrement, elle n'a pas paru très étonnée. Mais elle n'est pas au courant de cette histoire.

Il s'était beaucoup laissé aller ? se dit Moreno. Oui, c'était indéniable. Elle s'aperçut qu'elle avait du mal à maîtriser ses sentiments. À y mettre de l'ordre. Et ça depuis le coup de fil de Münster dans la matinée. D'un côté, le dégoût devant le comportement de deBries, de l'autre, la consternation devant son décès. La rapidité avec laquelle il avait assumé les conséquences. Quelques heures seulement. Münster lui avait parlé dans l'après-midi du vendredi et il s'était donné la mort le soir ou la nuit. Un de ses amis l'avait trouvé le matin, sa porte n'était pas verrouillée. Aucune place laissée au moindre doute. Ni aux explications ou aux excuses.

Mais que pouvait-il bien dire ? Demander pardon ? Comment ?

– Comment l'as-tu su ?

– C'est cet ami qui m'a appelé. Il avait trouvé un papier avec mon numéro sur la table de sa cuisine, dit Münster.

Van Veeteren alluma sa cigarette. Ils restèrent silencieux pendant un moment.

– Je me doutais que c'était lui, avoua Moreno. C'était le

seul possible puisqu'il fallait que ce soit quelqu'un. Les autres sont au courant ? De sa mort, je veux dire.

Münster fit non de la tête.

– Pas que nous sachions, en tout cas. Nous avions d'abord l'intention de…

Il avait du mal à trouver les mots.

– … de consolider notre silence, compléta le *commissaire*. Si tu n'y vois pas d'inconvénient. Le plus simple serait que vous vous montriez aussi stupéfaits que les autres. Que vous ne disiez rien et que vous renonciez à faire circuler la photo parmi vos collègues. Mais peut-être as-tu un autre avis… en tant que femme ?

Moreno n'eut pas besoin de réfléchir plus de quelques secondes.

– Pour l'instant, je suis prête à mettre de côté les aspects féminins et masculins, dit-elle. Il me semble que l'aspect humain est bien plus important.

– C'est exactement mon avis, dit Van Veeteren. Mais je tenais à avoir ta confirmation. Alors je m'en occupe, on est bien d'accord ?

Moreno échangea un regard avec Münster et acquiesça. Van Veeteren prit l'enveloppe, la plia en deux et la fourra dans la poche intérieure de sa veste. Il regarda sa montre.

– Permettez-moi d'offrir un verre de bière à mes deux anciens collègues. Ma partie d'échecs ne commence que dans une heure.

Eva Moreno quitta le Cercle vers vingt et une heures en compagnie de Münster. Il lui proposa de la ramener mais elle déclina l'offre, éprouvant le besoin de marcher. Le temps était encore doux, les rues et les terrasses des cafés étaient bien remplies. Elle fit un détour par la Langgraacht et la Kellnerstraat. Elle traversa la place Keymer Plejn et la Windemeerstraat, passa devant la librairie de livres anciens du *commissaire* et remarqua qu'elle était fermée pour cause de vacances jusqu'au 22.

Tout en se promenant à travers la ville, elle s'efforça de penser à l'inspecteur deBries, mais la conversation avec Münster et

Van Veeteren n'avait pas facilité l'évocation de son image, rétroactivement. C'était même plus difficile. Elle ne pouvait cependant pas écarter la question : allait-elle se souvenir de lui en tant que pédophile ? Serait-ce son épitaphe à tout jamais ? Arriverait-elle à garder présents d'autres côtés de sa personnalité ?

Elle n'avait jamais été très proche de lui, mais elle l'avait respecté en tant que collègue. En tant que policier compétent. C'est bien comme ça qu'elle l'avait vu ? Son estime pour sa capacité professionnelle serait-elle souillée par ce qu'elle venait d'apprendre ? Le temps arriverait-il à atténuer son sentiment de dégoût ? Son jugement et son rejet étaient-ils définitifs ? Elle ne savait pas.

Et Arnold Maager ? se dit-elle soudain.

Qu'elle n'avait jamais rencontré, qu'elle avait seulement vu en photo. Que ressentait-elle en l'évoquant ? Quelle image se faisait-elle de lui ?

La même chose pour deBries, constata-t-elle. Difficile de ressentir une quelconque forme de sympathie ou de compréhension. De la pitié ou des regrets, peut-être. Le châtiment de Maager n'était pas proportionnel au crime commis, mais ces deux hommes, deBries et Maager, n'auraient-ils pas dû comprendre qu'il existe une loi de cause à effet ? Que les actes ont leurs conséquences ?

Toujours. D'une manière ou d'une autre.

À moins que mon jugement ne soit trop dur ? se dit-elle. Peut-être est-ce seulement mon côté *bitch* que j'essaie d'ennoblir pour en tirer une sorte de morale ?

« Non ! » grommela-t-elle. Il y a quand même une grande différence entre une fille de seize ans à Lejnice et une de onze ans à Phuket, mais elle pouvait comprendre ceux qui prétendaient que la sexualité masculine était la contribution du diable au Grand Plan. C'était ainsi.

Concernant deBries, elle était soulagée de partager la vérité avec Münster, de ne pas être la seule à la connaître. Elle aurait sans doute l'occasion d'en discuter un jour avec lui. Peut-être aussi avec le *commissaire*.

Puis une phrase de Reinhart lui revint.

L'être humain est un animal doté d'une âme très sale. Et d'une capacité ahurissante à la laver.

Lorsqu'elle passa devant l'église Keymer, les cloches sonnèrent vingt et une heures quarante-cinq. Elle s'aperçut qu'il lui restait encore un jour de vacances. Tant mieux.

Lundi, elle serait de retour aux occupations habituelles. Tant mieux.

COMPOSITION : PAO ÉDITIONS DU SEUIL
IMPRESSION : CPI FIRMIN DIDOT AU MESNIL-SUR-L'ESTRÉE
DÉPÔT LÉGAL : JANVIER 2011. N° 59897 (103189)
IMPRIMÉ EN FRANCE

DANS LA MÊME COLLECTION

DERNIERS TITRES PARUS

Brigitte Aubert
Une âme de trop

Lawrence Block
Lendemains de terreur
Le Cambrioleur en maraude
Les fleurs meurent aussi
Le Blues du tueur à gages
Mensonges en tout genre
Heureux au jeu
Keller en cavale

C. J. Box
Sanglants Trophées
L'Homme délaissé
Meurtres en bleu marine
Ciels de foudre
Zone de tir libre
Le Prédateur

Gianrico Carofiglio
Les Raisons du doute

Lee Child
Sans douceur excessive
La faute à pas de chance
L'espoir fait vivre

James Church
Un mort à l'hôtel Koryo
Quand la lune disparaît
La sève et le sang

Michael Connelly
Deuil interdit
La Défense Lincoln
Chroniques du crime
Echo Park
À genoux
Le Verdict du plomb
L'Épouvantail

Arne Dahl
Misterioso
Qui sème le sang

Knut Faldbakken
L'Athlète

Sue Grafton
T… comme traîtrise

Steve Hamilton
Ciel de sang
Un chapeau dans la neige
Un été pourri

Veit Heinichen
Les Requins de Trieste
Les Morts du Karst
Mort sur liste d'attente
À l'ombre de la mort
La Danse de la mort

Steve Hodel
L'Affaire du Dahlia noir

Thierry Jonquet
Mon vieux

Faye Kellerman
Les Os de Jupiter
Premières Armes

Faye et Jonathan Kellerman
Double Homicide
Crimes d'amour et de haine

Jonathan Kellerman
La Psy
Tordu
Fureur assassine
Comédies en tout genre
Meurtre et Obsession
Habillé pour tuer

Michael Koryta
La Mort du privé
Et que justice soit faite
Une tombe accueillante
La Nuit de Tomahawk

Volker Kustsher
Le Poisson mouillé

Laura Lippman
Ce que savent les morts

Henning Mankell
Le Guerrier solitaire
La Cinquième Femme
Les Morts de la Saint-Jean
La Muraille invisible
Les Chiens de Riga
La Lionne blanche
L'Homme qui souriait
Avant le gel
Le Retour du professeur de danse
L'Homme inquiet

Alexandra Marinina
Ne gênez pas le bourreau
L'Illusion du péché
Le Requiem
La 7e victime

Petros Markaris
Le Che s'est suicidé
Actionnaire principal

Deon Meyer
Jusqu'au dernier
Les Soldats de l'aube
L'Âme du chasseur
Le Pic du diable
Lemmer, l'invisible
13 Heures

Håkan Nesser
Funestes Carambolages

Scott Pratt
Angel est innocente
En tout bien tout honneur

George P. Pelecanos
Hard Revolution
Drama City
Les Jardins de la mort
Un jour en mai
Mauvais fils

Joseph Wambaugh
Flic à Hollywood
Corbeau à Hollywood
L'Envers du décor